U0446925

每条河都在奔向大海

马顺海 著

中国青年出版社

图书在版编目（CIP）数据

每条河都在奔向大海 / 马顺海著.—北京：中国青年出版社，2023.2
ISBN 978-7-5153-6754-5

Ⅰ.①每… Ⅱ.①马… Ⅲ.①散文集－中国－当代
Ⅳ.①I267

中国版本图书馆CIP数据核字（2022）第160785号

每条河都在奔向大海
作　　者　马顺海

责任编辑　侯群雄
封面设计　张帆
出版发行　中国青年出版社
社　　址　北京市东城区东四十二条21号（邮政编码 100708）
网　　址　www.cyp.com.cn
编辑中心　010-57350401
营销中心　010-57350370
经　　销　新华书店
印　　刷　三河市君旺印务有限公司
规　　格　710×1000mm 1/16
印　　张　17.25
字　　数　229千字
版　　次　2023年2月北京第1版
印　　次　2023年2月河北第1次印刷
定　　价　42.00元

本图书如有印装质量问题，请凭购书发票与质检部联系调换。电话：010-57350337

奔流不息之河（代序）

老家的村子，也有幼儿园了。我为孩子们高兴，竟有一些兴奋。如果说每个人都是一条河，那么幼时就是这条河的源头了。

我没上过幼儿园。上学前，不认字，甚至，不会数数。我上学时8岁。其实，6岁时入过一次校，清楚地记得，书上印有100个五角星，从1到100，不会数。有天突然"开悟"，拐过了弯儿，19后面是20，29后面是30。可高兴了！记得很清楚的，还有一件事。班里同学都比我大，我和同桌"在班里最笨"。上课时，班长提问，叫到我两个了，老师说："别问他俩，啥也不会。"小孩子又不是不知好赖，那感觉，无语。

淘气干架，头上给砸了个"窟窿"，打破了头，就借机不上学了。我得感谢那次干架，否则，就一"笨"到底了吧？

村里的学校，从小学到初中，有模有样的。甬道两侧是高高的杨树，操场前的一棵树上吊着大铁钟。钟声是号令，三声预备、两声上课、一声下课、连钟集合、乱钟放学。那钟声，如在耳畔。骑电驴子的邮递员，经常来学校。老师们看的《参考消息》，我当成"参观万县"。到学校找老师坐坐的、拿报纸看看的，也都是文化人。谁家来信了，找个孩子捎回家。有信来的人家，一般是外面有亲戚，当兵的、工作的，都有个盼头。但我不知道外面是什么样子。

乡亲们对老师、学校、学生都高看一眼。那些嘎小子，天不怕地不怕的，也不敢在学校或者校门口犯浑。谁家孩子学习好，在学校没人敢欺负，在村里也常被人念叨着夸。这也是一种尊师重教吧。

幼儿园建在原来学校的老院子里。学校先停初中，后停小学，关了门。乡亲们把这笔账记在村支书、校主任头上。这事，错怪了人。后来，我读的高中，搬迁了；大学，合并了；工作过的煤矿，关闭了；集团公司，重组了……这些都不仅仅是我一个人的故事，也不是哪一个人能够左右。

一如人生的走向，前行路上有很多因素。人的命运掌握在自己手中，但又不能完全由自己决定。机会总是留给有准备的人，但并不是有准备就有机会。一滴雨水，可能落在沙漠，也可能落进大海。一条小溪，可能流入地下，也可能汇入河流。无论如何，每一滴水都有自己的贡献，每一条溪都有自己的方向。

我13岁时第一次离开家，读初中，住校。学校第一届初中招生，最后一届高中生在等着毕业。记得班主任说起那些大的就不大待见似的，而对我们这些小的很是喜欢，经常夸奖。果然，小的更出息些，考出来好几个，人生有了不同的走向。可是，留在家里的常有大聚小聚，我前些年去参加，似乎觉得他们的幸福感更多些。真是一言难尽。

我读的高中，是当地公认的好学校。家人好像看到我一只脚已经迈进大学，有希望"当公家人，吃商品粮了"。我有一次不想回学校上学，把一家人急坏了。姐姐已经出嫁，专门回来劝我。"为啥就不想上了哎！"她笑着说，却带着哭腔。全家人用自己的方式供着我，让我安心上学。姐姐哥哥都到学校看过我，送些吃的，留些零钱。高考前，姐姐还专门到学校给我鼓劲加油。妹妹弟弟早早地干起了农活，承担了家务。大学暑假的一天，弟弟躺在炕上说："哥哥，你去拉一桶水吧，我实在不想动。"他感冒了，平时，这些事都是他做。

上学是我的出路。我终于考了出来。那是1987年，是恢复高考后10年。可以想见，那时的教育是怎样的欣欣向荣的景象，家长和孩子是怎样的充满希望的心情。我是幸运的，赶上了好时候，赶上了那趟车，走出了平原上的那个村庄。从此，我不再是村外一条流不远的小溪，而是有了新的远方。那个村庄不再是我的家，而是我的老家，不再是我一生徘徊的终点，而是变成我生命之河的源头。

我的人生有了新的前方，我的世界有了新的风景。

可是参加工作时，就是一个想法，回老家，按学的专业去煤矿。工作就是井下井上，偶尔进趟城，或者出趟差。生活也是小范围，认识这一家，或熟悉那一家。工作，单纯而忙碌；生活，简单而幸福。煤矿离老家近百公里，过年过节我会回家看看。儿子小时候说，他长大了，矿上就是老家。以矿为家，当年是这样的。

后来，我还是离开了煤矿，进了城市，再后来，又离开小城，来到北京。我遇到了更多更优秀的人，看到了千姿百态的河流。那是我人生的夏季，"小河有水大河满"。源远流长的、涵养深厚的、澎湃奔流的、缓缓流淌的、跌宕起伏的、清澈见底的……每一条大大小小的河流都得到了滋养，水量丰沛，充满生机，岸上绿意盎然，河中鱼儿畅游。

我眼界大开，跃跃欲试，也像一条丰水期的河了，唱着歌儿，欢快流淌。我付出着，也收获着。

机缘巧合，兜兜转转，我到了高校工作。和青年人在一起，自己也年轻了。我愿意走近他们，和他们唠唠家常，我愿意尽我所能，为他们做些事情。在课堂、食堂、操场、宿舍，甚至走在路上，我和他们做着互不相识的师生之间的交流。当然，也有会议、座谈、活动，我作为过来人，从来都不会"随便讲几句"，每一次都是设身处地地思考，都是用心用情地面对。我接纳着他们，使我的生命继续青春的律动；我帮助着他们，为他们可期的未来喊着加油。我与他们说"读书是思考的深化""学习是进步的开始""要把当下的事情做好""今后的路还很长""努把力让人生有更多可能性"……就有点儿诲人不倦的意思了。

"教育的本质是用一朵云推动另一朵云，一棵树摇动另一棵树，一个灵魂唤醒另一个灵魂。"我由教育扩展开来，用挑剔的目光打量着自己，用理想的目标考量着自己，努力着，实践着，希望做得更好，希望有所贡献。

生活并没有波澜不惊地继续。我害了一场病。人生的河拐了一个弯，流进新的一段，然后，河面一下子宽了，静了。

人静下来，会想起许多事情。往事在岁月之河中冲洗，有的更加清晰，有的渐渐淡化。小时候，常听奶奶说："火心要虚，人心要实。"还说："浇树浇根，交人交心。"奶奶认为这是常识，做事做人一个理儿。这是我幼时的教育。我慢慢才领会到，这是常识课，也是劳动课，是情感课，也是思政课。奶奶希望孙子听得懂，照着做。奶奶不会知道，她孙子后来认为，这话有高级的修辞，有深刻的道理，有行稳致远的人生智慧。

我提前"换季"了，新工作是服务联系老年人。在他们面前，我是个小年轻。走进老年人的日常，面对着老年人的事，倾听70岁、80岁、90岁或100岁的他们讲讲过往，让我不由得想想曾经的过去，想想可能的未来，想想现在怎样度过每一天。

想起往事，都还挺好，那就是没有虚度岁月，没出大岔子。有时候想，紧要处能伸手拉我一把的人，不经意间会给我以启示或警示的人，都是生命中的贵人。从幼时的村庄出发，一路走来，我从未停止学习，如同河流接纳涓涓细流，来弥补我的不足，我常得贵人相助，如同溪流汇入宽阔大河，让我有了新的走向，我愿意付出心血，如同河流回报大地、树木、花草……和另一条河流，以成就共同的美好。

每一条河流，有名字的、无名字的、普通的、细小的……甚至不为人知的小溪，也都有远方的梦。这是我人生的态度，也是我写作的态度。我想起草原上的河流，有时在草原上哗哗流动，有时没入草原中寂寂无声，自然随性，顺势蜿蜒，曲折向前。

逝者如斯夫，奔流不息。

目　录

奔流不息之河（代序）   001

辑一　春·花欲绽

当我老了   003
牛年记趣   008
春天的告白   013
槐花甜香   015
"云"游天下   017
喜欢一片片叶子   020
铜钱草的努力   023
小区花园   025
一畦菜地   028
当趁春光正好   031
名字的说道   034
父母书签   037
亲子游戏   044
读书的孩子   047
作业   050
人文学生   054
小李护士   057
给女士写一封信   060
失眠·夜读   063
我看晨练   065

| 岁月何时曾回头 | 067 |
| 一晃而过，更要好好过 | 070 |

2 辑二 夏·风正爽

枝头树叶又拉住手	077
长寿花	079
芒种见麦茬	081
夏有凉风	084
快乐旅伴	088
顺其自然	090
学会细嚼慢咽	093
好邻居	095
馄饨馆	098
罗盘	100
我的下井情结	103
看下棋	106
路边文字	110
我看排序	112
管好一亩三分地	115
保安的哲学	119
好觉好梦	122
微笑游戏	124
非典型婚事	126
防震记忆	130
抽烟与戒烟	133
走近煤炭	137

3 辑三 秋·叶着妆

| 风语 | 145 |
| 红墙蜗牛 | 147 |

二八月	149
九月菊	151
一步一步上山来	153
酒·苹果·我	156
另一种生活	159
来点儿年轻态	162
流逝的时光	165
用一些时间，读一些好书	168
闲话锅碗瓢盆	171
小吃小喝小聚	176
用户已关机	179
几件纪念版	183
好吃不过饺子	185
注意脚下	187
他说得真对啊	189
幸福生活的几种模样	191
石榴红时	195
秋叶落时	198
秋天里的絮语	200

辑四 冬·阳依暖

有个好身体，再有个好脾气	205
在冬日暖阳下	208
留一些时间给自己	211
慢慢儿来	214
睡个健康好觉	216
请多保重	219
能饮一杯无	221
每一步，都算数	223
康复的意思	225

两个好人	228
生活的留白	230
一件小事（外二篇）	232
下雪天	239
别样的问候	243
无事闲翻书	246
爆竹声渐远	248
过了腊八就是年	251
闲坐闲聊小幸福	254
就地过年	256
送春联	259
我的新年愿望	262

感恩每一次相遇（后记） 265

1

辑一
春·花欲绽

当我老了

窝在家里，随手浏览和翻阅。我突然觉得，关于老人的故事和信息，哪儿哪儿都有，是个很热门的话题。这让我不由得想想"当我老了"。

长命百岁，自古以来就是美好的祝愿。"执子之手，与子偕老""我能想到最浪漫的事，就是和你一起慢慢变老"，按说，慢慢变老是很幸福的事。"老吾老以及人之老""家有一老，如有一宝"，按说，老和老人可不是负担。然而，一句"上有老下有小"，后面跟着的潜台词却是"我容易吗！"而不是"我幸福着呢！"想一想，这背后，很复杂。

以前，由于战争、饥荒、传染病等原因，许多人连"变老"的机会都没有，甚至有的人连"得病"的机会都没有，早早地到达人生逆旅的终点。1999年，我国步入老龄化社会。之后，人口老龄化程度快速加深。现在，差不多五个人里就有一个是老年人。这是可喜的进步。然而，由此带来的，不仅仅是说"干活的少了，吃饭的多了"，还有一个"当我老了，会是什么样"的问题。

谌容的《老子忘了》，讲了老两口之间的战争，可谓"公说公有理，婆说婆有理"。马奶奶听从专家提出的"三白"警告，马老爷子却对此坚决抵抗。"第一白，就是白肉。""老子吃红烧肉！""不行，那也是肥肉！""第二白，是白糖。""老子吃红糖！""想得美，什么糖都不行！""第三白，是白盐。""废话！傻子都晓得盐是白的！"

我就想，这一日三餐，还不得天天争吵。我也有点儿羡慕，这像是幸福的唠叨。如果到老了，真的"没人管你！"那才真是孤独终老，让人见了心酸，闻之不忍。

也有许多的故事，在展示老了真好。这一拨人，多数还在70岁以下，是年轻的老年人。工作放下了，子女长大了，心中无杂事，身体也还好，手里有闲钱，病了有医保。琴棋书画试试手，山水田园任畅游。生活美好，于是，发自肺腑地，道一声：老了真好！

这是享受幸福生活的老年人。承认自己老了，不惧怕老，能享受老，乐乐呵呵的，这就挺好。问题是，当我老了，真的老了，完全变了，不再挺好，该怎样自处？怎样相处？

拜访一位老人，她快90岁了，雇了保姆，住的房子不大，但布局很好。我看她精气神很好，由衷地夸她，"您可真棒！"她很愉快，却笑着说，"老喽，废物了！"爽快，利索。"看您这身体多好啊！""里头都不行了。外看好！"咱聊点别的，"您真讲究，家里这么干净整洁。"她指保姆，"都是这闺女干的。""那肯定是您要好啊！"我强调那个"要"字。"光能动动嘴了。"她不贪功。我问还下楼锻炼吗，吃饭怎么样啊，她手一拍腿，"光顾着说话了。刚蒸得的花卷，你们都尝尝。"推辞不了，我们一人一个，边吃边聊。老人家看着我们吃，越发显得高兴。我们也很高兴。

这样的老人，明明白白的，她幸福满足，我羡慕喜欢。她只是老了，身体健健康康，过得有里有面儿。人常说，年老多病，与"变老"相随的往往是"多病"。老了、病了，人会变得脆弱。或者老了，或者病了，或者老且病了，当然要老有所依，病有所依。没错，是"依"。那时候，最需要身边有人，甚至有的身边离不了人。这才是个考验。

我去看一位老亲戚，他见面笑呵呵的，慈眉善目地招呼着，问我："啥时候回来的啊？"进屋坐下，聊了两句，他又问："啥时候回来的啊？"家人就嗔怪他，小声对我说，"你不知道，得个这病，一会儿一会儿的，不清楚。"不大工夫没见，他从院里进来，从兜里掏出一包烟给我，"来，抽烟。"家人就说他，"没人抽，咋又去买烟啊！"他想起来了就去买烟,有时一天好几次。老了,"糊涂了",脑子不好使了,但是,自己多年的修养,让他依然保持着友好礼貌,加上一大家子的宽容和照顾,让他在病中依然过得体面而平常。

这老人,是不幸,也有福。可是,我希望自己别成这样。他这样的福,是一家人的付出。俗话说,久病床前无孝子。我理解,不是子不孝,而是"子也孝,非常孝",孝得不同寻常而已。

范小青的《渐行渐远》,讲老头和子女事事谈不拢。老头75岁了,老房没电梯,老头上楼很吃力,一个人独住,子女也不放心。子女商量换个电梯房,老头不行;接老头一起住,住过了,也不行;给老头请了几个保姆,用过了,都不行。子女一商量,动员老头找几家养老院去视察视察。老头一口回绝,"养老院我不去的,我又不是绝子绝孙,我去什么养老院。"子女说,"现在养老院里,住的都不是孤老,都是有儿有女的,为了老人有个幸福的、有尊严的晚年,还是进养老院好。"老头说,"干吗,我七老八十不能动了吗?"子女面面相觑,捂嘴嘲笑。老头确实已经七老八十了。

"老还小",说人老了就像个小孩。但毕竟不是啊。我总想,无论如何,人要坚强,老了病了也要有骨气有尊严。小孩子的不懂事,多属于淘气,有时候淘得很可爱。人老了,再那样淘,有时候让人觉得那是故意。

老人都是从年轻过来的。趁着还年轻,有必要想一想,当年轻时,如何看待老,如何对待老人,让生活很美;真的老了,如何接受变老,如何做个老人,让生活很好。要不然,到了真得面对时,可能不知所措,鸡飞狗跳,一塌糊涂,徒唤奈何。

从我来说,当我老了,要服老。就如当我壮年,要担事。

我现在的年纪,已经不算年轻,也还没到年老。站在我这个位置,可以往前看看,也可以往后想想。走过的路,经过的事,见过的人,每一个日子,每一个季节,都是生命的一部分。我突然明白,想想"当我老了",不是要等我老了,那就完全被动了。我要在现在主动地做些什么，也好当我老了时，老得理所当然，老得就该这样。我又觉得，也不妨想想"当我少时"，那也不能纯是为了"想当年"，那就有点儿消极了。我要积极地说些什么，好让"也还年轻的我"听了，觉得有所启示，觉得有所帮助。

老话说，十七的不跟十八的玩。这老话说得比代沟更形象。老人需要陪伴，这话不假。子女要尽量多和爸妈聊聊，甚至只是陪着坐坐。那时候的老人是安详的、愉快的、满足的、幸福的，"从后脑勺都能看出来笑意"。老人要有点儿自己的爱好，哪怕是看看别人下棋、听听别人唱歌，也尽量别老缠着子女。老人经历过年轻，而孩子们还没到年老，老人的想法和需求，孩子们难以切身感受和理解。曾经，老人跟不上孩子，如今，孩子跟不上老人。这时候也有代沟。

西方哲人说："如果人不是从1岁活到80岁，而是从80岁活到1岁，大多数人都可以成为上帝。"我想到了孔子曰："不在其位，不谋其政。"反用一下，如果在那儿了怎么办呢？"己所不欲，勿施于人。"扩展一下，那么别人会想要什么啊？岁月不能回头，我们却可以反过来想想。我成不了你，却可以让彼此相处更加舒服。

《当你老了》，那首很流行的歌，是一位20岁的诗人写的情诗。当你老了，这话是如果，是假设，是对未来的期许，寄予希望，许下承诺。这诗是好诗，和我聊的有点关系，但关系不大。我却想起几句古诗，有"眼涩夜先卧，头慵朝未梳"，没精打采的；还有"夕阳无限好，只是近黄昏"，无限伤感的；也有"莫道桑榆晚，为霞尚满天"，豪情万丈的。都是五言诗，都说的是人老了，却是不同的态度和境况，很有意思。

如果我老了，老就老吧，如果我病了，病就病吧。这真不是消极悲观。我反而要积极地准备，还要乐观地面对。积极，当然要锻炼身体，有点情况，别经不起任何风吹草动的，有个好的基础，真来了可以扛得住，扛一下。乐观，必须要修养心性，无论如何，别把自己搞得可怜兮兮的，"从心所欲不逾矩"，记住前四个字，也记住后三个字，有个好的心情，也让家人都舒适。我是想说，为了当我老了还好，就该把当下每天过好。将来，做个慈祥和善、自立乐观的好老人，不要成为拖累人又招人烦的怪老头。

现在，我想写些什么，讲些光阴的故事。这些文字若也被浏览和翻阅，也能引起一些思考，就是一件有些益处的事了。

牛年记趣

初一过了，十五也过了，年就算过了。开工了，也开学了，很快就开春了。一切如常。几件小事记录一下刚刚过去的牛年春节。

爆竹除岁

随着"禁放"，燃放鞭炮正退出年俗。过年放炮，正在从记忆变成"传说"。

有几位年轻人，从大学起就是好朋友，毕业后留京工作，每年都聚几次。过年不出京，也算难遇，他们一合计，来点不一样的，除夕夜一起去放炮。

买炮。全市只有10个售炮点，都在五环外。他们先到了昌平一个售炮点，看到排队买炮的人，那队排得老长老长。当机立断，去怀柔。排队的人也不少，只好就这儿了。1000响的鞭炮，一挂300多元。真贵！

放炮。五环外可以，但也有许多限制，不是哪儿都让放，据说会有巡逻的。大过年的，别找不痛快，提前踩点儿，看好哪儿能放。找好了临公路的空旷处。大年三十晚上，十来个人，噼里啪啦，放了个高兴。辞旧迎新，拍照留念。难得！

拜年。发朋友圈，"爆竹声中一岁除，开车往返是长途。牛年大吉！"

来家坐坐

城里过年，说起聚聚，一般是外面订个地方，聊一聊，吃完抹嘴走人。愿意在家招呼的不多。采买，准备，下厨，洗涮，太麻烦。

"我们今年过得不一样。"朋友说到他的过年新体验，很幸福，很满足。

他们几个哥们儿，特要好。就地过年，有人提议，机会难得，要过出在"家"的感觉。怎么办呢？就在家里聚。

小家庭，一家三四口，惯了，招待一大帮人，没这能力。他们轮流做东，一起动手，各尽所能。

有一位，到谁家都下厨。他自带炒锅，说是用着顺手，好把握火候。另一位，"除了吃，啥也不会"。没手艺，出力气。他买了10把凳子，搁车上，走哪儿都拉着，随时准备加座。

朋友说，这个年挺累，挺高兴。

我说，看似新体验，实是老传统，挺好。

福字封条

疫情防控，回农村过年有更多限制。偏偏农村更看重回家过年。

年俗，在许多人心里是信仰。

总会有一些乡亲，硬是要回家过年。村子封闭管理了，只留一个出入口。乡里乡亲，从外面回来过年，都到了村口，总不能不让进村。

乡里县里抓得很紧，每天要报情况。咳嗽发烧的，刚刚返乡的，都要如实报告。大喇叭天天喊，谁也不敢马虎。

回村了，要被封在家里。大过年的，门上十字八叉贴上两道白封条，村干部下不去手。太晦气了！可是，往上报情况，要拍照为证。

"叔，你就理解万岁吧！"都懂，待在家里对谁都好。回来的人早有心理准备。说着没大没小的玩笑话，也说着乡音乡情的拜年话。"我就给你封上了啊！""贼小子，好好看看，贴正啊！"

两扇院门正中，一个大大的红福字，端端正正。

福字封条，理解万岁。

扣篮大赛

爱人有时转发未经核实的消息，被儿子嫌弃"年纪大了"。她倒理直气壮的，"我又没往别处发。"妈关心儿，怎么都行。

我的同学群比较热闹，互动不断。许多人好久不见，一张图，一句话，浮现那人当年的神情。这天在群里看到一段视频，扣篮大赛，非常精彩，主持人从头到尾都在惊呼。

我觉得挺好，手一滑，就转给了儿子。他爱打篮球，也爱看球。好东西分享。

很快，给我回话，"爸，这什么啊？扣篮大赛？"我有点儿小得意，"怎么样？过瘾吧，你没看过啊？"其实不是，他看过。他强调，"我是说，你怎么也看起这个了？"

我就分享观后感，太漂亮太牛了，看着舒服啊。他说，那你是得看看。我更得意了，父子爷儿们有共同话题。最后，他说，"不过，我看的时候还是个博士生。"带着"让我看看"的表情图。

我上当了。他都已工作三个年头儿了。逗老子玩儿！我好像看到有人在坏笑。

我也得承认，我和我的同学也都年纪大了。我爱人也是我的同学。

情理之中

过年那几天，天气不怎么配合，阴沉沉、雾蒙蒙，不宜外出。这天气，也可以说很配合，适合在家陪陪家人，看看电视。

"凤头猪肚豹尾"，拍电视好像也讲这个，开头要漂亮。有的电视剧前两集还行，吸引人，越往后越不行。犯不着为它闹别扭，换台。

看剧，故事情节和剧情发展要在情理之中、意料之外。情理之中，故事三观正确，让人舒服；意料之外，剧情曲折前行，引人入胜。满足这起码的要求，就能抓住人。

有些剧实在看不进去。去年一部电影，骂声一片。我就起了好奇心，这么不招人待见，想看看有多差。我点看了四五次，都中途退出了。没法看。

看剧又不是工作，有困难也要上，硬着头皮也要做。打发时间，定要轻松愉快。莫在破剧上浪费时间，又没有人给咱审片费，再说咱有点意见，人家也不买账。

戏如人生，人生如戏。这话对一半。好剧最好是情理之中、意料之外，才打动人心；生活希望在情理之中、意料之中，才平稳安逸。

美好祝愿，都说事事如意，生活总出意外可不行。

不要逞能

有首歌唱道："余生尽欢保重身体。"就地过年，为了防控疫情，就是因为身体健康最重要。

敢谈余生，一般是多了经历，有故事的人。这时候，也就多了小心。"人生得意须尽欢"，那个尽欢很彻底，是无所顾忌。"余生尽欢保重身体"，这个尽欢有条件，须保重身体。

这个年，我过得很健康，饮食有节，张弛有度。年初一开始，每天还来个小跑。笑称新的突破，暗下决心为爬山做准备。气温回升，晨练又回到小区花园。自我感觉良好。

春天的脚步，常被冷空气拖住。忽冷忽热易感冒。隐隐感觉，自己有点儿发蔫儿。早发现，早报告，赶紧找医生聊聊。

我很信任这位年轻医生。他学的中医，望闻问切，聊得透，看得细，用药准，给的建议也很好。药到病除，是个好医生。不少人来社区门诊专门找他。

我请教了一些问题，他给了我一些建议。他说得委婉，我心领神会。到什么年龄做什么事。年轻人，大胆闯大胆试，往往会长本事。不再年轻，工作也好，锻炼也好，生活也好，要忖摸着自己的情况，能增才增，该减就减，弄不好会添麻烦。

我总结说，"干啥都不要逞能，对吧？"医生笑了，连声说对对对。我做个总结：心态积极，量力而行，做活吃饭，不要逞能。

在二月二之前，说两句过年的事。新的一年早就开始了。春天也要来了。草要绿了，花儿要开了，该到外面走走了。

春天的告白

春天是美好的。春回大地，万物复苏，生机盎然。每个人心里，都有一个春天。

冬去春来，春天是从冬天开始的。"已是悬崖百丈冰，犹有花枝俏。俏也不争春，只把春来报。"那时候，我们就盼望着，盼望着，春天就要来了。

春天是一点一点化开的。北方人，理解这说法。"忽如一夜春风来，千树万树梨花开。"那是诗意的想象，是在塞北飞雪中对家乡春天的思念。冰雪消融，春暖花开，需要一些日子。

数九寒天，天寒地冻。数九歌却说："五九六九，沿河看柳。"某一天，风吹在脸上，不再觉得生冷，想到"吹面不寒杨柳风"。冬天要走了。暖阳下，小草吐芽了，柳枝变软了，麦苗返青了，我的厚衣服穿不住了。

眼见鹅黄嫩绿，让人喜悦。春夜喜雨，润物细无声。山，是滋润的，草，是绵软的，美得清晰又朦胧。"渭城朝雨浥轻尘，客舍青青柳色新。"细雨洗过，焕然一新，再妙不过。那越冬而来的灰，就要说再见了。

春天款款走来，慢慢地，悄悄地。春到之处，次第花开。有早的，"近水楼台先得月，向阳花木易逢春。"有晚的，"人间四月芳菲尽，山寺桃花始盛开。"我的春天，有我的步态。

春寒料峭。在路上，偶尔和"倒春寒"相遇。也许，春天一时走得急了，就被拽了一下衣角，便停下脚步，稍作思考。也许，冬天还有话要说，吹一吹朔风，飘一飘雪花，嚷嚷着不想离开。不过，雪也改了名字，叫春雪了。

毕竟，春风才是主流，引领着，催促着春天的脚步。春风似剪，裁出枝头细叶。风乍起，吹皱一池春水。这时节，波光潋滟，柳条轻柔，莫问卿卿何事，只说美在心头。

有两样，扬沙浮尘和花粉过敏，让人不爽。本来，事无尽善尽美。追求美好的春天，享受春天的美好，要付出一些努力。对外面的环境好些，减少沙尘源；对自己的身体好些，控制过敏源。可别恼，别抱怨。

爱她，请接受她的全部，然后，一起变得更好。爱她，可以琴棋书画诗酒花，也有柴米油盐酱醋茶。等闲识得东风面，万紫千红总是春。春天，谁都可以结识，谁都不要错过。

春生，夏长，秋收，冬藏。春，是早晨，是青春。遇上春天，老老小小，每个人都盘算着，希望新的开始。要记得啊，人生苦短，不必及时行乐；来日方长，不让岁月蹉跎。

春天，我们出发吧。敢奋斗，爱生活，养身体，修心性，享幸福，都可以的。一年之计在于春，那就一起吧，做些值得的事情，不负韶华不负卿。

槐花甜香

同事给了点洋槐花，也不知是从哪儿采下的。大大一包，打开，清甜的花香扑鼻而来。

春天，每当我闻到这样的花香，就想到读高中时，想到校外的那片槐树林。那林子似乎是野生的，每棵树都长得很随意，谁爱在哪儿就在哪儿，不成行不成列的，树冠应该也没有修剪，各有各的样子。

那所中学始建于1948年，老校址原来是个城隍庙。校园内没有正经操场，课余时间同学们就跑到围墙外的广阔天地里，舒展舒展筋骨。在田野中，我发现了那片洋槐树林。印象最深的还是春夏，洋槐花一嘟噜一嘟噜的，花香浓得似乎化不开，回到教室，身上还有素雅的槐花味。洋槐花的甜香，留在衣服上、头发上、双手上，当然，也还有齿颊留香。走在槐树林里，洋槐花举手可得。我们专挑那长得顺眼的洋槐花，有时择几粒，有时捋一串，放进嘴里，慢慢嚼，很甜！最顺眼的洋槐花，就是花开正好的，刚开未绽，不早不晚，正是时候。

同事送给我的洋槐花，开得正好，很是鲜嫩。他很会选，想来是在农村待过。吃洋槐花，采得早了，甜味儿不足。晚了，花瓣儿已老。农村的吃法比较简单，最常见的，一个是蒸苦粒，一个是炒鸡蛋。我和爱人没把槐花当稀罕物，择好洗净，用面粉一拌，蒸苦粒，蘸陈醋蒜汁吃。忆苦思甜，吃得还好。不过，记忆中的蒸苦粒，无论洋槐花、榆钱，用的都是玉米面，蒸出来比较散。过穷日子时的好多吃法，现在都给"改良"了。

那一大包槐花，我们没有独享，爱人分了一多半给邻居大姐。这填补了大姐人生的空白。她第一次吃洋槐花，做法讲究，下了功夫。她送回来几个包子，槐花肉馅儿的，大小适中，看着美，吃着香。洋槐花换回来肉包子，我笑称这是"钓鱼"。大姐说，不光送我们，还拿几个给了她的姐姐，让她们也尝尝鲜；没用完的洋槐花冷冻起来，以后换个做法再吃。嘿，这槐花招人待见，还走得远了。

槐花还有别的吃法，别的用处。合格的吃货，在做法上求精到，在名字上也有追求。槐花麦饭，类似蒸苦粒，在叫法上用心思。炸槐花，裹蛋清面，应该很考验火候。槐花紫霞糕，属于粗料细做，做法和叫法都很有想象力。槐花茶，近年也有卖的。洋槐花在水里泡开，应该很好看，也有甜香味儿，但我没喝过。

我说的都是洋槐，花和叶都能吃。洋槐，既然有个洋字，可见是外来的，也是后来的。我们那里，相对洋槐的是笨槐。笨槐，就是国槐。笨槐的槐米槐籽可入药，中医治痔疮会用到。"问我祖先家何处，山西洪洞大槐树。"古人、古诗、中药说到的槐树，应当都是国槐。好多人把洋槐和国槐搞混了。

槐者，怀也，国槐就有了别样的念想。国槐和侧柏是北京的市树，许多公园、老院就有不少古槐，大街小巷也都少不了国槐树。洋槐树在城里少一些，偶尔有三两棵，很不成气候，不似国槐那样立在街道两侧，整齐地结队延伸。那树上的槐花吃不上，树好像也都有年头，很高大，人根本够不着槐花，甚至，直到槐花落地，你才会注意到那是一棵槐树。

同事给我的洋槐花，该是从农村来。虽平常之物，却招人稀罕。

"云"游天下

这个春天,我常想要往外走走。思想上准备,行动中尝试,却感觉这事并不简单。过了年,好像没几天好天气,两次沙尘过境,更加深了坏印象。雾、霾、沙,提示诸多不宜,终于有一天,严重了,闹到"非必要不外出",最好待在家里。

不少朋友说走就走,早早就到了南方,追随春天的脚步。他们不怕"拉仇恨",隔屏和我分享着青山绿水,感慨着流连忘返。我也想去,旅旅游,看看景,有新鲜空气,还锻炼身体。四处走,随手拍,用一张图一句话,描绘那山那水那乡那城。花海、小溪、树林、草地、民居、晨曦、山清水秀,天蓝地绿。

我隔着屏幕,也赏心悦目,想想都很惬意。有时和朋友玩笑说,您是游天下,我跟着沾光,"云"游天下。

春有百花秋有月,夏有凉风冬有雪。这个"有",是一定的,但是对个人来说,我所在的此时此地,却未必就"有"。对别处的好,"眼不见,心里念",心向往之。对亲友的好,"幸福着你的幸福",衷心祝福,谁没有这体会呢?我"无闲事在心头",又在"人间好时节",乐享美丽,分享愉悦,"云"上的亲友也会羡慕,"真好啊!"可谓一举多得的善事。

得承认,有些地方真的是好,这种好是人们的共识。四方来的客人,都会由衷地夸赞,恨不得住下来,不走了。得承认,每个地方都有自己的好，这种好别具一格，且融入一方水土。只有生活在那里的一些人，才能发现或者才能感受到那种独特的好。得承认，我们都在自己的地方，过着自己的生活。

有位朋友，在乡镇工作，是"村里的文化人"。他朋友圈那些照片，绝对原创原版，不选择、不裁剪、不编辑、不加滤镜。他晒满屏牵牛花，持续三四个月，最后说"拍一夏天了"。他来一屏的桥或路，说是"走过千遍万遍，风景总是依然"。他得到县里表彰，野花照环绕证书照，自我勉励"十年政协委员，心系村镇安全"。

那些照片、那些文字，我第一次看时，是笑了的。笑完了，感觉不对。"一箪食，一瓢饮，在陋巷，人不堪其忧，回也不改其乐。"平凡的人，在自己的"一亩三分地"，怡然自得，过着自足的日子，感受寻常的美好。这是幸福的生活。我的笑，不应该是嘲笑，而应该是赞许。

我也喜欢拍照，常常精选"得意之作"，朋友圈晒图。曾有朋友留评，"这么多好照片，生活真好啊！""整天游山玩水，东游西逛，真好！"以为我不务正业似的，误会了。其实不是啊，那些所谓美景，在房前屋后，在上下班路上，在抬头低头间。好照片，只需要一个好天气，然后再有一个好心情。

跟着别人"云"游，常常会有"美丽的错误"。这错误，不必纠正，就让它那么美着吧！我们说，秀才不出门，便知天下事。我们也说，纸上得来终觉浅，绝知此事要躬行。其实重要的是，要善享眼前的"苟且"，让自己沉醉其中，葆有"各美其美"的快乐心；能心怀诗与远方，赏远方美图美景，修养"美人之美"的同情心。

我相信，跟着我"云"游的朋友，也是有的。我总觉得，展示给他们的，该是好的、美的、幸福的、快乐的。这不是为了给我的世界包装，而是给关心我的亲朋们报喜。那些也都是真实的，然而，那不是我生活的全部，是选择过的瞬间或片段，是悦己而后悦人的部分。

每个人都有自己的核心圈舒适圈，我在尝试着扩大它，也许这个努力还要继续，也许实际上还会缩小。无论如何，"云"游天下的福利，我不会错过。当然了，你说"紫藤古槐四合院，京腔京韵自多情"，他说"别看屯子不咋大，有山有水有树林"，我知道，各有各的好。我也会告诉你，我这里也挺好。

生活没有十全十美，而此时此地自有它的美好。无论此身何处，到此一游，便是有缘，何不优哉游哉，自得其乐。

喜欢一片片叶子

我很喜欢一片片叶子。从春到冬,一年四季,那些叶子无论什么样,不管怎么变,看起来总是觉得很舒服。

我对叶子的兴趣,该是从拍照开始。有时候,我会在树下徘徊,驻足,注目,细细欣赏一片片叶子。不知不觉中,就慢慢地喜欢上了树叶。在我的微信朋友圈里,从单片的树叶,到连片的树林,晒过不少照片。有朋友就很羡慕了:"真闲啊!"虽说有点被冤枉,细想想,也真是。

"每天围着树绕,常常驻足思考。有啥想不开啊?原来取景拍照。劳作亦是辛苦,生活还很美好。自净常需洗澡,消解烦恼疲劳。"这是曾经发在朋友圈的打油诗,当时已是深秋,秋叶很美。那一年,因为参与一项工作,连续数月无休,晚上也要加班。平日里,我就忙里偷闲,到附近的公园,走走停停,拍些照片,放松一下。暂时换换频道,顺口溜,配九图,清淡文字,很是疗愈。

叶子是大自然的杰作,不管是什么色什么形,都很有意思。甚至,我对那些残破不堪的叶子,或是被害虫蛀食过的,或是生病早黄了的,心头还会有一点点怜惜。

在我能想象的美好画面里,应该有生机盎然的树林、花园和草地。影视剧里,这往往预示着让人舒服愉悦的情节。这天,朋友发来一张图片,是南方的一处竹海。我只回复了一个字:"翠。"太美了,不敢多说。这个翠，说到朋友心里。他说："这里的翠绿，层层叠叠，团团簇簇，浓墨重彩，一尘不染……绿的海洋，绿的锦缎……竹海的绿意让人心动，无论怎么形容，好像都有点词不达意。颇有点像修禅，不可思不可议。"因宜人，而怡人，多好啊！

绿色，让人放松、冷静。这是心理学的结论。我想，这也是进化的结果。绿色意味着生命，水草丰美的地方适宜居住和生存。古老的传说里，神仙是住在大山里森林里的。大好河山，如果没有了一棵棵树、一丛丛草，那将是何等景象？很恐怖！瘆得慌！山清水秀，绿水青山，说的是好山好水，其实，还不是因为此处多佳木。

我不光是喜欢叶子的绿。春天，新发的嫩芽，那娇俏的样子，不输给花朵。我常常选那鹅黄翠绿的，拍几张照片。夏天，枝头树叶拉住了手，洒下一地浓荫。我常常在树凉下走走，坐坐。秋天，许多叶子绽放最后的辉煌，完成了使命，飘然落去。总有山乡古城因为五彩缤纷的秋叶而大红大紫，名噪一时，引人入胜。冬天，我甚至感慨归根的落叶，是为了给我们让出一地阳光，给寒冬多些暖意。大自然真是神奇，很照顾我们，我们需要阴凉时，树叶浓厚，我们需要阳光时，枝头叶落。

我有这闲心在"一岁一枯荣"的叶子上，起个高调，那还不是因为生活美好？说真的，对那些普普通通的叶子，我把它们看得想得美美的，也是近几年才有。挨饿，吃树叶，那种"赖年景"并不遥远。我们这一代，已经没有了挨饿的记忆。但是，我却有吃不同树叶的记忆。吃过榆钱，也吃过榆树叶；吃过洋槐花，也吃过洋槐叶；吃过香椿芽，也吃过臭椿芽。臭椿，也能吃？我记得，那口感和味道，不如香椿，也并非难以下咽。春天，看到刚刚冒出来的嫩芽嫩叶，想到的都是"能不能吃，好不好吃"。罪过！是不是有点儿？

那时候，啥啥都短缺。谁都想活得好好的，可是，那时候的好，不是现如今的好。老家院子里，有两棵枣树。我记得，树上结了枣，都舍不得摘着吃。"七月十五花红枣，八月十五枣打了。"枣要红了，每天会有一些落在房顶上、院子里，我们才捡起来尝尝鲜。俗话说，有枣没枣打三竿。据说，收枣时要好好用竿子打，来年结的枣才更多更好。打枣，我们都很乐意。那更像是个快乐的游戏。打下的枣，晒干，宝贝似的放好。到过年，才派上大用场，年糕、豆馅儿、枣花、枣枕头，枣是最佳配角。这些年，秋天枣红了，只有大哥还会去看看，吃几颗枣，拍几张照。不缺这口吃的了，任凭熟透的枣掉落一地，有点可惜了。

我想，应该是有许许多多的人，喜欢大大小小的树和各式各样的叶。这几年，花草树木到处都多起来了。就连老家的村子，也不再只是传统的杨、柳、榆、槐、梧桐、椿树，指望成材，也不再只中意桃、李、杏、枣、苹果、石榴，盼着结果。进村路、小广场、街巷旁，都栽了树、养了花，长势很好。有人专门伺候，只为"这树和花，长得真不赖！"老话说，仓廪实而知礼节。乡亲们也有了闲工夫，将就的少了，讲究的多了，田间地头，房前屋后，打理得漂漂亮亮的。

一开始，对朋友说的"闲"，我有点排斥。曾经，"有闲"是被骂过的一群人。更何况，我的兴趣是举目可见的叶子。"这有闲，很无聊！"不少朋友会这样想吧。恐怕，许久以来，我也是这么想的。

我们为了过得好些，需要奔波劳碌。真的过得好些了，也需要有点闲心。"先污染后治理"，说的是环境。现在，我也拿这说人生。这老路，既然不好，就别再重走一遍了。"多拉快跑""争分夺秒"，多么熟悉啊！可是，有多少事值得不顾一切，不计后果？休养生息，说自然，也说人生。我们可以闲些，甚至无聊些，因发现身边的美好，而享受心情的愉悦。

我喜欢一片片叶子。哲人说，世上没有两片完全相同的叶子。不同的树有不同的叶，一棵树上的叶子也不同，每一片叶子每一天都在变化，有的经历风吹雨打，有的占尽天时地利。这多像人，多像人生。留点时间，欣赏和享受一草一木一花一叶，不会耽误什么，挺好的。

铜钱草的努力

那几片铜钱草，终于没有辜负我的侍弄和期待，不断地有新叶冒出，恢复了该有的满眼绿意，显示出勃勃生机。

孩子带回家一盆铜钱草。"花盆"如蒸盅大小，草和盆都很养眼。这草长不大，却长得快。眼看着它长成密匝匝一蓬，小"花盆"似乎难以满足了。于是，移栽。选择两根，剪下两截，每截带着根须和两三个铜钱，埋入新盆。新盆依然如蒸盅大小。

据说铜钱草很好养，可以长在路边。想来可信，花草本来如此。然而接下来的日子里，移栽的铜钱草，搞起了长期休养，却不生息。当初的那几片叶子，不温不火，不好不坏，依然如故，再也没有冒出新芽。那两剪伤了筋骨，还是新环境水土不服？

我有段时间在家里多些，对那几片铜钱，也就关心得勤些，有意无意地看两眼，隔三岔五地浇点水。偶尔有几天，忘了伺候，汤水不济，会有叶子耷拉下来。浇点水，又站起来。有时候想，这几片叶子还能坚持多久呢？有时候也纳闷儿，为什么不出新芽呢？不过，几个月过去，我一直在坚持。好好照看着，从未动过不管不顾或一扔了之的念头。

工作上的事情多起来，我在单位住了一周。周末回家，一瞥就发现，盆里冒出了新铜钱。这是休养到位，元气满满，开始生息啦！欣喜。接下来，就简单了，浇浇水，转转盆，数数新叶。铜钱"上新"

了，生机盎然，喝水很快，似乎每天都要给加点新水，每片叶子都热爱阳光，张扬地伸展着看向窗外。我没想到，铜钱草缓过神来，重新有了昂扬的样子，竟用了几个月。

这几片铜钱草，让我惦记了几个月。虽说整个过程没什么技术含量，坚持下来也是不易。养花，需要耐心。我想，这里面有感情。如果我早早地放弃了，也就枉费了小草的力量。我花三五块钱买回一盆，扔了旧的再换新的，倒是简单痛快了，却少了看到嫩芽破土的欢悦。

"苔花如米小，也学牡丹开。"苔花不需养，还那么小，尚能让人想到牡丹。铜钱草是草，叶子像铜钱，细细的绿茎，圆圆的绿叶，像是缩小版的荷叶，有人也称作金钱莲。虽然都和钱攀扯关系，毕竟不是莲而是草，我更喜欢铜钱草这个称呼，更平民，更生活。数月时光，几多关照，品相甚好，我的铜钱草就有了被记一记的理由。

小心呵护，久久为功，养棵小草尚且如此。成人成才，大树参天，自然需要经历更多风雨。人说草木无情，而有感情会思想的人，即使一生平凡，也必有许多故事。

小区花园

小区院里有个花园,我以前不愿去,嫌小。最近却常去,有时一天能溜达三五次。

刚搬来时,小区"零件"还没配齐,地下车库正在施工,还是个大坑。车库建成,大坑平了,铺路铺砖硬化,植树种草绿化,地面成了小花园。记得有邻居开玩笑,"太小了,遛弯儿会头晕吧。"我深以为是,也抱着嘲讽的态度。

在锻炼上,我尽管"除了走路,什么也不会",但是不算懒,走得很勤。一早一晚,常走进离家不远的公园,闲庭信步,吊吊胳膊,抻抻筋。春秋天,会爬爬香山,累得浑身很舒服。偶尔专门到奥森,在绿树掩映中,爽快地健步走。上班住校时,校园的道路、操场,周边的大小院子,走了个遍。出差,住处附近的街道、公园,我也会"到此一游"。

走路是我的功课。可是,搬来小区好久,一直没太在意院内的花园,没有去走走的念头。那么小,谁会去呢?

我为何后来换了态度,选择了小花园?"老臣病足,曾不能疾走",所以"徐趋"。我不曾病足,给我的良方是"强制走动,限制远行"。"近走",自然想到近在眼前的小花园。终于发现,许多人愿意去那里。

有孩子们嬉闹时,小花园最热闹。春天里,小花园鸟语花香;秋天里,那些树都换上五颜六色的彩妆;夏天里,最喜欢有风的傍晚和晚上；冬天里，下雪天可以堆雪人打雪仗，于是，不约而同，"神兽们"出来撒欢儿。骑车、跳绳、滑板、踢球、泡泡机、玩具枪、跳跳杆、平衡车，单兵练习、两两角力、三五嬉戏、群体追逐，欢声笑语，生气蓬勃，小花园成了孩子们的课堂、操场、乐园。

平时的小花园，是安静的。

早晨和晚上来的人多些，遛弯儿，锻炼，与别处公园无二。上午，一对老夫妻会准时出现。老先生衣帽干净整洁，坐在电动轮椅上，缓缓地绕行，有时仰望蓝天，有时平视绿树；老太太看着壮实利落，练着八段锦太极拳，有时与人聊天，不时张望地找一下先生。中午，树下的长凳上，一位老人常坐着打盹儿，一只小狗老实地趴在边上。"老人与狗"，我几次用手机拍下，但是，都没拍出来那种想要的感觉。

遛狗，引起我的注意。小狗们各有性格，是品种原因，或者是因为"家长们"的教育呢？一比格，体型较大，又很活泼，常被警告"听话！电你了啊！"大概是给戴上了紧箍。一泰迪，陪着主人遛弯儿，主人大步流星地走，小狗或前或后地跑，谁也不理谁，好像不相干。一京巴，据说12岁，年龄大了，不爱动，走几步就蹲下来。是累了，还是耍赖？主人要么哄，要么抱，语气柔软，好像从未训斥，有时候攥着两手，"猜猜，好吃的在哪？"狗狗每次都"猜"对。靠鼻子啊！

狗狗们也爱一起玩闹。常常听到有人招呼，某某快看某某来了，某某快看某某在那儿。某某某某，都是小狗的名字。于是，某某和某某就欢快地跑到一起去。这是能在一块儿玩得好的。有的就被严格看管，担心给闯祸，也怕被欺负。一金毛，主人绳不离手。说是狗太热情，爱往人身上扑，遛弯儿的老人，不注意能给扑倒了，"那我就麻烦了！"陪着老人打盹儿的，是一博美。胆子太小，见了大狗就跑，"看着它，心里踏实些。"不省心！

小花园，有多小？我就步量了一下，东西约100米，南北约30米。冬青树篱，区分了绿地和硬地，勾画了花园的筋骨脉络。硬地铺着渗水砖，是活动场地，弯弯曲曲的路，竟然还圈出来四个小广场。绿地上是花草树木，就说春天的花吧，迎春、连翘、玉兰、碧桃、海棠、丁香、杏花、樱花、紫叶李、榆叶梅，开得很好。其他的树，种类就更多了，树上常有鸟叫声。

  我越来越感到，花园虽小，功能齐全。当初，该是很用心了。想起地坛公园一副对联，"虽无崇山峻岭 却有茂林修竹"。小花园是片林子，花繁叶茂时，一眼望不到头；还是个运动场，活动身手的，可"拳打卧牛之地"。高楼之间、小区院里，会显得很局促很压抑吗？不，一点也不。虽三面有高楼，但是，四季的阳光总会洒进来。小花园，有人嫌弃，太小，还平常；有人喜欢，方便，还经济。我嫌弃过，又喜欢上了。

  世界那么大，你要看哪里？我想，可以听建议，千万别攀比，最适合的就是最好的。随遇而安，也许不是消极，或许是智慧的领悟，乐观的生活，理智的处理，积极的人生。小花园，很小，小而有用，挺好。

一畦菜地

我搬家到了新小区。院里住户还不多，绿化也还没搞好。在爱人的鼓动下，我们在靠院墙的一块空地，种了一些蔬菜。

我老说自己是个农民，也只是干过一些农活，偶尔为之，没正经操过心。种菜，没有实际的经验。怎么种呢？先是上网查，又向家里老人请教，下种、保墒、出苗、护苗，等等，知道了一些ABC。什么时候种呢？农谚说，"谷雨前后，种瓜点豆。"按照节气，种下了豆角、丝瓜、香菜之类的种子。

每颗种子的出苗时间不一样，甚至新、旧种子也会有较大差别。我们顾不了那么多。下种以后，天天要去看看有没有小苗破土而出。终于有一天，地里的土鼓了一个小包。种子发芽了！自然而然的事情，却有一些小激动。

出苗了，期盼的心情更加急切。地里缺水吗？自己吃完饭，遛弯儿也去那里看看。小苗长了吗？自己休息一晚，早晨也过去关心一下。刚出土的小苗，一天一个样，好像是在好奇地东张西望。接下来，小苗好像是走累了似的，又像是在思考着下一步的行动，好几天站着不动，保持老样子。蹲蹲苗，是必须的。小苗是在慢慢地积攒力量，等待属于它的成长时机。

撒下的种子有点多，出来的苗扎堆，一片一片地挤着挨着。苗多了争肥，都长不好。要及时"间苗"，拔掉一些。祖祖辈辈都是这样做的。

"间苗"，也不要太早。要观察，看哪棵苗基础好，有潜力，就留哪一棵。所以要等一等看一看，全面观察了解，选些好苗子，重点培养。

那块地，不是种菜的好地。贫瘠，不保墒。浇下去的水，很快就渗得不见踪影。地皮被春风吹过，每天都是干干的，什么时候过去看，好像都该浇水了。浇水太多太勤了，又担心小苗偷懒，扎根不深，以后长势不好。俗话说，根深苗壮。对几棵小苗要小心呵护，却也不能惯着，得逼着它们耐贫抗旱，苗壮成长，枝繁叶茂，抵御风雨。

我有点一厢情愿。几次大风差点摧折了小苗。连日大风，带来难得的蓝天白云，空气也极干燥。有一天，我晚上去看，小苗都已经蔫蔫地趴下了。这是要死啊！抓紧地，浇水，抢救。不枉我的挂念和照料，一餐饱饭，一夜休养，清早起来，小苗又水灵灵地迎接着我了。

小苗渡过一劫，这是一次教训。我反思着，既然菜已种下了，就要关心小苗的成长，不能让它们自生自灭。我也庆幸，幸亏没有早早地"间苗"，那么多小苗，即使有几棵彻底趴下了，还是有一些缓和的余地。

幼苗比较脆弱，需要细心再细心。要防风吹雨打，还要给足肥浇足水；要防小猫小狗无心地跑过踩踏，也要防好奇的孩子有心地伸手拔起。终于，小苗攒足了力量，开始撒欢似的往上蹿了。该给丝瓜、豆角搭架子了，好让那些丝丝蔓蔓攀缘而上。找来了几根竹竿，斜插在地里，上端靠在墙上或树上，给它们一个上行的方向。很快，丝瓜秧就紧紧握住了那些竹竿，接下来，一切就变得那样简单。它们肆意地生长着，很快就在那片空地上成了气候，一大片的绿色，吸引着人们的目光。

豆角长得不咋好。沿着竹竿爬了一段，就停下不走了，开出了紫红的小花，然后长出了一些小豆角。豆角蔓爬上去不久，就一直被"蜜虫"困扰着，显得没什么精神，结的豆角也不怎么漂亮，看着没什么食欲。香菜长得也不旺，模样很不起眼，倒是味道十足。

慢慢地，我的注意力集中到了丝瓜上。丝瓜长得很快，不经意间就已经爬上了墙头，攀上了树梢，有的还沿着树间的晾衣绳扩展了领地。这期间，丝瓜好像可以自立了似的，我也不再心心念念地盯着。它们偶尔显出蔫头耷脑的样子，我知道是缺水了，提一桶水浇上，就又精神焕发了。丝瓜长大了，已不惧风雨。

我看着那茂盛的样子，心态就有了变化，不再为它们的存活担心，而是盼着能早点结瓜。丝瓜蔓不断攀着延伸，叶子也绿得喜人，黄色的小花开了不少。我却看不到要结瓜的样子。老人听了，笑我们说，不能让丝瓜疯长，也得"打掐"，主蔓要"打顶"，弱的子蔓要掐去，要不然枝枝杈杈的都争"地力"，都长不好。叮嘱我们，得分清公花母花，母花才能结瓜，等"坐了瓜"，也不要心急，要等天凉了，丝瓜才能长得快嘞。于是，我们就多了一份耐心。

"打掐"之后，丝瓜长得更好，刚刚理过发的样子，显得很精神。果然，不久就看到了顶着黄花的小丝瓜。终于看到希望了。我们没有等到天凉，早早地就尝了嫩丝瓜。味道出奇地好，搜遍记忆都不曾有过的感觉。几个月没白惦记。有时邻居路过，我们高兴地分享喜悦的心情，劝着人家摘两根瓜尝一尝。

曾经，我的确是个农民，也干过一些农活，那也的确只是"打短工"而已，像是劳动课。这次，我的确种了一畦菜，也忙碌了一些日子，没少费心，那也只是充满娱乐的体验而已，像是在养花。小苗的成长，需要用心地呵护。收获些快乐，需要付出些辛苦。

当趁春光正好

在我老家，人们把"立春"说成"打春"。立，是开始之意。可是，人们说到"开春"，却不是一个日子，而是一种景象，是春天已经真的来了。

开春，差不多是在雨水、惊蛰了。最在意的是庄稼人，"节气很管用的！"节气就是农时，误不得。而节气过了春分，天气才会真的暖起来。

刚开春，冰雪消融，河水破冰，晚上也不再上冻。然而，冰冻三尺的田地，还没有完全化开。赶早的庄稼人，已经歇不住了，挑个阳光暖暖的好天气，到自己的"一亩三分地"，活动活动筋骨，试试镐头铁锹，盘算着开春后的活计。

麦苗返青，小草萌芽，可是，它们并不急着拔节生长，好像知道春寒料峭，时机还不成熟。树梢上一骨朵一骨朵的，分不清包裹着的是花还是叶，它们也在积攒力量，或是在等待春风的召唤，春雨的滋润。那萌萌的样子，好像是在说，来吧来吧春天，我们已经准备好了。

终于，风变得柔了，冬雪退场了，春雨下起来了。我们感叹一声：真的冷不了喽！于是，愿意出去走走，晒晒太阳，吹吹春风。甚至接接春雨，故意走进雨里，仰起脸，或伸出手，感受蒙蒙星星，想起那个润如酥的句子。春天，真是太奇妙了！

春天的大地，是希望的田野。这希望，是满眼春色，桃红柳绿，草长莺飞，勃勃生机。这希望，更是南方水稻插春秧，北方麦田浇春水，辛勤耕耘，施肥护苗，修枝剪叶，种瓜点豆。这希望，也是踏青的欢声笑语，用相机裁剪春色，把美好装进记忆。人们辛勤劳作也好，休闲观光也好，心里都美滋滋的。

春天的人们，总有新的希望。谈到外面的营生，盼望"过了年找找新活儿"；说到家里的安排，等着"开春了咱好好弄弄"；看着蹒跚学步的孩童，说是"开春就走得更利索了"；祝福康复中的老人，说是"天暖和了到外面转转，很快就恢复了"。人们相信，春天会有新的开始。

许多大事，在春天里也有了新的期许。上上下下，都很在意，想着迈好第一步。方方面面，都铺展开来，希望开个好头。

春风春雨有着神奇的力量。草木活了，桃树、杏树、梨树"都开满了花赶趟儿"。人的心也活了，老老小小"也赶趟儿似的，一个个都出来了"，想着该做些什么。赶趟儿，就是要忙趁春光，不负春光，在最合适的时候，做最恰当的事。

春天里，谁都有自己的节奏，不谦让，也不抢跑，不缺席，也不越位。枝头的花骨朵，天天去看，它们好像不着急似的，就那样挤挤挨挨地待着。某一天，早晨上班去，它们还是含苞欲放，晚上下班回，却已灼灼其华。都不知道，这中间发生了什么。

早春"草色遥看近却无"的小美好，终会成为一片片绿茵。眼前"姹紫嫣红开遍"的大繁华，让人不由得畅想秋日硕果累累的好景象。枝头，不几天树叶就拉住了手，如约兑现着大树底下好乘凉。

我想，对春天最敏感的，是天真活泼的孩童。且不说"忙趁东风放纸鸢"的欢乐，就看他们身上还是冬衣时，在灿烂阳光下奔跑，红扑扑的脸和鼻尖上细密密的汗，就知道春天不远了。

倒是朝九晚五的，案牍劳形，一忙碌一疏忽，窗外春色正美，室内不知不觉。早就有人规劝了，"莫道官忙身老大，即无年少逐春心"。当然不是要荒废公务，"一枝一叶总关情"，官忙、身老，更需修好这颗心，保持柔软温润，体悟苦乐冷暖。

春光的美好，春天的希望，谁都不愿意错过。"有桃花红，李花白，菜花黄""正莺儿啼，燕儿舞，蝶儿忙"，各有各的风采，各有各的事做。

　　春光无限好，我们敞开胸怀拥抱。新春新希望，我们满怀信心出发。一分耕耘一分收获。在春天，我们为了这新的一年，也为了这新的希望，心怀暖意，脚踏实地，让每一个日子都如你所愿。

名字的说道

那天参加会议，遇到一位老朋友。寒暄过后，他微笑着，瞄上了我的桌签，"马顺海，什么意思？"我听了一愣，莫非有什么状况？"马，顺到海里，就是龙。"他自问自答了。哈哈哈，原来是开我玩笑。我还是第一次听说。

起名字有许多讲究。众所周知的是字辈，同一辈人含同一个字。这是最普遍的，名门世家、小户人家都认这一说。还有，用同样字形，虽说比较小众，但古今也都有用的。苏东坡两兄弟，苏轼、苏辙，带车字旁。他们的儿子，苏迈、苏迨、苏过、苏遯、苏迟、苏适、苏远，带走之旁。孙子辈，苏箪、苏符、苏箕、苏简，带竹字头。

我对家乡一带的起名，有过一些观察和思考。冯骥才说，"那时的孩子名字都是三个字，大概与家族的字辈有关。"在我家乡，三个字，没错；字辈，却并不严格。最严格的是讲究"避讳"，与家里长辈的名不同字不同音。其他的就有点讲究不起了，于是，那些个常用字，捣腾来捣腾去。我常常想起那些熟悉的名字，有时候会哑然而笑。

俗话说，赖名好养活。有人批评，这是迷信，甚至恶俗。我不这么想。人们大都愿意有个好名字，喜欢有个赖名贱名的人不多，甚至没有。当年，识文断字的人很少，想起个所谓的好名字也难。起不了好名，就说赖名挺好。所谓赖名好养活，往深了说，是一种自我安慰。我这想法，没什么根据，供批评。

我的名字，要说有具体寓意，真没有，要说是随便起的，也不是。我兄妹五人，我在中间，有姐姐哥哥，有妹妹弟弟。哥哥坤海，这要拆字也得费思量了。我就顺着来，顺海。到三弟就拐弯了，没有"海"下去，他叫顺强。我在煤矿时，弟弟也在矿上掘进队下井。队里的技术员看了名字，就想到该是我弟弟。哥哥现在也试着写点小故事。我转过他的短文，朋友就猜到了我和作者的关系。

到老三拐弯，上一辈、别人家的名字，也有很多实例。这个拐弯，是有点意思的事情。反正也不那么在乎，寻个字排下去，不很难。为什么拐了呢？一般人家，有三个就行了，到此打住，是吗？也许，心照不宣。可惜，没有了爱"说古"的老人，已经很难求证了。后来，实行计划生育了，也就没有人会留意这些了。

亲兄弟的名字，到老三会拐弯。堂表间的联系，就更若隐若现。我姐姐名字里的"坤"字，妹妹和舅家的表姐妹也都有。和我姐同岁的，大舅家的表哥，叫现海。我哥的名字，该是从姐姐和表哥他俩的名字里，各取一个字。我姑家的表弟，和我同岁，叫建强。同样，我弟顺强的名字，兼顾了我和表弟。

我们兄弟姐妹，包括堂表，名字中的联系，不是为了字辈一说，更像是就近取材。这样想来，起个名真是很现成，捡两个字就行。这结论，也不完全对，总还是费了些心思。坤海、顺强这两个名字，就是放在一起，别人也难想到是两兄弟。但是，把我的名字也放上，一下子就明白了。可见，尽管名字普通，也是起早贪黑才起好的。

三里五乡，别人家起名，大致也是这样。有姐弟两个，姐姐叫清莲（连），弟弟叫连清。两姐弟、两个字，这样念是姐姐，那样念是弟弟。兄弟两个，也有这样的。若是两家人，也有类似操作，还会更进一步。有两家人，都有两兄弟，这四个人，用两个名字，利军、利民，在这家是哥哥，在那家是弟弟。于是，重名的很多。重名了，区分的办法是加上住处，说前街某某、后街某某，或者是加上父母，说某某家的某某，等等，总之是有办法，大家好像也并不在乎。

有人说，名字就是个记号。这个记号里有一些信息。名字反映性别，女孩子，"叫个啥珍儿啊、玲儿啊、凤儿啊"。名字里也还有时代、地域，乃至城乡、文化。有一些名字只属于那一群人。

有一些东西，比如经历、阅历、文艺、文化，潜移默化地影响我们，日用而不觉。"翠花，上酸菜！"这之后，"翠花"的历史也许就告一段落。《满仓进城》，是因为满仓是农村人。据说，满仓、满囤，一般是八月十五出生。农民是朴素务实的。《民兵葛二蛋》，后来葛二蛋成了正式的战士，也许又有个新名字。有一些名字，很普通，一讲渊源，取自《诗经》《论语》。引典齐贤，家里祖、父辈起码得略知一二。这些年，起名字的城乡差别，已基本没有了。这也算是个进步。

人没有高低贵贱。照这样说，名字就更没有好赖。可是，人们还是希望给孩子起个好名字。这几年，比较流行的，一是五行，金木水火土，命里缺什么名字补什么，再是打分，用电脑计算，给孩子起个高分的名字。信的人，真不少。这想法，碾压了"赖名好养活"，早已走向另一端了。"不能输在起跑线上"，这也是一种。认字多了，也增烦恼。

俗话说，人靠衣裳马靠鞍。起个正经名字，端端正正的，会对人有些积极的暗示。但是，要说名字决定一生，这就过了。"名不正，则言不顺；言不顺，则事不成。"这话是孔子说的，但说的不是起名字的事。起个好名字，就"无灾无难到公卿"，不会有那回事。

生命是父母给的。名字是给别人叫的。别人叫着叫着，名字里原始的信息就淡了，因为，我们活着活着，名字里就填充了新的内容。熟悉的人，提到你的名字，想到的是你这个人，名字就变成了名声。不管你叫什么名字，别人提起你的名字，说一句"这人不错！"或者"这人很好！"这时候，你就有个好名字。如果有人"可惜了那个好名字"，还真是有点对不起父母了。

所以，名字，除了字面意思，还有另外的意思。这个意思，是活出来的。名字的寓意，要靠生活解读。那就爱生活，好好过。

父母书签

谁来带孩子

反映社会问题,过去靠民谣,现在靠段子。"妈妈生,姥姥养,爷爷奶奶来欣赏,爸爸回家就上网,姥爷天天菜市场。"这段子说的情况,虽不会太多,但一定会有。

不愿带孩子,有的妈妈正变得理直气壮。我晚上遛弯时,和一对小夫妻擦肩而过,无意间听到他们在小声争吵,女士说:"第二天还要上班,谁晚上还带孩子啊!"我听她的口气,笃定而坚决,感到很惊讶。白天要上班,所以不能带孩子,第二天要上班,所以晚上不能带孩子。那,岂不是白天晚上都不带孩子。

客观上讲,现在的妈妈多数都有一份工作,她们不想因为带孩子而放弃。从长远来看,这选择似乎也说得过去。不能做全职妈妈,应该是大多数人的现实。但是,如果从心理上就排斥带孩子,然后拿"现在这个时代"说事,那是走极端了。

有的妈妈不愿带孩子,这问题往根上捯,可能是因为准备不足。在生孩子这事上,未来的姥姥、姥爷、爷爷、奶奶,比未来的爸爸妈妈更急切,就有了所谓的"催生"。无奈之下,先给年轻的人"催生"出一种心理,有的就玩笑着说出来了:"孩子给你们生了,我可不管带。"于是,从有宝贝计划开始,姥姥、奶奶就已经有了个约定:你只管生，我来带。把孩子交给姥姥、奶奶，似乎顺理成章。

家里老人帮不上，也不要紧。月嫂，作为一种职业，已被广泛接受。找月嫂带孩子，也是理所当然。月嫂几乎是24小时负责宝宝的一切，会成为宝宝最亲近的人，宝宝最依赖的人，责任很重大。月嫂的月收入，在许多城市已经过万。孩子给月嫂，这是稍显奢侈的选择。当孩子大一点时，从经济考虑，会更换月嫂。这时候，宝宝也会说话了，会走路了，会模仿成人了。他是不是会晓得，与他最亲密的人，那个朝夕相处的人，原来是花钱雇来的？

带孩子，就是和孩子在一起，和孩子交流，陪孩子成长。家里老人、外面月嫂，都可以帮着带孩子，也只能是帮着带。不管把孩子交给谁带，父母都不能缺位。姥姥、姥爷、爷爷、奶奶对孩子"隔辈儿亲"，会有一些溺爱。所以，完全把带孩子交给老人，也有一点缺憾。好的月嫂带孩子会给我们许多好印象，"很专业很职业"。但是，也别忘了她们终会受聘于下一家。

"孩子哭了给他娘"，这朴素的说法，有道理。妈妈能给孩子安全感。有研究说，绝大多数的妈妈是左手抱孩子，因为孩子能听到妈妈的心跳，就会更踏实。当然了，爸爸在孩子成长中也很重要，不要缺位。

今天，特别是城市里，完全由年轻的爸爸妈妈们自己带孩子，显然不现实，做不到。以前，也不完全是这样。最好的选择是，父母要尽最大的努力，尽可能多地陪陪孩子。只要有可能，即使累一些，也要自己带孩子。带孩子陪孩子，父母也会有很大的收获。

让孩子健康快乐成长，是一种责任，既是家长责任，也是社会责任。我们也要创造一些条件，让年轻的父母能够带孩子，愿意陪孩子。

怎样做家长

孩子天天都在成长，家长每天都在影响着孩子。家长是孩子的第一任老师，是陪伴孩子时间最长的老师，是对孩子影响最大的老师。

家长的状态，影响孩子的状态，影响孩子的未来。

有的家长务实。重视孩子学习的过程，注重孩子平常的学习；重视孩子成长的过程，注重孩子习惯的养成。学习的时候，认真地学习；游戏的时候，欢乐地放松。学习，要一鼓作气，把问题弄通弄懂。玩耍，要彻底放松，搞得筋疲力尽。孩子是快乐的，家长是开心的。不注重最终成绩，而注重平时努力的程度，成绩反而比较满意。即使有时候，考试的成绩不那么理想，也是从平时找原因，而不是在考试本身上找借口。

有的家长图虚。别人家孩子玩什么，自己家孩子也要玩什么，别人家孩子有什么，自己家孩子也要有什么。全然不顾自己的实际情况，不顾自己孩子的兴趣爱好。孩子的小同学读了兴趣班，小同学有了足球、篮球，不管自己的孩子是什么条件，是什么心情，自己也要搞一下。甚至，家长的同事、同学、朋友家的孩子爱好什么，也要通通地移植到自己孩子这里，很多水土不服。只图虚名，毫无成效，人有我有，疲于应付，家长累，孩子也累。

有的家长自律。勤奋努力，积极向上，忠诚老实，言行一致，如今似乎不是使用率很高的评价了，然而的确是很好的品质。阳光男孩，邻家女孩，这样的好孩子，在一些人看来，是要吃亏的，是绝不能行的。而实际上，从更长的一生，或者从更远的发展来看，最初的善良、向上、乐观、分享，是孩子一生的财富。做家长的，许多时候需要向孩子学习，学习他们的单纯、善良，学习他们的分享、团结，学习他们的进取、无畏，身体力行地为他们做个好样子。

有的家长放任。有的家长，有很强的投机心理，做事情讨巧，走捷径。有的家长，只把规则挂在嘴上，而不落实在行动上。在家教育孩子遵守交通规则，到路口就拉着孩子闯红灯；在家教育孩子尊敬老人，到街上就对老人指指点点。你让孩子怎么看，怎么办？有的家长，平时对孩子不管不顾，孩子讲些学校、学习、同学的事情，他不想听，不接话。可是，老师叫家长了，孩子成绩不理想了，才抽出空来对孩子一通训斥，甚至一顿胖揍。这不行啊！

一些事情，说大了，是世界观、人生观、价值观，说小了，是懂不懂四六、知不知好赖、辨不辨香臭。做家长的，无论如何，那些所谓人生经验的负面教导，还是少一些、晚一些传给孩子。做家长的，要努力些，用自己的一言一行，在孩子成长的道路上多给一些积极信息。

给孩子的最好礼物，也许是陪着他们，亲近自然，看看花草，玩玩泥土，弄一身泥，出一身汗，然后回到家，累得不想看电视，不想写日记，不想玩游戏，只有沉沉地睡一觉，这样的童年记忆，才是无忧无虑，快乐美好！

如何夸孩子

看到一篇关于如何夸孩子的文章。我认为，这是很好的话题。文章通过讲故事，进而说道理。但是，其中的观点，我却不是完全认同。

故事大意是：国内一位到北欧的访问学者，周末到一位教授家中做客。教授5岁的小女儿满头金发，有一双漂亮的蓝眼睛。学者禁不住夸奖："你真漂亮，真是可爱极了！"教授脸色阴沉地对中国学者说："你伤害了我的女儿，你要向她道歉。"我们一定会问，这是为什么呢？教授说："孩子漂亮，这取决于父母的遗传，与小孩个人基本上没有关系。你的夸奖会让孩子认为这是她自己的本领。她一旦认为漂亮是值得骄傲的资本，就会看不起长相平平甚至丑陋的孩子，这就给她造成了误区。其实，你可以夸奖她的微笑和有礼貌，这是她自己努力的结果。请你为你刚才的夸奖道歉。"学者只好很正式地向教授的小女儿道了歉，同时赞扬了她的微笑和有礼貌。

道理大概是：赏识孩子，应该赏识孩子的努力和有礼貌，而不应该赏识孩子的聪明与漂亮。因为聪明与漂亮是先天的优势，而不是值得炫耀的资本和技能，但通过自己努力奋斗则不然，它是会影响孩子一生的可贵品质。

我对这个故事，信一半。

故事是不是还可以这样讲：国内一位到北欧的访问学者，周末到一位教授家中做客。教授5岁的小女儿满头金发，有一双漂亮的蓝眼睛。学者禁不住夸奖："你真漂亮，真是可爱极了！"教授兴高采烈地对学者说："真的非常感谢！你不但夸奖了我的女儿，还夸奖了我们夫妇。"我们一定会问，这是为什么呢？教授说："孩子漂亮，这取决于父母的遗传，所以你夸孩子漂亮就是夸奖我们。你的夸奖会让我们看到自己的优势。你夸孩子可爱极了，说明孩子招人喜爱，这就给她很大的鼓励。所以，你夸奖孩子漂亮又可爱，真是让我们全家都很高兴。衷心地对你的夸奖表示感谢。"学者一句很寻常的夸奖，却让外国教授对中国人的说话智慧有了新的认识。

故事可不可以说明这样的道理：赏识孩子，应该赏识孩子的努力和有礼貌，同时也要赏识给了这个孩子生命的父母。因为孩子也需要慢慢社会化，父母是完成孩子社会化的第一步，所以，让父母共享孩子的成长，让孩子感恩父母的付出。

这个故事还有第三种讲法，还有第三种道理。还有第四种说法……我们都可以试一试。

夸奖也是一种教育，会给孩子一些激励和信心。我们对孩子，不要吝啬夸奖。夸奖孩子的方式有很多种，场合、内容也都不同，重要的是要诚意十足，恰到好处。

不要打孩子

"棍棒底下出孝子"，这话已经不合时宜。"棍棒""孝子"，都不是今天的流行语。知道有"国际不打小孩日"，欣慰的同时，也有点惊讶。冠以国际，可见国内国外都有打小孩的家长。

说到不打孩子，我可以骄傲一下。儿子上小学时，老师在课堂上问："同学们，是不是都挨过爸妈打？"孩子们齐刷刷地举起了手。"没挨过爸妈打的,有吗?"我家孩子举起了手:"我爸爸没打过我!"儿子回到家,可高兴了。课堂上,小同学都看他,下课后,有小同学说想让我给他们当爸爸。他为此很自豪啊!

我把这当作一件乐事,给不少朋友讲过。可是,我一直忽略了一个问题,老师当时是什么反应?她是不是相信了孩子的话?有没有进一步做些点评或启发?那次班会就那样结束了吗?"不打孩子的家长,虽然有,但是少。"我多希望这不是她的最终结论。我还希望,她能给孩子一些教育,也给家长一些教育,朝着远离"打孩子"而努力地做些什么。

说实话,我的脾气并不好。但是,家长打小孩,我从心理上一直不怎么理解和接受。我一直认为,打孩子、骂孩子,是很丢人的事情。在大街上、在公园里,看到声色俱厉训斥以至拍打孩子的家长,我就会很奇怪。许多时候,明明是家长做得不对、做得不好,却把责任推给一心一意崇拜你、依靠你、信任你的孩子,真是不应该。

我说到没打过孩子,有朋友说是因为从来不管吧?其实,也不是。对孩子,管,不是打;不打,不是放任不管。我与孩子会经常交流。在每个重要的时间点上,比如升学、转学、成绩波动,我都会有意聊聊,引导他熟悉、适应、调整。有人搞混了管和打,平常不怎么管,遇到出了状况,觉得需要管一管,于是就训斥几句,甚至拍打几下。我见过一些这样的事情。

我们对孩子,不要"恨铁不成钢",也不要大事小情盯住不放。遇到问题,孩子有孩子的处理方式。我对孩子学习成长的要求,更看重的是他的方法和态度,只要努力过了,什么样的成绩都可以,重要的是,不要偏离大方向,不要掉队。我们要做些调整,学会放手,学会远远地看着,把快乐成长留给孩子。

儿子初中毕业时说,初中太快乐太放松了,高中要把心收一收。他是觉得中考不太理想。自己知道问题在哪里,心里有个小目标,这是我希望的状况。其实,他的高中仍然是快乐的。高考前一周,他还常去打篮球。我就提醒一句,"简单活动,不要受伤。"我也有苦口婆心的时候,高三那个寒假劝他留校,他后来说,我那两天像是唐僧,《大话西游》里碎碎念的那个。我对孩子看似大撒把一样,其实也在用心用力,把握方向,保持平衡,这让他早早学会了在重要关头自己做主。

也有朋友就说,只要不过分,孩子打两下也不算什么。问题是,如果"下雨天打孩子——闲着也是闲着",没事找事,或者"老子今天不痛快,你不要找打",拿孩子出气,这又算是什么?这不是孩子的问题,这是老子的问题。

亲子游戏

这个亲子游戏，传一段时间了。游戏从"妈妈掉河里了"开始。开放式过程，无拘无束，全凭自由发挥。因为有萌宝参与，所以都是大团圆结局，皆大欢喜，在笑声中结束。

妈妈是编剧、导演、领衔主演，年轻，有活力。宝宝是特别主演，男孩女孩都行，两三岁，萌萌的，有点懂事了，又不是很懂。现在的主力出镜，一般是二宝，据说更有"意外"发挥，更有出奇"笑果"。

我看到的第一版故事，是个短视频，镜头里只有宝宝，妈妈在画外说话。

宝妈轻声细语地唤："宝儿。"宝很自然地看向妈妈："嗯。"这算是游戏准备，戏台上说是叫板。场面很温馨。

紧接着，问题来了，"妈妈问你，妈妈掉河里了，你先吃棒棒糖，还是先吃巧克力呀？"很亲切的语气语调，云淡风轻，和颜悦色。听起来，妈妈掉河里了、吃棒棒糖、吃巧克力，好像都不是啥大问题。

宝毫不犹豫，很关心的样子，对着镜头外的妈妈说，"救妈妈。"多好的孩子，妈妈没有白疼你。

这还没结束。宝很快觉得不甘心，还有别的事，于是，有点期待地，自言自语地，边想边说，"吃棒棒，吃巧克。"话还说不清，但这里还有诱惑，挡不住的。

可是，宝宝说着说着，就好像想到，妈妈掉河里了，怎么办呀？

稍微一停，困惑顿消，手指向画外的妈妈，"爸爸救你噢！"救妈妈这活儿，还得请爸爸来，放心了。

全安排得妥妥的了。成功避开妈妈准备好的坑，救了妈妈，吃了棒棒糖，也吃了巧克力，还给爸爸派了任务。这一版，经典。我觉得，可以叫作：别人家的孩子。

我们想想很乐，有点百看不厌。讲给朋友。她看了视频，乐，回家试。隔天发回了她家的故事。她这版，是文字。估计视频录制不顺利，没细问。这一版，很经典，很儿童。可以叫作：宝宝自有主意。

第一番："妈妈掉河里了，你是吃巧克力，还是棒棒糖呢？——我要冰激凌。"宝宝自己手里怎么还有牌呢？没按预想的剧情往下演，游戏结束。

咱要做个懂事的宝妈，不能用同样的问题与孩子纠缠。第二番，换个人掉河里了："爸爸掉河里了，你是吃巧克力，还是棒棒糖呢？"宝宝早听明白了，接话就纠正："是妈妈掉河里了。"妈妈说错了。你说这咋整！

我们脑补出画面，乐。做一回阅读理解，总结中心思想，"宝宝自有主意"，未必准确。

老家的亲戚，也有这么大的孩子。聊天，说到这故事，"你们也问问大孙子，看看他咋说？"电话那头很认真，"这有啥讲哎？"关心有什么说法，不能难为孙子吧。听说没啥特别说道儿，就是个游戏，逗孩子玩儿，放心了，"媳妇带着去姥姥家了，回来了让她问问。"

隔辈儿亲，孩子的事儿，啥都得上心。电话方便，没等孩子回来，赶紧把游戏转述给媳妇。问了，专门给我们回信息，"小姑，我问了，臭蛋儿，你爱妈妈还是爱棒棒糖？伢说爱棒棒糖。"传来传去，越认真越走样，笑。

这个游戏水土不服，转垄了，突变了。一问一答，剧情简化了，直接了，干脆了。宝和妈大概都觉得，这不是我们的游戏。第三版：这算是啥问题？

俗话说，小孩子做啥样子都好看。一家孩子一个样，谁家孩子都可爱。这个游戏，孩子说什么不重要，说什么都会有一家人开心的笑声。

老拿这问题为难孩子，会不会有这样的第四版："妈妈不掉河里，不吃棒棒糖，不吃巧克力，呜呜呜……"宝宝给来个哭戏。这版叫作：宝宝太难了啊！

我想，这个亲子游戏，对特别主演宝宝的年龄要求比较严格，对领衔主演妈妈的心情有一定要求。似懂非懂的孩子才好，太小，听不懂，难以区分轻重缓急，不太会自觉配合演出，难出效果；大了，太明白，很容易出戏，结果难料，问妈妈"你怎么那么不小心！"这就没趣了。妈妈的好心情，有利于游戏的好气氛，有利于宝宝完美发挥。

这个亲子游戏，最好不要练习，问题也没标准答案，别反复做，别抄作业。不过，既然是游戏，较真儿就没意思了。有从回答看孩子，区分聪明、暖心、心大、吃货……如此结论，想多了，也草率了。甚至有说，这问题给孩子带来压力，容易心理伤害。如此担心，首先自己需要放松。凡事"一本正经"，定要有个说法，生活不是这样的。

以前家里孩子多，放养为主，逗孩子的禁忌也比较少。记得有位老人，几十年喜欢逗孩子，"回回逗哭"，几条街巷闻名。有的哭过就忘了，如同寻常一顿饭，不当回事。有的刻骨铭心，长大后成了笑谈，一桩乐事。那也是一种成长。今天，还那样逗，怕是不行了。

读书的孩子

近来读书不多，时间多被别的事占去了。一个孩子，爱读书，还很小，没上学，却隔三岔五和我作些读书交流。

我们那里，叔叔舅舅这辈人，若是家里最小的，就在前面加个"小"，小叔、小姑、小舅、小姨。东北是加个"老"。我们前面加"老"时，就是祖辈、曾祖辈了。爷爷、奶奶和姥姥、姥爷是"自己的"，其他都是顺着爸妈的称呼，加个"老"，升一级，爸爸的爷爷是老爷爷，还有老姑姑、老姨姨、老舅舅。东北是叫太爷爷、姑奶奶、姨姥姥、舅姥爷。

我说的这孩子，叫我爱人老姨姨。我是老姨父。

爱人去年就说，"大姐在教小孙女看书，那么小，能看懂？"显然，她当时不大赞同。我的想法是，小孩子读书，权当踢球、游泳、画画、弹琴，都当是玩，高兴就好，不一定要读懂。二十几年前，我没少给孩子买书画玩具，都是由着他造。书本都是随便涂画、随便撕扯，从来没有一页一页教过。涂过画过撕扯过，就是表达了读后感，我这样想。

终于有一天，爱人说大姐家的小孙女看好多书了，还能看懂。问她，孙少安是干什么的？孙少平是干什么的？她都有答案。又问她，田晓霞是干什么的？她说，书里面没说，不过他们都是双水村的。该是还没读完。爱人一连说了多次。真神了！她说。6岁的小孩子，能读大厚本的书，她原本不信。

"老姨父，你看过《平凡的世界》第三部了吗？孙少安是不是赚钱盖了一座小学呀？"这天，孩子第一次微信问我。我记得，那年国庆长假读过这书，还读了《习近平的七年知青岁月》。节后要和年轻人座谈，读书也算工作需要吧。不想几年后，这孩子问到了。"老姨父现在读书，囫囵吞枣，"我鼓励说，"丫丫，你读书比老姨父好。"

据朋友和同事说，我算是好读书的。爱人也常对亲戚朋友说，"有空儿就看那些书。"说这话的口气，复杂，有嫌弃、抱怨，有吹嘘、赞赏。我的子侄辈，爱读书的不多。我就常被当作榜样，教育晚辈的孩子们。"好好学习吧，以后也去北京"，大概是这样说，知识改变命运的意思。

我读"没用的"课外书，最早该是中学才开始，小人书连环画不能算数，真正读闲书、闲读书是工作以后。大学时读书，专门训练过一目十行，快速浏览中抓住要点，这被看作是一种能力，连英语教材都分精读、泛读。"好读书，不求甚解。"这是我现在的读书状态。读故事性的书，更是如此，读时有写有记，合上书就只剩"大概其"。吃饭于前，拉屎于后，难道就白吃了吗？翻看闲书，已不问有没有用。

提倡读书的常说，把读书作为一种生活方式。就如老年人遛弯儿吧，走走觉得舒服，或者像是年轻人运动吧，不动感觉没精神。书是精神食粮，有点道理，没听谁问过一日三餐有什么用。小孩子读书，该是最纯粹的了，就是喜欢。不过，小孩子读书，需要有引路人。

这小姑娘读书，奶奶是启蒙老师。奶奶，爱人的大姐，语文老师，退休了。大姐愿意让孩子和我说说，差不多是对孩子读书的检查和夸奖。"老姨父，你看过《钢铁是怎样炼成的》这本书吗？保尔是不是把神甫的烟末儿撒到他的教堂里啦？"小孩子喜欢这情节，淘气啊。我想，同样的书，现在的孩子能读出不一样的保尔。

书读了不少，看出来多是奶奶选的。我问她，四大名著读了吗？最喜欢什么书？她说，"老姨父，四大名著我都读过了，我最喜欢《红楼梦》啦。"又问我，"黛玉喜欢作诗，是不是呀？"嘿，怪不得喜欢

《红楼梦》，小女孩对八戒、李逵、张飞的印象不会很好。

听说有儿童版的名著，普及本吧，我没有关注，看来还真需要。知其大概，培养兴趣，这是我对小孩子读书的看法。丫丫也读原著，甚至还读医书，我没想到。"丫丫你真棒啊！"我由衷夸奖，"你才6岁，老姨父像你这么大，连字都不认识几个，哪会读书呢！"爱人说，孩子听我这样说，该捂着嘴偷偷笑了。

读书是很个人的事情。读书也需要有他人帮助和引领，互相做些交流。我知道，无论对谁，我还够不上谈经验，只是，遇到喜欢读书的，我乐意鼓励，为他们点赞。

在学校工作了几年，和爱读书的师生有不少交流。不同年龄，不同阅历，不同喜好，不同专业，这样一群人聚在一起，谈谈读书，我常常觉得有意想不到的收获。那些年，对这样的读书会，我乐此不疲。那场景，历历在目，我很怀念。我后来知道，许多师生也和我一样，对此满是美好的回忆。这是我的一个读书收获，也算是一个贡献吧。

读过的书，说过的话，也许，过去了就过去了，但是，总会有只言片语，某人某事，不经意间影响到我们，或者不知不觉成为人生的经验。好书相伴，会给孩子很好的营养，助孩子好好长大。我们也别光说不练，可保留些兴趣，有空也读一些书。

作业

老师在家长群发了张照片,是一位学生的作业,带着老师的批语:"写得真漂亮!"又率先留言,"批阅这样的作业是享受。"然后,是家长们的各种夸。负责的好老师,认真的好学生,闻者皆喜。

这情形,无疑,许多家长算是遇到了"别人家的孩子"。当然,有一位小学生会很骄傲地说,"这是我的作业!"最终,也会有许多孩子说,自己也能写得那样好。典型带动,正是老师希望的。

前些年回老家,我也是个"讨厌的亲戚",爱问问孩子们的学习。说到那些孩子,家人邻居不约而同,"都不好好学",好像都不是读书的料。很是有点担忧。听说一个侄子还行,老师常表扬。难得,高兴,夸奖。我要来作业一看,傻眼了,咱完全看不懂。语文数学,每页都是红对勾,每本都是糊涂账。我就随便翻着,慈眉善目,问侄子这个是啥那个是啥。他也不知道写的是啥。只好笑了,没法急啊!

像这样,孩子们的学习,真可以说是学生、老师、家长"三不管"了。学不好才正常,学得好才怪啊!于是,"读书无用"流行,恶性循环继续。孩子被耽误得很可惜。听说,近些年有所好转,但愿,一代更比一代强。

写作业,不仅仅是检验学习效果,本身也是一种学习。作业,需要适当,也需要认真。教书育人这四个字,在作业里是有的。我们常说,书写自己的人生。我就想,做作业有点像做事情。我们在不同的年龄有着不同的任务，就如在不同的年级有着不同的作业。"吾道一以贯之"，这话可以用。

我常想起大学时的一位老师，教力学，却爱谈古论今，课堂气氛很好。谈法国大革命，"其实，起因是，土豆歉收"。讲当年的批斗会，"台上喊'你，你，你反对某某'，其实，是他，把他老婆睡了。"老师眼睛不大，讲什么都笑眯眯的，似乎在讨好我们，关键处还有一点点口吃，但口气又很笃定。

有一次，他其实这其实那的，把学校大事小情好好臭了一通，说的听的都很过瘾。要下课了，发现领导在后排坐着，随堂听课，于是住口，好一通笑眯眯点头致歉，"校长，校长，校长……"这笑谈，传了好几届学生。

刁钻之中，有其逻辑。老师布置作业也那样，"其实，很简单，让我一眼看出来，哪儿错了。"写作业，清楚明白不糊弄，其实，真不简单。

我的这位老师算是开放的了。这样的老师并不少，学生们会印象很深。汪曾祺回忆他读西南联大，在《西洋通史》课上交了一张规定的马其顿国的地图，先生阅后，批了两行字："阁下之地图美术价值甚高，科学价值全无。"他感叹先生的开放，"似乎这样也可以。"这样的师生互动，想想都很愉悦，学生可以"这样"展示，老师也可以"这样"褒贬。也算都很用心了。

当然，这样的"更为随便"的老师，最好是在大学，面对已经成年的大学生。我当年的那位老师，如果是面对中小学生，这样讲课、布置作业，恐怕不行，特别是，如果放在今天，会被家长声讨的吧。

写作业，谁都希望得个好评。好不好，自有标准。可是，百人百性，十个指头还不一样长。我读小学时，老师有一句话，"一斤的瓶装满了"，用来评价用功但成绩不怎么好的学生。有些悲观，但也基本客观。所以，批作业，要看学习能力，也要看学习态度。能力强、态度好，德才兼备，天才又勤奋，自是好学生，会写出好作业。当然要大赞！一般的，只要不抄不替，写得认认真真，明明白白，干干净净，不妨也给个好评。

孩子小时候，我也看看他的作业，也参加家长会。现在还会说起，他刚上小学时，美术作业，画画，经常是太阳、花朵、跳绳的孩子。我看了也笑。小孩子不容易，咱就别勉为其难了。好不好的，都给个鼓励。

后来假期，见别的孩子上辅导班，他应该是不甘落后，主动要去。过了几天，我说都学了些啥啊，拿来本子翻翻，一问一看，当真是没咋学。假期嘛，就是玩儿，辅导也算是给带孩子。多少得学点儿吧？一天学会一点也行，要不，咱就不去了，那儿还有老师管着，又玩儿不好。后来，这类班，就给免了，过快乐假期。

我这也是宽严相济了。慢慢地，他却懂了，我要的是态度和方法，真学，不装样子。也鼓励玩儿，高高兴兴，别贪。不可能人人得第一，但是人人都可以努力。好的目标不可强求，也不要毫无追求，许多事情就是这样。

学习是个人的事，教育是大家的事。当年侄子的作业，恰反映了当年家乡的教育。老师外流择业、学生外流择校，高中埋怨初中"送不来好学生"，初中埋怨高中"留不住好学生"，家长学生疑问"咱这儿咋就没个好学校"。谁都不满意，这咋整啊！

终于来了个管事也干事的明白人，想了许多招儿。他劝初中，"别怕好学生往外县跑，到哪儿也是咱孩子，学成了，也有你们的功劳。"他激高中，"别怨生源不好，都是家里的希望，你们做好了，来他个'低分进高分出'，也是大功一件。"各自干好自己的活，道理都明白。有说有练，严抓细管，心齐气顺，各方支持，成绩年年高，有了新气象。

这岂不也是交了一份漂亮的作业。这作业的批语是，百姓的好口碑，孩子的好未来。因为他这一份大作业，许多孩子的人生，许多家庭的境况，就多了许多美好。真是大功德！有的事，大家都希望好，有个能担事的人好好张罗一下，也许真的就成了。

我一直觉得，我们需要不断地向孩子们学习。人生是一场旅行，风景永远在路上。你看，有风景，风雨也肯定少不了。人生是一场修行，精进永远在路上。你看，有精进，功课也肯定少不了。人生是一场长跑，赶考永远在路上。你看，有赶考，作业也肯定少不了。俗话说，远路没轻载。在人生的长跑路上，书写合格的答卷，定是要用力用心。我们在教育孩子努力的时候，别忘了自己也要不断加油。

人文学生

"人文学生",是我一个微信好友的名字。我不记得,或者说不知道她的真实姓名,也不确定她是不是知道我的名字。

初次见面,说起来有点尴尬。我有一天到学校食堂吃早餐,结账时,换了几个刷卡机都刷不上。窗口售饭的大姐微笑着,起了疑心,"没见过长这样的卡。"该不是怀疑我混饭吃吧?我左右看看,还真是,我的卡与众不同。这还难说了。

"师傅,我来替这位老师刷卡吧!"我当然很高兴地答应了,连声感谢,发自肺腑的那种。帮忙的是一位女同学,"没事的老师。"她说完,转身走开了。我好像不应该也一走了之,就过去坐在了对面,想把早餐几块钱微信转给她。她说,"不用了老师。我今天第一节有课,没带手机。"聊了几句,知道是云南的,人文学院的学生。我"循循善诱",她才留下电话号码。

她是一个好学生,我这么想。主动帮我解围,还"做好事不留名",我如果不是循循善诱,或者好说歹说,她不会给我号码。我知道,课堂上有太多全神贯注玩手机的学生,而她有意把手机放在宿舍,上课时不带手机,不做课堂"低头族"。这该是一个好学生。我这判断有点主观,有点自我,但是,大概也差不多。

说是初次见面,其实是唯一一次。我后来通过电话号码,主动加了她微信,不知道名字,就记作"人文学生"。她偶尔给我点个赞留个言,给我发过"教师节快乐!"她似乎很少发朋友圈。我还是注意到,她在准备考研,很刻苦,往往很晚才回到宿舍。

那年暑假的一天,我看到她朋友圈的新消息:"早上去买个鸡蛋灌饼,结果打开钱包,发现里面只有6毛钱,然后的然后,阿姨说:姑娘,阿姨这饼不要钱。"我当时就有点感慨,把她替我结账和阿姨要为她免单做了联想。友善,也会传递吧!她暑假没回家,在准备考研。我越发感到,这是一位好学、上进、善良、自律的好学生。祝福她!

我们这样的二本院校,许多学生把考研当作新出路,毕业读研的能十有二三,有的班能有近半数。抛开大道理不讲,考研大概是四种情况:考上去,进更好的学校;考回去,回到家乡;考出去,换个专业;再就是,前几种情况的完美结合,比方说,回到家乡更好的学校。

突然有一天,这位同学微信联系我。原来她报了云南大学,考研很顺利,马上要面试。"如果遇到一个问题,我没学到,该怎么回答?"她很认真地在备考,兴奋又忐忑,"直接回答没学过好吗?还是说我可以随便蒙一下?"这位好学生在预测可能的新问题,万一出现了,如何回答更好。

能为这么具体的问题找到我,应该是已经再三再四思考。我先祝贺,再鼓励,后建议。直接说不会,几乎等于放弃回答,不得分;胡乱说几句,不懂装懂可能离题万里,会减分。所以,既要诚实,也要认真,把自己最好的展示出来。"老师,这个问题我没有接触过,我想按照自己的理解和所学的知识,试着回答一下。"然后说出个一二三,我想这样比较好。

隔天,她给我微信,"老师,面试真的遇到一个问题,我没接触过。按您说的回答了,我注意到面试老师看着我,边微笑边点头。"她很高兴,"老师,谢谢您!"我知道,我没有给她什么帮助,不过是向着奋力奔跑的人,喊过一声"加油!"后来,她被云南大学录取，又一次和我分享了她的喜悦。做事有始有终，我想，这真的是一个好学生。

人生路上，有许多这样的人，不期而遇，匆匆别过，可能再也不见，却在生命中留下印迹。人文学生留给我的回忆是美好的。

小李护士

这个故事不好写。

第一次见到小李护士，她正忙着跑前跑后，"您先找地儿坐会儿，我忙完来找您！"她走路一阵风，很快回来了，"咱就这儿谈得了，别去护士站了，您坐着，我站着跟您说。"我还是客气地站了起来。她叮嘱注意事项，很细致，很负责，也很贴心。"头天一定洗个澡，好好洗，肚脐眼都得洗了。"她做的是住院宣教，必须有的。

进入住院这一层，看着楼道里、病房里的病人，不由得心头一凛。这是一场硬仗。儿子也注意到了，"爸，这架势，真够你受的。""大家都这样，你看，没问题，都挺好。"我和儿子聊天，语气轻轻松松，句句颇有深意。在这里看到的，事都关己。我们在互相加油、打气、安慰、鼓励。

小李护士是主管护士。量体温测数据，这些事有其他小护士做。我还有自己雇的护工，负责简单的护理，像是"扶我起来"、洗脸泡脚之类的。小李护士负责有点难度的技术活。每天要扎个肚皮针，"疼一下啊！"她每次都是这样开始，然后，选好位置，左手两指捏一下，右手进针的同时，左手两指松开，但是并不离开，配合着注射，一个指头肚轻轻地边按边抚。打完针，我下意识地伸手过去。她说，"您不用按的，这就可以啦！"我每次做好要"疼一下啊"的准备，其实并没有，心里就觉得这个护士挺好。

她每次进入病房，就像一个回家的孩子，第一句话总是"我来啦！"然后，有条不紊地工作，亲切自然地和病人聊天，说一些安慰鼓励的话。工作完，临走总是招呼，"好啦，有需要就按铃叫我！"白衣天使，对，我当时的感觉，我现在的印象，她就是白衣天使。

她每天重复地工作，我听着聊天内容不断地更新，"您今天又长本事啦！""隔天就可以出院啦！"我听了平静，放心，很高兴。其实，一个一个的病人来了又走，这些话她每天都在重复。可是，我听起来，诚恳，得体，中听，真实，似乎看得见病痛在远离，身体在康复。

比较熟悉了，爱人夸她技术好，说话好，人长得还漂亮，"一定年年是优秀吧。"她就笑了，"也不是年年。我是工作兴奋型，一到班上就精力充沛，闲下来无精打采的。"她说这话时的情形，不是自豪，也不是自责，没有炫耀，也没有抱怨，像是两个老朋友闲聊。

"你叔叔也这样。"终于聊到一个共同点，爱人套近乎，顺便自夸，"感冒啥的，总是在假期，一说上班，来活儿了，好了！"我想起来也是，这种记忆有多次。最难忘的一次，连续出差，10天走了7个省，每个省都有一两个活动，赶在"十一"长假前回家。当天晚上就发作了，鼻孔、嘴角起火疱，胃肠咕咕噜噜，拉肚子。长假结束，好了。

于是，小李说我很快就会好起来，我们嘱咐小李也要注意休息。我看到，医生护士都很忙，很负责。值班护士晚上9点查房，夜里几次巡视，早晨5点量体温、抽血。医生早晨7点半就到了病房，有的晚上八九点钟下手术，还到病房问问情况。他们很不易。这样一份工作，值得所有人尊重。

"肚脐眼都得洗了"，事后想想，小李护士本来例行公事的住院宣教，每一句话都那么必要，每个细节都那么负责。扎肚皮针，她那样的手法，炉火纯青，真不是谁都能行。她这是在工作啊！辛苦，但是，自己做得安心，快乐，也让别人安心，给别人快乐。更难能可贵的是，她面对的是病患。她说，"也遇到焦躁的，甚至不讲理的，咱又不能吵，换位思考呗，总会好的。"善莫大焉！

最近看到一线的合同制护士"转正"的新闻。我就想，小李护士也是合同制。记得她说，也没办法，都是合同制。问她一直这样干下去吗？她说，"十多年了，也不会别的啊！"依然快快乐乐的。

能把一份工作做到这种程度，佩服，致敬，学习。

给女士写一封信

  单位的女士策划了"三八"节活动。活动要男士们参与，给女士写一封信。她们准备充分，送来了信纸信封，是特意选购的，看起来温馨、素雅、新潮、文艺。我若不诚心诚意以待，似乎对不起她们的用心用情安排。

  好多年不写信了。上大学那会儿，由于我的信比较多，班里信箱的钥匙也交我保管。我上次搬家，从书本堆里抖落出来几封信，拍照留存，又小心收起。巧的是，那天晚上小聚，两位写信人都在。酒过三巡，我拿起手机，读他们的信，在座的都安静地听着，看看我，或看看他们，若有所思的样子。信里的话，把我们带回到过去。

  许多事情会渐渐遗忘，又在很偶然的机会，突然一下，变得十分清晰，历历在目。前几天，一位老友翻盖房子，收拾杂物，发现我写给他的信。他把信拍照给我。信写得比较潦草，但我也还能认得那些字，信上说，"暑假后，爷爷和我一块儿来了学校。"那是大四开学。爷爷是个"要好"也"要强"的人，他要在我毕业前到太原的学校看看。我陪爷爷出远门，只有那一次。

  更多的信，都随着岁月遗失了。一路走来，也有许许多多的人，慢慢慢慢就失去了联系。有个非常要好的同学，当年学习尚可，但高考两战失利，后来音讯全无。多年后终于联系上了，我们通了电话，感觉还像上学时一样。但是，他终究不愿再回到这个圈子。

写一封信这样的安排，很有创意，也很大胆。这要感谢年轻人活力无限，也要感谢单位里氛围很好。同事，是一种缘分。天南海北、互不相识的人，机缘巧合地成了同事，或是同学，机会只是亿万分之一。这不是做算术题，说的是要珍惜彼此的相遇。

可是，给女士的这封信没那么简单。写信人要署名，但不知道是写给谁，因为，信要被装入盲盒。虽说这是一个游戏，但毕竟是一封信，可不敢儿戏，即使要营造活动效果，不妨一乐，也应该益智宜人才好。我要认真对待。收信人是随机的，这信还有点难度了。

我突然意识到，写信，虽不至于字斟句酌，但总是要费些思量。真是，开口说话随便诌，落在纸上有点难。怪不得，现在写信的人很少了。我们过生活，更喜欢"傻瓜"一点。有意思的是，我们过去所说的"傻瓜"，已经更多地被智能代替了。通信如此方便，谁还会写信啊！

"家书抵万金"，是因为前面有"烽火连三月"。而我这封信，本意在节庆，其乐当融融。谁会打开盲盒，拆开我的信呢？我的女同事，谁都有可能。所以，谁都可以看，小范围里，半公开了。

那我就公开了吧，信是这样写的：

节日快乐！

我们天天见面，今天却要给你写一封信，想想也是很文艺。这样来纪念"三八"节这个美好的日子，很特别，也很有意义。

我要送上最美好的祝福。岁月匆匆，我们要善于欣赏沿路风景。琐碎的日常，看烦了，或看惯了，换个位置，换个角度，也许豁然开朗，有别样的美。

远路没轻载。人生路上，我们要学会调整和选择。努力把该做的能做的事做好，阳光灿烂，快乐着给自己信心；试着从一些无谓的事情中抽身，放松一下，恰当地给自己留白。一幅图画，疏密有致，浓淡相宜，感觉才舒服。

我们都有自己的角色。到什么年纪做什么事，在什么位置尽什么责。梦在远方、路在脚下,不忘初心、过好当下。在任何时候,都可以坚持读一些书,对当下今后都会有益。

礼物?有。迷你对联,送你一帖。联曰"白天热热闹闹做事,晚上安安静静做梦",横批"又是一天",有"福"有"富"。愿:每一天都美好!每一天都快乐!

此致

这封信,也许会早早地随着旧书废报,被回收再利用,也许会在若干年后被人捡起,也许那时候,有人读着信,还会想起这个春天。

失眠·夜读

  我们都想做喜欢的事情,过快乐的日子。可是,总有一些小烦恼,不请自来。那些听起来很小的事,往往很影响心情,让人乐不起来。

  失眠,就是这样烦人的事。睡不着,故事很多,有的在床上翻过来倒过去,搅得家人也睡不着;有的静静地躺在床上,胡思乱想;有的跟自己较劲,在漆黑的夜里,瞪着双眼"熬鹰"。

  失眠的原因,据说主要是对失眠的忧虑或恐惧。多数人的感受是,越想睡着,越睡不着;怕睡不好,反而睡不好。失眠很难受,种种痛苦一言难尽,许多人不堪其扰。说是小事情,真是大烦恼。

  董卿爱读书。在一档电视节目里,有人问道,如果晚上失眠了会怎么办。她说,那就起来看书呗,反正睡不着。

  关于失眠的故事,这是我听到最轻松最美好的。其实,这个时候,看什么书不重要,心态更重要。去你的失眠吧,我看会儿书去。

  难以化开的烦恼,只需转念一想,心态平和,也就烟消云散了。

  工作交流的原因,我有段时间住单位,过"单身"生活。偶尔地,躺床上无睡意,或者是半夜醒来难再入睡。曾试过读点儿书,或写点儿什么,甚至看会儿电视,总之是起来,不躺着了,找点儿事,果然,感觉比"睡不着,硬要睡"还要好一些。坏情绪被转移或消化了,也许吧。

  有一个小视频,"火"旁变"川"旁,"烦"就变成"顺"。但是,生活不是写字，这一变，并不易。化烦为顺，需要自心的修为。我们熟悉一句话，不如意事常八九，能与人言无二三。到此为止，就有点儿悲观了。总要做些什么才好。

不期而遇的烦心事，大可不必过分计较。不妨换一个角度看，用另一种心情做，再不行，就找个喜欢的事做。不如意事，不要纠结，也不要纠缠。无可奈何地抱怨，心灰意懒地消磨，不如顺其自然，平心静气地面对，积极乐观地克服。

看书对付失眠，当然不是偏方。然而，用夜读代替失眠，像是很有些生活的智慧了。自心清净，能断烦恼。当说起"昨晚又失眠"，就很是暗含些抱怨的情绪；而说到"昨晚又夜读"，就明显的是打开了分享的话题。可以想见，说失眠或夜读时，脸上也会是完全不同的表情了。

我看晨练

晨练，想必由来已久。近些年倡导健康生活，更多的人养成了晨练的习惯。

年轻人健步、慢跑，老年人练功、遛弯，闲坐、遛鸟。最规律的人群，要数大爷大妈；最常见的功法，要数太极拳、八段锦。从以前有一搭没一搭地，到近来慢慢"天天见"，从"只会走路"，到加一点项目，我在晨练队伍中正靠近合格。

"适合的就是最好的"，晨练也这样。无论什么原因，不拘做什么，自身受益、人畜无害就好。在地坛公园，有一位天天爬树，人精瘦，噌噌噌，爬上一棵树，下来抻抻胳膊腿，噌噌噌，又爬上一棵树。如此反复，然后，走人。此君少有，否则树真受不了。见到的人都稀罕，也没有谁说爬树不合适。

我感觉，晨练是好习惯，值得多多提倡。我还认为，晨练需要条件，不是谁都适合。规律的晨练，需要规律的生活；规律的生活，需要规律的工作。说到底，晨练需要时间，许多人时间紧张，讲究不起。

那天，迎面碰上一位晨跑的小伙，30岁上下的样子，一身运动装，满头大汗。擦肩而过，酒气熏人。不用说，昨晚有一场大酒。他要跑出一身汗，回家洗个澡，醒醒酒，散散味，然后，精神抖擞上班去。职场人，打拼，讲究。这"先污染后治理"的事，多少曾经，多少一再发生。

晨练虽好，却不是每个人的必需。如果"早晨的时间最宝贵"，应该舍不得、去不得晨练。一言难尽的是小孩子。一个练网球的男孩，有教练教，有父母陪，可是他打球总是懒洋洋的。有几次妈妈急了，"咱今天不打了！"不打球，追着打孩子。孩子跑起来。我发现，他挨打比他打球欢快多了。孩子们的晨练大多不怎么快乐。很可惜！何必呢？

我出差，一早一晚喜欢在住处附近走走，各地"早晚课"景象相近。有两处印象不同。一天早上，在石家庄的烈士陵园，看到烈士墓碑前的晨练，有点儿讶异。怪怪的。一天晚上，在宣化人民公园门外广场，看到里三层外三层的人群，狂歌劲舞，歌声叫声响彻夜空，印象独特。周围居民得有好耐性。

总的来说，晨练，有我们的特色，很中国。我几次出国，一早一晚也在附近走走，没见过同样的场面。所以，老外们来了，见到"练功"的我们，常会拍照留念。很稀罕，也许回去会指着照片说，神秘的东方，神奇的中国人，人人都有"KONGFU"！

晨练是许多人的功课，但不是所有人的必修课。我理解的晨练，应该是保基本、保运转、人快乐、身健康，与"冬练三九、夏练三伏"的苦功不同。量力而行，适合自己，不追求成绩，要自己舒服，这样就好。

岁月何时曾回头

1

　　万事如意是个美好祝愿，也只是个祝愿。一个人真的想什么就会来什么，其实是一件很恐怖的事情。每个人的一切都按照自己的设想实现，显然是不可能的。神话里都没有皆大欢喜的故事。

　　最悲摧的是，有的人对美好生活很是向往，却又在一次一次起跑后掉队。我曾和这样的倒霉蛋聊天，他的败绩从中学开始，直到现在的上有老下有小。他似乎是"干啥啥不成"那一类，于是，回顾半生，一连串的如果。他说，如果初三那年学习不退步……他说，如果去年那个事情办成了……

　　在别人眼里，他是一个幸运的人，父母健康，儿女双全，妻子漂亮贤惠。他只是好高骛远，不切实际，喜欢呼朋唤友，相信贵人相助，从来不肯为眼前的事情付出辛苦，想做的都是一些跟自己不沾边的事。于是，事事不顺心，年年在抱怨。看来，由各式各样大小不一的"如果"熬制的这服后悔药，他是要终身服用了。

　　老人们说，人不能全舒心。不同的年龄，不同的环境，不同的家庭，不同的期盼，每个人总会有未遂愿的事。面对难以把握或者不太如意的生活，偶尔谈谈如果，畅想美好，也未尝不可。

　　关键是，谈过如果之后，怎么办？"吾日三省吾身"，也是在检讨自己的不完美。可是检讨的结果，如果最终只是一句如果，一声叹息，对当下只是徒增烦恼，对今后也没有任何助益。

2

一部电视剧名字叫《如果岁月可回头》。我就想，岁月何时曾回头？

有人说，人生最宝贵的是现在。我们都从昨天来，往明天去。今天的我们，不能忘了过去，最好也别空想未来。过去的回不来，以后的还没来，现在才是自己应该把握的。

对当下的境遇，无论是否满意，是否感到幸福舒心，我们能做什么呢？我们能做的，要么接受现实，安于现状，要么做些努力，改变生活。

一位学生给我讲了他家的故事。他妈妈当年高考落榜，现在最引以为傲的是三个孩子都在上大学。"妈妈是不是有怨念，逼着你们学习，考大学？""没有啊！妈妈只是后来说，自己当年走了弯路，不愿让我们再走同样的路，所以就坚持亲自带大我们，甚至一边打工一边照顾我们，怕我们被杂七杂八的事耽误了。"

我发现，在学生的描述中，这位妈妈是活在当下的。她没有忘记当年，却能走出过去。她不攀比同龄的成功，不埋怨命运的不公。她把眼前的生活过得好好的，把几个孩子照顾得好好的。过去她没有成为一名大学生，现在她成为三位大学生的好妈妈。

我把这个故事分享给家人和朋友。我们看到的，是无忧无虑的生活，是幸福快乐的家庭，甚至是子女教育的成功。可是，这背后得有多少艰辛付出，多少生活不易，才有这故事的美好啊！

岁月可以静好，岁月可以如歌，这都是真的。岁月从来不饶人，岁月从来不回头，这也是真的。

没得选，往前走。

3

"子在川上曰：逝者如斯夫，不舍昼夜。"时光流逝，一去不返。岁月催人老。我们长大了，父母老了，孩子长大了，我们老了。

又是一年清明。慎终追远，寄托哀思，生老病死是躲不过的话题。今年的清明节，举行全国性哀悼活动，纪念因新冠肺炎疫情逝世的烈士和同胞。

如果从除夕算起，刚刚过去的70天，改变了一切。现在，一切还正在改变。也许未来，新冠肺炎会改变世界。我们可以这样想吗？

殷鉴不远，我们自己改变了吗？我们会好了伤疤忘了疼吗？志哀，是对生命的尊重。今后，我们如何珍爱生命，热爱生活？

举个例子，朋友来了有好酒。敬烟敬酒，是一种礼遇；抽烟喝酒，是一种成熟。"试之以酒，以观其性"，酒还成了诸葛先生考察干部的工具。试着试着，久而久之，"破坏性实验"流行，酒让我们很受伤。

如果岁月可回头，我们会如何？改变，从这样的假设开始。岁月不会回头，但是，我们还有以后。即使我们已经没有以后，但是，前车可鉴，人生的弯路不要让后人重复去走。

疫情会结束，生活会继续。憋坏了的朋友，也许早已约定：只待酒家又开张，咱重摆美酒再相会。防新冠肺炎，一只口罩建奇功；保身体健康，五脏六腑须善待。"能饮一杯无"的亲友邀约，一件乐事；大碗酒大块肉的简单粗暴，应成过往。

谁都回不到过去，生活不会从头再来。珍惜今天，让生活刚刚好，让今后更安好。珍惜今天，有所改变，可以从一餐一饭开始。小口，细嚼，慢咽，细品，主动试试吧。咂摸咂摸，那是一种不一样的幸福感。

一晃而过，更要好好过

除夕夜，一位老朋友打来视频电话，说过拜年的话，就聊到刚参加工作那会儿的事。这位老兄说，一晃，都30年了。他平时话不多，这次却聊了有20多分钟。还说，再一晃，就真老啦，趁着年轻，多联系，常见面。多年未见，说起话来像家人一样。

30年一晃而过。短短的春节假期，更是嗖的一下，就已经过去了。我的春节是怎么过的？想想，很欣慰。

过年当然要给老人打电话。这几年，岳父给了我们许多谈资，我们笑他，也羡他。他经常骑着自行车，十里八乡地转。"这一阵子又去找同学了呗？"我们很好奇，他过了年都85岁了，在家里还是待不住。那天，爱人的大姐发来一段视频，是大姐的同学拍的，视频里的主角正是岳父。他"巡视"邻村，遇到那位同学，站在街上就聊上了，从省城到北京，大事小情样样门儿清。

今年春节，农村也禁放鞭炮了。釜底抽薪，从不让卖炮管起。可是，岳父手里有存货。"响两声，怕啥嘞！"他这样说，不是要对着干。"那不是成了逗劲了？教他们说几句，多不好。"他们，指的是村干部。岳父是文化人，明白为啥禁放，他也就不放整挂鞭炮，只是拆散了，哄孩子玩儿。"臭蛋儿，咱去院里放炮。"他带着两个重孙子，一个3岁一个5岁，几声爆竹脆响，记录了他们的欢乐。小孩子高兴，老人家幸福。

这两年，每次和姑姑打电话都会说起打麻将。姑姑曾是村医，现在也领养老金，姑父曾是村干部，至今爱管些事。他们都曾非常反对打麻将，认为那就是赌。那几年，偏偏我们兄弟几个都沾麻将，上面还经常抓赌，让姑姑操碎了心。姑姑家表弟和我同岁，有一年他想找我打几圈，被姑姑安排姑父盯上了。我们假装串门，从这家到那家，在哪家也不长坐，但始终甩不掉姑父。表弟出了个招："大过年的，咱喝点吧！"酒菜上来，他挤眉弄眼："让我爹多喝点。"姑父喜欢喝点，就这样被我们"拿下"了。

现在，反过来了，我们都不打了，姑姑却爱上了麻将。我们每次都劝她别打，我说："岁数大了，坐时间长了不好。"她说："不打那么长时间，有时候八圈，有时候四圈。"我说："打会儿就打会儿，那么多人，别让他们抽烟了。"她说："人家来咱家了，能说不让吸？和他们说了，不能几个人一起吸，太呛，一个一个地吸，还好点。"她这也算是能听进劝，尽管只是一点点。我也不能太认真，姑姑也快80岁了，拉家常劝她，也是拜年的高兴话。

和亲友们通话，听到的全是都挺好。我打心里觉得，那不是客套，而是生活真的过好了，让人舒心的事多了，让人烦心的事少了。"这家挺有意思，每年三十下午吵架生气。"这是那几年回家过年时爱人的发现。以前，许多人家一到过年心里就揪着，小心翼翼地维护着，生怕一不小心招惹了谁，却又常常不知怎么就让人动了无名火。现在，人心踏实了，这是幸福快乐的基础。

每逢佳节倍思亲。我很少提起母亲，她很早就不在了。我们兄妹，好像只有大姐偶尔会说到"咱娘在的时候"。我和哥、弟、妹一样，都不怎么说到母亲。我知道，那不是不想，而是不敢。生活的难，让我们性格很刚强，世间的暖，让我们内心很柔软。现在的变化好大，今天的生活真好。过年团圆，亲友说老话，难免忆先人。珍惜当下的美好，过好每天的日子，这才是我们告慰老人、激励后辈的最好选择。

我们常说，新年新气象，新年新进步。实际上，我们新年常说老话,那里面有老理儿、老事儿、老传统,这也是一种年味儿。过年时,我更愿意献出温暖和善意。年前那两天,看着依然忙碌的年轻同事,我说:"没有压手的事儿,可以早点回了。"每天跟平常一样,那就不叫过年了。回家,帮帮老人,陪陪孩子,给他们过年的感觉,年味儿就有了,一家人就乐了。我是用自己的生活经验,替别人的快乐着想。

由己及人,换位思考。过年时,更需要这样。除夕,儿子回到了学校,和留校的学生吃团圆饭。他参加工作两年多,成熟了。在其位,尽其责。我在学校工作时,每年的除夕也是这样过的。对那些远离父母的孩子来说,这是另一种年味儿。我们该尽量地加进一些美好和温暖。那种记忆,可能会伴随他们一生。儿子能这样做,我打心里赞成和高兴。

儿子平常就愿意和我聊聊。以前是学习上的事,现在是工作上的事。我的工作变动,带着他不断转学,小学上了两个,高中上了三个。那时很担心因此影响了他的成绩。记得他读初中时,定了个小目标,要在期中考试后让我在学校上台戴红花,他果然做到了。

春节前,他把导师发的邮件给我看,"Dear all, Incase you don't know, graduated in Aug 2019, YX Ma is just promoted to Professor!"导师在用他的成绩激励学弟学妹,"So, if you work hard, you could have a bright future."他能够自律,知道上进。这让我很省心,很欣慰。我现在对他常说的,不是努力加油,而是把握节奏,不要绷得太紧。"你和我不一样,"我笑说,"要过得更健康。"当然,这个健康包含方方面面。

少小离家,老家人早就把我当成"在外面的人"。妹妹就说过:"二哥从小出去上学,和家里不亲了。"爱人说,"咋能不亲哎!"大学寒假回家,小侄女把我当亲戚,"大叔叔来咱家,也不走了。"结婚后,我有一次把她逗急了,她冲着我喊爱人的名字。这是想骂我,不过,她搞错了。假期读书,《沙卜台》里有同样的说法,小孩子干仗吵架,会互相叫对方父母的名字。书中那个"不上锁的村庄",一个真实的、正在消失的村庄,与我相距千里,那些故事却勾起我许多回忆。

家里的老院子，久不住人，已经荒废了。院里那棵枣树，算起来树龄应该过百了。哥哥拍了短视频："家乡那棵红枣树，伴着我曾住过的老屋。"留言的有一些老亲戚，他们说，看着看着就落泪了。哥哥的小孙子说："爷爷，咱家以前真穷。"小孩子看懂了，孺子可教。他还不知道，这些年越来越好的，也不只咱们家。他也不知道，在我们眼里，一晃，他就长大了。希望他好好学习，将来也能走出去，看看外面更大更好的世界。

2

辑二

夏·风正爽

枝头树叶又拉住手

一个春天的生长，枝头树叶又拉住了手。

从阳台的窗子向外望去，远处是城市的高楼，近处是葱茏的绿树。走在公园的银杏大道上，银杏叶堆砌成穹顶，仿佛进入了一个长廊。驾车行驶在国省干道上，行道树筑成两道绿色的墙，在我们的前方延伸。处处又是绿意盎然。

枝头树叶刚刚拉住手，这时候的绿，是新绿，是嫩绿，是浅绿，还有鹅黄的素雅，还有烟柳的缥缈。这时候，不似"草色遥看近却无"的虚无，没有"绿树阴浓夏日长"的倦怠，恰是"无边光景一时新"的新鲜。树，越冬而来；叶，今春新生。这盎然的绿意，是勃勃生机。

前人栽树，后人乘凉。树荫，让人想到荫庇后人，很有点"背靠大树好乘凉"的意思。树影，让人想到"疏影横斜水清浅"，很有点小清新，文艺范儿，意境美。老人们曾说，枝头树叶拉住了手，树凉也由"花凉"变成了"实凉"。把乘凉的树下，叫作树凉。由花凉而实凉，这表达，很传统，很生活，很质感。树，原来这么美，这么好。

每当枝头树叶拉住手，春天就要过去，夏天就要到了。

不知道，我从何时开始留意季节变化，树木发芽。花开花落，云卷云舒，本是自然，但是，看庭前花，望天外云，似乎从来都要有闲工夫，有好心境。从前日子过得慢，这个从前，该是很久很久以前吧。

那个过得慢的从前，我好像没有赶上。我的从前，仿佛就在眼前，刹那间，匆匆过，只留背影。

工作忙，忙得不分昼夜；俗务多，多得不见尽头；身体好，好得不惧风雨。于是，生活就是忙碌两个字。多少人为忙碌骄傲，又为忙碌抱怨？"偷得浮生半日闲"，听听雨声，看看绿叶，唠唠家常，做做三餐，自然清闲，轻松亲切，想来原本应该如此，实际却是那么难得。

抽出点时间，对草木鱼虫有点兴趣，对家长里短扯点闲篇，这是爱生活有生活啊。

叶子绿了又黄，影子短了又长，装点秋天的树叶落了，冬天来了，一年就过去了。春风送暖，万物复苏，秃枝又发新芽，大地开遍鲜花，正说春光无限好，不觉转眼就要入夏。"若无闲事在心头，便是人间好时节。"可是，一不留神，把日子过得急了，难免顾此失彼，错过生活的好。

度春夏秋冬，看世间万物，难得最是心从容。不如沉住气，好好对待此时、此地、此身。枝头树叶又拉住手，看叶，乘凉，听雨落树上，感受好景美意，生活也就有了不同的颜色。

长寿花

过了立夏，阳台上，长寿花还开着最后几朵。从含苞欲放，到竞相绽放，现在渐渐谢落，这花已经陪伴我半年有余。

我家所谓的养花，开始于我，不过由于自己不够上心，慢慢"大权旁落"，成了爱人的一亩三分地。近来换新、移栽、浇水、施肥、修枝、剪叶，几乎都是爱人的新家务。说起来是花花草草，实际能开花的没几样，还都是给点阳光就灿烂的那种，长寿花算一个。

去年由秋到冬，我经历过一段波折。笑对"幸运"的偶遇，感谢上天的眷顾，看起来云淡风轻，但是，毕竟身心备受打击。两三个月，没发朋友圈，"只恐心事被人识"。活动范围也很小，阳台是个好去处。窗外的蓝天高楼，隔壁小学课间活动的学生，眼前七七八八的绿叶，陪我打发时间。

人在百无聊赖中，最困难的熬煎就那样过去了，身体"天天向上"，感觉全面向好。这时候，深秋初冬，窗外的树叶慢慢落了，室内的长寿花却开了！

两个多月不出声，在大雪时节，我发了朋友圈，夸赞这长寿花："去年几块钱买了盆长寿花，去冬今春开花几个月。到今年夏天，窗外百花齐放，绿树成荫，窗内这盆花也散枝开叶，长成了繁盛的一盆草。清理这盆草，掐了两条嫩枝，插栽入小盆。这两条枝，一夏一秋都很不起眼，入冬了却又吐出花蕾，继而竞相开放。"

有朋友留言，"心情不错，看来恢复得很好。"他的阅读理解，道破我内心的欣慰。松竹梅，岁寒三友。我们寄托了许多美好愿望，入画入诗，故事传说，竹报平安，梅报平安，松鹤延年，松竹梅真是神一样的存在啊！我这朋友圈，也算是长寿花报平安吧。

不经意间，长寿花有了别样的作用。

这盆属于第二代的长寿花，由于有过一段朝夕相处，我注意得就格外多些，隔三岔五地拍照留念，记录着它的成长变化。长寿花该是在立冬时就有了花骨朵，冬至已开得很好，立夏还有零星新花，但已不多。本是同根生，花色有不同。红色、白色、淡粉色、淡黄色，甚至淡绿色，"各色花等"一茬一茬开放。好的是几个月间，叶子始终嫩绿，好像吸足了水，刚刚冒出。手机相册里，绿叶的背景，给花朵增色不少。

长寿花，名字很中国，其实来自外国。这花很好养，又是开在冬天，花期还很长，许多人喜欢。特别是，长寿花很上镜，特写照片超漂亮，很适合晒朋友圈。长寿花，有人说寓意长寿，也有人说致癌。我想，只是小小一朵花吧，好坏都没那么邪乎，给家里添些生机，让心情更加愉悦，也就很好了。

已经夏天，我家又掐了几个枝条，培育第三代长寿花。花草也有快餐式服务，需要啥，一个电话送到家。我们这花养得，事必躬亲，还敝帚自珍，似乎对消费没什么贡献。不过，我一直认为，花草对家里所起作用是有区别的，买来的更多是美化，自己养的则兼顾美化和净化。这不是瞎找理，是穷找理了。多一些照顾，今年的长寿花会开得更好吧！

芒种见麦茬

芒种见麦茬。节气到了芒种，就要割麦子了。从种到收，老话依然管用，只是种和收的方式都变了。

农时不能耽误，所以有抢种抢收一说。一个抢字，道出了农民的辛苦与忙碌。芒种过后，麦子"一天三熟"，快得很。这几天，麦田里会多一些守望者，关心着麦穗的颜色，盘算着哪天可以开镰。

我十几岁时割过麦子，正上中学，在家人和乡亲眼里，是个"上学的"，读书人。可是，一位"好把式"见了，说我脑子好、能吃苦，割麦子有模有样，是个干活的好手。他挺认真地给我讲过割麦、扬场的门道，说是力气活也不能使傻力气。

割麦子也有技巧。"好把式"割得快，出活，唰唰唰就到了前头；割得好，麦茬整齐，一般高；割得净，不会遗留麦秆麦穗，颗粒归仓；割得巧，好像不费力，一口气就割到了地头。

麦子割完，运到麦场，在烈日下翻晒风干，用碌碡碾轧脱粒，把麦秸起去留下麦粒麦糠，把这晒场、压场、起场的程序走完，最后就是扬场了。扬场，是个技术活，木锨逆风扬起，画出一条弧线，麦糠被风吹走，麦粒哗啦落下。一气呵成，看起来很简单，却需要全身的协调配合，力道的精准把握。

扬场，现在基本没人干了。还是打个比方来说吧。矿物加工，有个工艺叫水选，扬场就是风选，让风把麦粒和麦糠分离。所以，扬场得有风。打篮球，投篮时篮球出手的要领，有点像扬场时木锨力道的把握，往前抛的同时，要向回带。"好把式"扬场，会巧用风，有点微风就能干活，撒下的麦粒堆得很有形，像是一轮弯月。

这几年每到芒种，天气预报就会有高温预警。我就想到又该割麦子了。割麦子，就得干巴脆的高温天。手握镰刀，弓腿弯腰，顶着烈日，冒着高温，身上渗出的汗水和着麦秆抖落的细尘，干结在脸上，身上，衣服上。一天下来，活脱脱个"煤黑子"，苦、脏、累，全齐。

我一亲戚，割麦子割到有心理阴影，不割麦子好多年了，现在想想还发怵。"光棍扛锄，麦黄杏熟"，布谷鸟的叫声是个信号。他不关心那叫的是布谷是子规，更不会想到"庄生晓梦迷蝴蝶，望帝春心托杜鹃"这些。他说，每年听到光棍扛锄的叫声，就想起过去割麦子，心里发紧，好像腰都疼了一下。

那代人吃的苦，今天难以想象。博物馆里，也没有割麦、压场、扬场的再现吧？乡村游，看春暖花开，观硕果压枝，赏心悦目，欢声笑语，其乐融融，谁会体验割麦扬场，没事找罪受呢？这几年的网络，倒是有一些麦收的老照片。那些劳作的场景真的要成历史了。

现在割麦子靠收割机了，现代化了。新麦客，一个车队，从南割到北。大平原上，黄澄澄的麦田里，几台大型收割机，红色的，绿色的，在烈日下列队开进，秸秆还田，麦子入袋。看着美啊！

其实，庄稼地里的活，没有那么惬意。一位老伙计，有台收割机。收割机是他移动的家，那不是旅游的房车，而是挣钱的工具。吃在田野，睡在车里，那不是三五好友的野炊，而是因陋就简的节省。他说，"那几天河南河北麦地里得有四五十度，那滋味，你想想。"新麦客，老辛苦啊！

这几十年，飞速发展，日新月异，总在往好处走。一代人有一代人的生活。有些东西一去不回，有些东西代代相传。老辈人常说勤俭持家，新时代倡导勤劳致富，求上进相信勤能补拙。一分耕耘，一分收获。这个常识还得有。

芒种见麦茬。节气对于我们,过去是该干什么了,现在是该吃什么了。吃得环保、新鲜、营养,从田间到餐桌,是个好创意。但是,那个"到"字,可不是"说到就到"那么轻松。"粒粒皆辛苦",这个常识也不能忘。

夏有凉风

夏至后，连着下了几场雨。多日的高温一下子消退了，突然给人个错觉，好像夏天刚来就要走了。大自然有时也"皮一下"，我们又偏偏喜欢"想得美"。谁都知道，夏日的清凉，是稀少而宝贵的。酷暑还在后面，夏天还长着呢。

芒种、夏至时节，麦子要收割了。庄稼人，心心念念有几天好天气，"可不要闹天儿啊！"干巴脆的大晴天，太阳毒得很，阳光白亮亮的，空气干热干热的，所谓烈日炎炎，很适合麦收。要说哗啦啦来一场雨，许多人会不由得心头一紧，只担心这一季的收成，可没心享受雨水送清凉。

盼晴望雨，真是一言难尽。

北京人说："春脖子短。"南方来的人觉着这个"脖子"有名无实，冬天刚过去，夏天就来到眼前了。作家林斤澜所写，许多人有同样印象，"北京没有春天"。我也老觉着，好像脱了冬装就是夏装，春天短到无感。说这话时，是希望有个像样的春天。

这几年，又觉得春天不那么短了。今年的春天，很是像模像样，好好徘徊了一阵子。长袖衬衣、长袖T恤，往年只能穿一个星期吧，一两件就够了。今年，我也是照经验准备，结果是计划赶不上变化，换了一件又一件，陈年旧货轮番上身，待洗的衣服就攒下了一堆。见面闲聊，也常有人说起，今年春天有点儿长。

天凉，热不起来，就有人担心天气不正常。爱人和老父亲视频，"一直也不热，到时候麦子能长好？"老人却很笃定，"有节气管着嘞！"是啊，有苗不愁长。爱人也不是真愁，只是没话找话，东一句西一句，表示对家里的关心吧。感觉天凉是真的。

"五一"假期，临时起意，到外面走走。早晨出发，身上里里外外套了三层，都是春秋天可穿的，方便凉了暖了一层一层地增减，所谓洋葱式穿衣。就说到当年在煤矿工作，这时节村子里有个庙会，每年过会时都已穿短袖了。知冷知热，感慨自己不比小伙子了。到外面了发现，我的穿衣策略，也就是路人甲，普通而正常，毫无违和感。结论仍然是，今年春长，天凉。

"城里不知季节变换"，这歌唱得有生活。城外一片片绿油油的麦田，麦子早已经吐穗了，正是灌浆期。呵呵，我就笑话爱人，一个不事稼穑的人，"替麦子担忧"，当然是多虑了。天气还是一天天地热起来了。有意思的是，尽管感觉这个春天有点儿长，可是据说，气象意义上的夏天还早来了两天。节气，反映了一般规律，该是什么，大差不差。感觉这东西，是不是科学准确，没什么好讲。

生活会给我们一些小插曲，有时增加一分惊喜，有时增添一分烦恼。"不以物喜，不以己悲"，好像不能用在这个地方。开车，遇一路绿灯，"今天太顺了"，高兴。其实，遇几个红灯，也不会耽搁多少。骑单车，扫到一辆好车，崭新，干净，骑着舒服，高兴。其实，不能骑的"坏"车，极少，大不了换一辆。好或不好，自然是有标准的，但是许多时候，那只是因为我们自己的感觉。

平凡的我们，凡事多往好处想想，也没什么不好。但是，好或不好之间，有时候需要选择和取舍。喜欢春天的理由，自不必说，可是春天长了，又盼着夏天怎么还不来。刚刚有几个高温天，又埋怨"这穷天热死了！"希望能有清凉一夏。"寒冬腊月盼春风"，这没错，可是大冬天的，某些人说"夏天有个这天儿就好了！"颠倒过来？真那样，就坏了。你这伙计，又说笑了。

作家迟子建曾写道:"近些年再也听不见动物伤人的故事了,不是因为它们远离了人类,而是因为它们的数量日渐减少。"动物伤人,这事也怀念?不是的。重点当然是,为"它们的数量日渐减少"而感伤。真没想到,一群亚洲象出游,小概率,大新闻,上演了一幕幕温馨故事。这一次,动物离我们那么近,相处得还蛮好。看那画面,我感觉,人和象,真是都身在福中了。

动物闯入村庄,毕竟是过界了。我们小心翼翼地看护着这庞然大物,生怕他们一不小心闯祸。一路平安,人象无害,让人感觉很美好。然而,"子非鱼,安知鱼之乐?"我们不知象们的感受。离家越来越远,行走在完全陌生的环境,大象会不会也有忧愁恐惧?一路"象"北,"象"往何处?我们享受了和谐相处的快乐之后,还是希望它们能尽早回家。"不如相忘于江湖",各自重回平常的日子。

该来的总是要来,该去的自然会去。这一来一去之间,正是我们的生活。这样那样的小插曲,让生活更加丰满。夏季是高温的,干热连着闷热,高温伴着高湿,果真"清凉一夏"是不可能的。夏季是多雨的,炎炎的夏日,来一场透雨,偶尔"清凉一下"也并非奢望。"春有百花秋有月,夏有凉风冬有雪。"这个"有",是本来就有。"若无闲事挂心头,便是人间好时节。"享受生活的美好,其实并不难。

长长的春天,清凉的夏日,舒服爽朗,滋润舒坦。我们终究知道,既然四季分明,自然是该冷时就冷,该热时就热,才是本该有的样子。我的经验是,日最高气温出现在夏至前后,也就是六月,高温天,曝晒,那时一早一晚还算舒爽。日均气温最高则是七月份,"小暑大暑,上蒸下煮",三伏天,闷热,那时从早到晚都很难耐。

夏天的雨,往往是降了温,随即也增了湿。所以,夏至后的几场雨,常常是为入伏做准备。对草木来说,盛夏是最好的季节,它们欢快地舒展着,生长着。天太热了,动物们却都不爱动了。老母鸡都要歇伏,不下蛋的——笨鸡,散养的,从前从前,哈哈!蛙声蝉鸣,最欢快的,该是树上"在声声地叫着夏天"的知了。树下乘凉的人们,却嫌它们叫得聒噪，听着心烦。

　　寒来暑往中，我们早已熟悉四季的脾性。阴晴冷暖都是一天。炎炎夏日，高温也好，暑热也罢，没什么大不了的。我们还是要各安其位，尽着自己的本分。最理想的，也可以像孩子们那样，能够安排个假期，哪怕短一点也好。这假期，可以走出去，寻个清凉之处，远远躲一下，也可以更纯粹，什么也不做，就地休一下。歇歇脚，落落汗，避避暑，然后，继续我们的日常。

快乐旅伴

做喜欢的事情，过快乐的日子。让自己快乐，我们都应该有这个能力。只是，需要行动，快乐地去做。

到草原，找个美丽干净凉爽的地儿，猫起来，不要赶路，完全放松地休息几天。朋友的建议，说到了我的心里。

我去过许多次草原。喜欢草原，蓝天，白云，绿草，牛羊，还有草原的歌声。

去年夏天，我和爱人说走就走，就像是要去附近的公园，开车去了坝上的草原天路。那是修在草原里的一段公路，沿途有一些观景点，类似高速服务区，大多很简陋，可以观光拍照，休息购物。

在一个观景点，遇到一对老夫妻。他们开着一辆SUV，北京牌照。吸引我的不是车，车干干净净，不好不坏；也不是人，人普普通通，温和儒雅。吸引我的，是车上的空饮料瓶子，花花绿绿，各式各样，鱼网一样的袋子装着，堆得高过车窗。

那人，那车，搭配上那些空瓶子，就有点奇怪。很自然地，我还是把心思转移到了人上。这两夫妻是干吗的？草原拾荒人？一车空瓶子能卖几个钱，恐怕不够油费，也不够饭钱。显然不是来拾荒。环保志愿者？为捡空瓶子，专门从北京驱车来一趟，说是做环保，也不太讲得通。

我和他们聊了几句，知道是刚退休不久，身体硬朗，就出来随便走走。一路风景，沿途人情。他们欣赏着草原的风光，享受着草原的舒爽，在这个点或那个点停一停，看一看，聊一聊，也拍一拍照。

在停留的每一个点，别人随手扔掉的空瓶子，他们顺手捡起来。一路下来，收获满满。"当锻炼啦！"他们洋溢的快乐，感染了我。旅游，观光，捡瓶子，活动筋骨，做些善事，啥都不耽误。他们是这样的安排。

我说，这也算是做环保吧，向您二位学习啊！两夫妻乐乐呵呵，连连摇手，不是不是，和大家一样，是游客。

子曰："一箪食，一瓢饮，在陋巷，人不堪其忧，回也不改其乐。"在艰苦生活中保持快乐，很难得。老话说，没有吃不了的苦，只有享不了的福。在富足日子里，不改节俭，悠然自得，很难得。在喧闹的环境中，闲适自处，不忘善行，很难得。这两夫妻，在富足后、在喧闹中做的这微小的事，也很难得。

两夫妻做得是那样如意，又是那样快乐。我觉得，那是草原上一道风景，在我心里留下深深的印象。心有风景，处处花开。自己喜欢，快乐自来。我也快乐着他们的快乐了。

顺其自然

人的心态复杂得很，状态也就多种多样。"与世无争""无欲无求""随遇而安""逆来顺受""顺其自然""舍我其谁""志在必得"……看着这些词，好像看到不同状态的人，看到不同的人生。

比较起来，综合来看，我更喜欢顺其自然。这可以是单纯的一种心态，一切顺其自然。这也可以作为一种调味品，在各种心态中，都适当添加一些顺其自然。

"逆来顺受"，太苦涩了。"随遇而安"，更轻松一些。"遇"，当然是不顺的境遇，"安"，也是不得已。既已如此，何不想开些，如北京人所说，"哄自己玩儿"。当然，也不完全是哄自己。生活，是很好玩的。

这是汪曾祺先生的说法。当然，他还说"随遇而安不是一种好的心态"。这话，有一定的背景。不"安"，又怎么着呢？他说的那种无奈，更重要的是"遇"，是环境的、生活的，尤其是政治环境的原因。

那代人那种"遇"，现在少了，特别是少了人为的属于某一群体的不顺。但是，属于个人的、生活的、工作的种种不顺，还是有。好在今天的人们，对他人加给的不公，有了据理力争的机会，对自身遇到的不顺，也有了争取改变的可能。这是一大进步。

与世无争、无欲无求，是消极的。我想到的是一种萎靡不振的形象。把与世无争和看淡一切等同，把无欲无求与无所畏惧等同，这是个错误。"采菊东篱下，悠然见南山。"归隐田园的陶渊明，也并非是完全无争无求的，否则也不会佳篇千古留美名了。

争和求，可以定个小目标。舍我其谁，志在必得，一般属于有信心、敢担当、求上进，值得点赞鼓励。可是，如果不是你，假如没有"得"，目标没实现，怎么办呢？"毋意，毋必，毋固，毋我"，孔子要根绝的这四种毛病，也是可以疗伤的四味好药。瓜熟蒂落，水到渠成，都要一些过程和条件。

作为对自我的要求，顺其自然的状态，不同于与世无争、无欲无求。作为对外部的反应，顺其自然的态度，不同于随遇而安、逆来顺受。作为对结果的追求，顺其自然的豁达，不同于舍我其谁、志在必得。

顺其自然，不是无所作为，而是立足现实，尊重规律，有所为有所不为。"三分天注定，七分靠打拼，爱拼才会赢"，这歌词有道理。赢，需要客观的机会、环境、条件，也需要主观的争取、努力、创造。顺其自然，做事是这样，遇事也是这样。

做事顺其自然，应该是个常识。"不违农时""人误地一时，地误人一年""一分耕耘，一分收获"，要在适当时候播种，要付出辛苦汗水。这么说来，最懂得顺其自然的应该是农民。其实，这些道理不仅仅是讲给农民，比如，拔苗助长，"蹲蹲苗"，哪里还是在说种庄稼啊！

遇事顺其自然，应该是种智慧。从前的西瓜，"黑籽红瓤，保沙保甜"，是吆喝的好卖点。现在的好西瓜，红瓤，但是无籽，也还甜，但是很少沙。变化了的不光是西瓜，还有反季蔬菜，人们早已经习以为常。接受变化，也是一种顺其自然。一位朋友说，这增加了不孕不育的可能，西瓜还是应当吃黑籽饱满的。自是玩笑话。

我喜欢的顺其自然，好的事情要促成，坏的事情要防变，一切都是往好处努力。这种努力，不是"知其不可而为之"，而是"即将成功又加油"。做什么，怎么做，看外部环境，看自身位置，不强求，不硬来。

顺其自然，绝不是"脚踩西瓜皮"。一些人信奉无为而治，特别是一些负责人，对存在问题视而不见，不说不管，还自诩是各在其位，各负其责。这怕是不负责任。甚至有的人，对孩子教育也是这种完全撒手，不管不顾，还自夸是自然生长，快乐童年。这恐难长久快乐。这些不是我说的顺其自然。

学会细嚼慢咽

应邀参加一个讲座,捧场当听众,主题是讲营养。专家讲了不少,给我留下印象的是学会细嚼慢咽。营养没有灵丹妙药,生活常识最重要。细嚼慢咽对我们有益,这是一个很重要的常识。专家说得对。

我们通常喜欢快,似乎快就是好,吃饭也一样,似乎狼吞虎咽,才配大快朵颐。前些年,一位老兄告诉我,从小都是"喝面条",没有嚼过,直到结婚了老婆数落,他才改成"吃面条",嚼两下,主要是应付老婆。我起初当笑话听,后来也就信了,真有这样的奇人。

老兄说得可能比较夸张。不过对许多人来说,吃饭像个饿痨一样,要跟谁抢似的,这种记忆并不遥远。我那年高考后,去建筑队打工。有人就教我,干这活儿费体力,得先会吃饭,"太文明了不行"。吃面条,总共两大盆,各人盛自己的,聪明人第一碗先盛半碗,赶紧吃完,第二碗再盛得满满的;实在人上来就盛满满的一碗,吃完了,想再添点,盆里已经没有了。这故事,都喜欢讲,真假另论。因为短缺吧。

这两个故事显得不怎么高级,没经历过的甚至难以理解,其中的意思说不清道不明的。

那天听讲座,有位听众提问,说是爱人手术后不久,吃饭快了会感觉不舒服,该怎么办?专家说,吃饭一定要慢,学会细嚼慢咽。听众追问,几十年快惯了,慢不下来啊。专家说,一定要改,不然早晚吃亏。吃饭快,我们以为是胃口好,吃嘛嘛香。我们吃嘛嘛香时不会想到，吃得太快，对我们不好。医生说的吃亏，当然是有关健康。

民以食为天。吃饭是天大的事，饭桌上有许多讲究。我一直以为讲的是礼节，甚至有一些是虚礼。细琢磨，那些所谓的礼节，许多意味着细嚼慢咽。孔夫子说，吃饭别说话，"食不言，寝不语"。老百姓说，吃饭别出声，别吸溜，别吧嗒。这是不是说，细嚼慢咽，有益健康，老祖宗早就了解到？

"学会细嚼慢咽"，也就是说，在怎么吃饭这件事上，我们需要学习。天天吃，好好的，我学这干吗？也是，有教人怎么做饭的，没见教人怎么吃饭的。嫌弃的说法，"什么也不会，就会吃！"意思是说，谁都会吃。

单位附近有个面馆。我有时错过了饭点，常到那儿吃碗牛肉面。有一次正吃着，桌对面又坐下来一位。他的面一上桌，嚯，吃得破马张飞，挑面条、吃面条，汤汁飞溅，腮帮子左右共享，餐桌上星星点点。这场面似曾相识，当年上学时，有同学常常展示。我就暗自笑了，得躲着点。临走，我悄悄指着那桌跟服务员玩笑，看来吃面也得培训。服务员微笑不语，见得多了吧。

一个专家，讲营养偏偏爱谈细嚼慢咽。听起来也不高级。可是，有没有想过，伺候孩子、老人、病人吃喝，为什么用小勺子？要慢啊！这个慢，一勺一勺地喂，不会烫着，不会噎着，不会呛着，营养健康之外，更多了一层好处，就是安全。

说来说去都是吃面条，面条没啥嚼头，只是拿来举个例子。想说的是，细嚼慢咽，有道理。当然，也有许多人，生冷不忌，百病不侵。不过，无论是谁，在这件事上，讲讲道理没什么坏处。

好邻居

搬过几次家,每一处都有好邻居,给我的生活增添了许多美好。

现在住的算是新建小区。楼下邻居魏姐,是在装修期间认识,没少互相参观学习。魏姐的孩子搞音乐,很专业。在家里,他有时候也练练琴。他弹的曲子好像都很欢快,无论是舒缓的,还是急促的,我听着都很舒服。寒暑假,周六日,琴声没少陪伴我。读书,喝茶,闲坐,午睡,琴声曼妙优美。

沾了孩子光,我们也附庸风雅,蹭了几次他们国家级歌舞团的演出。演出有工作票。有一次,坐下不久,两位很时尚的年轻人来"麻烦"我,"您是不是坐错位子了?"给我看他的票,说是托人买的。座位撞号了。我二话没说,友好让座。人家是掏了钱的。

爱人和魏姐,伙伴关系不断升级,保持经常的联系,互通有无,无话不谈。买了新东西,做了好吃的,你送我我送你,分享。烦心事,也聊一聊。魏姐有天问,孩子在家弹琴,吵得慌吗?我们开玩笑说,能听得到,不是要收费吧?原来,楼下新邻居对琴声有点意见。后来倒也相安无事。

楼上楼下邻居,难免闹点儿小动静,最好别闹不愉快。这需要互相体谅。还在邢台时,我常常能听到楼上的动静,小孩子噔噔噔噔从这个屋跑到那个屋,或者玩具哗哗啦啦掉在地上。记得我和爱人都说过,这孩子真能闹腾。那种说,是欣赏的,面带笑容,充满爱意。

孩子的爷爷是位老矿工，退休后搬到了城里和儿子住。我参加工作就在那个矿，职工家属上万人。老两口人很好，朴实、勤劳、善良、节省。我们之前算不上认识，只是知道。后来相处得很好，敬称老人叔、婶儿。

多年邻居成亲人。我到北京工作后，给他们留了一把钥匙，帮我照看房子。我的老家在那里，参加工作在那里，那里有我的家人和朋友，所以每年都回去几次。几年间，我那久已不住的房子，窗明几净，利利整整。爱人常说，"比咱在家还干净，还整齐。"叔婶有时间，会下来坐一坐，看一看，开窗通风，打扫打扫。

这几年回老家，先见的是叔婶，我的好邻居。嘘寒问暖，家长里短，亲人一样。后来搬家离开时，老人家要我们"到楼上吃饭"。擀面条，我吃了两大碗。开车走时，他们依依不舍，"啥时候回来了，来家里吃饭啊！"那情景，感人。

"来家里吃饭啊！"这大概有点乡土。在矿上工作时，这事常有。我和爱人是大学"老乡恋"，参加工作，赶上分房。矿上重视人才，大学生结婚就给房。我们当年领了证，分上了房。同年分配去了四五十人，大多还在住宿舍，隔三岔五就有人来家聚聚。不用愁为什么，找个理由就来，"巧立名目"呗。不在意吃什么，甚至不动刀不动火，全买现成的。那些年，我家是个"聚点"。

后来，矿上领导来家里吃饭，矿长科长好几位。这得动刀动火了。爱人我俩有点儿发愁，一琢磨，求助邻居吧！隔壁东北人，对门山里人，给点缀了几样土菜，很受欢迎。我们那里，酒后一定吃饭。那天有人临时提议，吃手擀面。对门霍师傅可以，赶紧叫来。他是机电工，手有劲儿，面和得很硬，擀得很薄，切得很匀。浇了卤子，吃起来筋道，滑溜儿。大家都说好。

霍嫂刚刚农转非，分了房，就带了两个孩子，从山里来到矿上。听说霍嫂还当过生产队长，该是很能干。她到矿上以后，身体却一直不大好，经常熬中药。大概是在农村操劳过度了。有一阵子，她感觉不好，竟提前给自己准备好了"装裹"，就是寿衣。她真是位强人。

我们在那里住了10年。孩子在那里出生，上了小学。霍嫂有经验，没少帮我们逗弄孩子。她家的蔓菁粥、豆沫，邢台山里做法，味道怪怪的，孩子好像喜欢。矿上的生活，还是比山里要好一些。经过几年休养，霍嫂的身体慢慢好了起来。我后来在市里碰到她和大女儿，都很高兴。"身体挺好！""好咦。小马儿，胖了哎！"那时候，她们还在矿上住。

那个矿在太行山前的丘陵，离市区几十公里。我一直觉得，矿区是城市和农村的结合体，生活工作像是城市，人们相处像是农村。我后来到了市里，再后来又来到了北京。各方面越来越城市，可是，与邻居相处，还是有点农村。

每一处都有好邻居，我感到很幸运。那种好，很单纯，真的好。

馄饨馆

我家附近的中街，有许多小店。我常去一家店里吃馄饨，就叫作馄饨馆。其实小店本有字号，也不是只有馄饨。

本来对吃没啥忌讳，也没啥讲究，酸甜苦辣咸，你吃得我就吃得。不挑食，很好打发，也算是有口福了。没想到，有朝一日被建议忌口。发现了这家馄饨馆，北京人在北京开店，做的却是上海馄饨，大如饺子。馅，有虾仁儿、三鲜、青菜等几种，实际都有肉。虾仁儿馄饨是特色，"一个馄饨一只虾"，包时先放整只虾，再放肉馅。分大小份，一碗十个或五个馄饨。我试吃几次，咂摸、忖度，感觉挺好。没问题，放心吃。

春节前，遇到一位大妈。"哪天关门啊？""大年三十！""啥时候开门呢？""正月初三！"大妈不乐意了，"正月初三啊！那我这几天哪儿吃饭啊？"服务员乐了，"过年了，您在家吃吧！"小店如此重要，大妈这年过的，啧啧啧。我可不要依赖上馄饨馆。

馄饨馆终于没能在正月初三如期开门。营业了，先有外卖，后有堂食。店内重新布置，大厅中间空出，餐桌全部靠墙，间隔一米，一客一桌，餐后一客一消毒。疫情防控用心、务实、管用，做得很好。这个春天，街上很是冷清。这家小店坚守不退，供应不断，价格不涨，质量不降。真是一家良心店，也是一家放心店。

开门营业，馄饨馆恢复往日的红火。点餐后，给单子、餐卡、沙漏,"请插卡候餐,超时免单!"十分钟内上齐餐食,是承诺。沙漏计时,有创意。有的客人很"淡定",很投入地玩手机,饭菜上来后,却指一指漏完了的沙漏。服务员就明白,说声"对不起",照单退钱。有的客人很善良,看着沙漏里沙子所剩不多,就招呼服务员来,指一指沙漏。服务员就明白,却说声"谢谢您",热情催单。员工有素质,得体,到位。

　　小店不大,很用心思,真正来者都是客。偶尔,一对小情侣,点两杯奶茶、几个烤串,小坐。环境也还可以。一位老先生,经常点小份馄饨,取免费泡菜、水果,自备二锅头、花生米,小酌。自斟自饮,有滋有味。最忙碌的是早餐时间,上班的、上学的、晨练的、旅游住店的,急急忙忙,来去匆匆。这一拨看着都紧张。慢节奏的是上下半晌,从公园溜达回来的大爷大妈,可以歇歇脚喘口气的外卖小哥,吃饭,休息,聊天。他们错峰就餐,显然原因不同。有时候还有进京集体上访的,他们在大机关门口坐半天,来了多是要牛肉面或者肥牛饭。米饭可以免费添加,实惠。各色人等,不一而足,都能满足。很佩服商家的经营。

　　爱屋及乌,我看店员的工装也很舒服很顺眼,颜色样式不落俗套,又像是给每个人量身定制,干净利落合体。店员很职业,对谁都很礼貌,又不失亲切。该是经过培训考核选拔。我想,小店这份工作是他们的生计。

　　而对我,店里这碗馄饨是我生活的调剂。中街还有许多小店,这家馄饨馆最适合我。在这里,吃得放心,感觉舒服。

罗盘

书架上的罗盘，没来由地引起我的注意。那是我用过的罗盘，旧了，有点儿年月了，拿在手上，像是还带着煤尘，而那煤尘又不会弄脏手。

大学毕业，到煤矿报到，先领饭盆饭票、宿舍钥匙，安顿好了生活，然后领干活的家伙什儿，下井的安全帽、工作服、胶鞋，绘图的三角板、量角器、丁字尺、描图笔、绘图板。罗盘，能顶我当时的月工资，够得上值钱了。我在采掘组搞设计，下井必带卷尺，罗盘可有可无，领导后来认为"下井需要"，也给我一个。

下井是个苦活儿。"三班倒"的工人，常常赶进度"落点"，一下去就十多个小时。技术员要轻松得多，加上我们刚毕业，无忧无虑的，幸福感很强。在黑咕隆咚的井下，我们很能苦中作乐。在"人车"上，一位把卷尺拉出一段，让另一位估计长度，然后用矿灯照亮尺子看数。在采掘工作面，先目测煤层倾角，再用罗盘验证。这游戏，有时可赌一顿饭或一场酒。谁输谁请客，图一乐吧。

我说的罗盘比较小众，叫作地质罗盘。都说那个矿"条件差"，其实就是地质条件复杂，采点煤要付出更多辛苦和成本；煤种还不好，卖不了好价钱。煤层倾角、厚度都不稳定，开掘一条几百米的巷道，从这头到那头，煤层会出现种种变化。我们为那些不期而遇的情况，没少下井一探究竟，罗盘是个帮手。

与"条件差"相应的，往往是"待遇低""工作累"。记得那年，我已经在矿办公室工作，几个退伍兵来找矿长提意见，说话克制，情绪激动，"一天天累死累活的，啥现代化矿井啊！"对下井这活儿，一般人难以预想。其实，没有谁欺瞒他们。就是现在，进步了，更现代化了，煤矿也还是个艰苦的行业。我也知道，"条件好"的矿一切都更先进，有的罗盘压根儿用不上，工人下井很舒适，矿区建得像花园。

井下干活很辛苦，井上的工作几乎也是纯手工。我搞采掘设计，先是描图，从简单到复杂。描图员张师傅，业务特好。她描的图，线条流畅，图面干净，特别是仿宋字非常漂亮。有她指导，我亦步亦趋，老老实实学习。我描的第一张图十分简单，是巷道开口施工图，铺轨道，有道岔。我的第一份工作鉴定，该是来自张师傅的夸奖。不久，通过了描图考察，开始搞设计，依然是从简单到复杂。后来，我熟悉井下的巷道，胜过地面的街道。

回想起来，工作中没有不起眼的小事情。刚刚参加工作的年轻人，做任何一件事情都可能影响今后的走向。决定人生走向的因素很多，而影响决定的主要是自己。所谓口碑或印象，都是点滴小事，日积月累。我记得，当慢慢独当一面了，负责管点儿事了，有时需要安排人下井察看，我会专门叮嘱要带着罗盘，把情况弄准了；有时完成了一项大的设计，我会专门提出请张师傅描图，把图面搞漂亮些。所谓传承，也是在日常中的影响吧。

我没有想过会离开煤矿，大概也不会有意留罗盘作个纪念。煤矿到老家近百公里，我们常带孩子回去。孩子稍大些，有了自己的想法，他说："爸爸，等你老了，矿上就是咱老家。"孩子还真是"以矿为家"啊！意思大概是，他长大工作了，要常回矿上看爸妈。小孩子有意思。我后来几次工作调动，终于没把那个矿过成老家。几次搬家，扔掉或送走许多"没啥用的"，而这个也"没啥用的"罗盘，却几处辗转相随。不是我情有独钟，也不是有特殊含义。是因为个头小，好携带？也不是。缘分吧。

生活中有一些不起眼的东西，不知怎么就成了记忆中的一部分，慢慢成为生命中的好故事。这在当时是不会想到的，所谓无心插柳吧。但是，成就记忆和故事中的美好，需要时时的善念善行。

我的下井情结

　　煤矿工作，下井是个苦活。我在煤矿几年，没少下井。离开煤矿后，常想起下井那些事。对于下井，不仅不排斥，而且还有点喜欢，甚至，一有机会就想到井下看看。

　　我毕业后到煤矿参加工作，被分配到技术科，算是矿上的机关。那时候，我们好像很喜欢到基层去，煤矿已是很基层了，我们还更愿意去一线的采掘区队。说实在点，收入高，提拔快。机关科室留不住人，但是又需要有新人接续，那年来了三个学采煤的，都给留在了技术科。

　　最初下井时，任务是熟悉情况，像极了在校学习。"预习"，提前了解要去的工作面，知道基本情况；"上课"，路上和现场听人说东讲西，掌握更多信息；"复习"，图纸上对照走过的路线，熟悉矿井全貌；"考试"，碰头会上汇报下井所见，接受大家指导。很新鲜，乐在其中。

　　下井有补助，俗称入坑费。一个月下井13次以上，还发安全奖。刚开始，住宿舍吃食堂，一结婚，就给分了房子。简单、轻松、满足、快乐，生活幸福感很强。

　　参加工作不久，在井下偶遇矿长。打过招呼，边走边聊。也巧，矿车"落道"了，脱轨，工人正在处理。他停了脚步，我们也站住了看。"上道"不顺利，工人挺上愁。他看了，让把后一节矿车也整"落道"。工人们互相看看，不敢相信，又只好照办。然后，他安排工人站位、扶车、用劲，指挥司机："往前走，碰两下！"碰，就是"点动"电车。三五下，"落道"问题就解决了。看得我很钦佩，矿长能管大事，还要懂小事。

下井苦，最苦的是采掘一线。"三八制"也好，"四六制"也罢，那时候经常会"落点"，不能按点交接班，一个班十几个小时是常事。我有时也跟班，遇上夜班就很难熬。但是，感觉最不爽的，是寒冷的冬天下井。进了更衣室，脱下身上暖暖的衣服，拿出柜里凉凉的工装，如果前一天下井出了汗，更觉工装潮湿冰凉。于是，搓手，深呼吸，默念口诀，"衣服凉，猛一穿"。

学习、交流、调研，我也多次到外面的煤矿下井。有一次到一个小煤矿，听老板一席话，惊得我无言以对。他说从来没有下过井。他听人家说，综采出煤快，省劳力，还安全，就安排买综采支架。可是，他不知道，综采的大名是综合机械化采煤。支架到货了，巷道断面不够，下不了井，如同大件家具进不了门。扩了巷道，井下供电又不够。前前后后一通折腾。这样的事令人难以置信，也难怪人们对煤矿有误会。

我不在煤矿干了，还想着下井。参加安全检查，名单上我不是专业人员，我却把自己当作"老煤矿"。到煤矿了，人家好意安排我在地面转转，我主动要求到井下看看。他们是担心我没下过井，下去是保护对象，反而添麻烦。在许多小矿井，老板们都是"甩手掌柜"。有一次到非煤矿山下井，矿上不信我们真下去，没给准备衣服、胶鞋、矿帽、矿灯。我们将就一下，临时凑了鞋、帽、灯，硬是下了井。这也是我唯一一次不换衣服就下井的经历。

在煤矿的工作经历对我影响很大。机缘巧合，我后来到了高校工作。学校于我而言是陌生的，好在这所学校的主体专业是煤矿，让我又有点亲切感。一天晚上，管后勤的老丁来办公室闲坐。我们提起办公楼几个房间夏天漏雨，反反复复弄不好，还有几栋楼外墙瓷砖脱落，总担心会砸伤人。我就聊到煤矿治水，从渗水处堵，不如从来水处截，要往根儿上找；而在夏季，由于空气潮湿，井下巷道也会有混凝土喷皮脱落，防止砸伤人的措施是"找掉"，主动把松动了的敲下来。他听了，很赞同。不久，两个难题就都被解决了。好多事，理是通的，办法也是通的。

矿区是个小社会，矿井是个大系统。煤矿的不同就在于，安全更显重要，人命关天、安全为天。不管是颠顸人还是蛮干人，温和的还是霸道的，老资格还是新生代，在安全上犯了毛病，被人说几句，哪怕是劈头盖脸的，都得乖乖领教，谁也不敢没理搅三分。我对煤矿工作的突出印象是，冲着问题隐患直言不讳的人，更有威信。

煤矿还有师傅带徒弟的传统。即便没有师徒关系，也会有热心肠的老兄，手把手地教，帮助纠偏，给指方向。下井走累了，在坡头、坡底、硐室歇歇脚、聊聊天，谈的有闲事，也有正事。"择其善者而从之，其不善者而改之。"那些愿意敞开心扉的人，无论他们的职务年龄，都应该视作生命里的贵人。

在煤矿工作，下井才能掌握实情。看煤矿管理到底好不好，不在厕所，也不在会议室，应该在井下，在采掘工作面。工作面，是煤矿的一个点。但是，只顾着下井，只盯着眼前那点事，也可能让人懈怠。下井也要统筹，要带着任务，懂得观察，学会思考，从整体工作出发，为整个矿井考虑，这是该有的管理思维。煤矿，下井，并不轻松。下井，才能增进对煤矿的感情。

煤矿教给我很多。我在煤矿的付出是单纯的，收获却是全面的。我到矿上时，投产10年的矿井，处处都是蓬勃向上的样子。在我最好的年纪，遇到了最好的你，就是这样的感觉。从那时起，我的一切就有了煤矿的印迹。如今，离开煤矿20年了，还想唠唠下井那些事。

看下棋

下棋，"马走日，象走田，炮隔一山打一山，车走千里不敢截"，一学就会，但是，易学难精。我下棋，学艺不精都不敢说，就是个门外汉，臭棋篓子。

"学会下象棋，变成死赖皮。"听这话，下棋极易给人坏印象，黏糊，难缠，没完没了。下棋误事，我对此执念很深。"马踩着车呢！"啥都顾不上了。有人去买菜，回来路上和别人下棋，天过午才散，站起身一拍腿，可坏了！媳妇在家和好了面，等着包饺子呢。众人笑他，改擀面条吧。

下棋的，似乎是些闲人，懒人，不操心的人，无所事事的人。这当然是个误会。棋能经典流传，自是因为无性格歧视，无人格偏见，无规格高低，不拘什么人，都可以有此一好。我想起下两盘时，是在"有点闲"的那样的状态，时断时续，不像是享受下棋的乐趣，更像是用象棋填补空闲，没正经用心学习，也就总没什么长进。

下棋毕竟是个游戏，"看会了"，难免跃跃欲试。高中的一个暑假，同学到家里来，没电视没网络，总不能整天去田里看庄稼，就借了象棋来下。邻居热心肠，提出和同学杀几盘。输了，他说"你同学善于用马"。再下，先把马给干了，也输，他说"还善用炮"。又来，先拼了马和炮，还不赢。这棋下的！生猛而肤浅。

善弈者，善用每一个子。车马炮更重要，善攻能守，称为"大子"。特别是车，长驱直入，最厉害。"车不落险地"，要重点关照，给其有利位置，不可掉以轻心。真走到"丢车保帅"的地步，恐怕棋就难下了。"马换炮，瞎胡闹。"大概是说换棋兑子要有意义，开局就能炮打马，可是，不能那样走。而那些"小子"，也不可小视，残局，兵、卒、士、象都可影响局势，决定胜负。

路边下棋，有一些歪招，"不按规矩出牌"。杀到酣处，棋子掼得啪啪响。"哎，哎，你的车走斜线了啊！"趁机耍赖，熟人老伙计惯用。"将一将，慌三慌。"局面胶着，难解难分，有人就连续将军、将军、将军。扰乱军心，寻找机会，甚至浑水摸鱼，搞小动作。这些，图一乐呵，上不得台面。

"喝酒，越喝人越厚；赌钱，越赌人越薄。"酒桌劝酒，都是喝干喝干、倒满倒满，希望别人多喝一些。赌桌数钱，亲兄弟明算账。你两个互不过账，别人也不答应啊。下棋，爱打嘴仗，都闷声不响的很少，往往是手不停、嘴也不停，进入长考，手停了、嘴也不停。有的嘴很毒，说话刁，不饶人。街边、门洞、公园下棋，很考验人，脸皮儿太薄的，不敢往那儿坐。

观棋不语真君子。不语，难啊！下棋的爱斗嘴，观棋的爱支招儿。有的两边指点，有的选边站队。当局者迷，旁观者清。这话对了一半。观棋，没有胜负心，看的更超脱，有好招儿；观棋，输赢无所谓，想得不全面，有昏招儿。看棋的，有的事后诸葛亮，"你不听，坏了吧！"有的本来随口一说，冷不丁真给个杀招。看破不说破，有人说是智慧、是修养、是境界。到这程度，不是常人，真君子了。还是常人多啊！

也有例外的。在公园见一位，他下棋，面带微笑，一言不发。他棋下得一般，看棋的一边倒，帮他，指手画脚，出谋划策，他这样比那样试，"无可无不可"。我这样的，都忍不住想给他支招儿。他输多赢少，脾气超好，输赢都是笑模样。他对面那位，水平高出许多，稳准狠，利索快，能忍慢性子，敢战臭皮匠，一圈人都是对手，但是，下棋时，连损带催，赢棋了，急赤白脸的，倒像是输了。这也是一绝，绝配。

下棋，总归是看棋力。棋逢对手，将遇良才。这对手，当然是指高手。下棋打发时间，未必都是高手，但是要水平相当，才能玩儿到一起。尽管说，和臭棋篓子下棋，越下越臭，可是两个臭棋篓子，也算是对手，能玩儿得很热闹。这棋大概没法看。两个高手下棋，那种深谋远虑，妙手连连，应对自如，独到想法，我做不到，但看着都舒服痛快。

象棋也早就上了网。最初很"弱智"，不小心主动送将，能把老帅给捉去，很像童子学棋。不过，规则平等，常捉违例，偷棋的小把戏不能用了，超时违例，慢性子熬到别人认输也不会有了。现在很智能了，功能强大。棋力测评，自动匹配棋力相当的对手，基本可知道自己几斤几两。复盘分析，回顾评估主要失误，会发现失掉的机会，留下的漏洞。最大的好处是，棋友招之即来。

我下棋常出错。有时"眼贯不满棋盘"，要么来了机会，一心想着进攻，后方留下致命漏洞，被人抓个正着；要么处于被动，不能跳出圈子破局，难以发现新转机，只顾应付防守。有时"一着不慎，满盘皆输"，煞费苦心争来大好局面，一瞬之间，稀里哗啦，碎了一地。有时吃亏在耗不起上，局面胶着，忍不住先行发动，忘记了闲棋的妙用。

下棋，要替别人想想。两个人下棋，我走一步，你走一步，每一步都有多个选项，每一步都有多种变化。不能只想着自己应该怎么走，还要想想对方可能怎么走。思考选择，推演计算，决定棋力高低。下棋，棋盘前是个人项目，两人对阵，各显其能，棋盘上却是集体项目，车马炮士象卒布局，互相照应。下棋，终究是要争胜负，给别人制造麻烦，给自己创造机会。这就是象棋思维吧。

下棋的人，都会遇到瓶颈，区别只在瓶子大小。有的无所用心，花架子；有的无人指点，野路子；有的走不出圈子，老面孔；有的打不开思维，老套路，总之就那些招法，简单重复，很难进步。玩嘛，就这样了，也还好。如果真想玩得高级，下得一盘好棋，还真得要用一番真功夫。

　　棋盘上的许多话，生活中也说。生活中的许多理，棋盘上也讲。有人就说，棋如人生。在我的生活里，下棋没那么重要。

路边文字

我每次路过同仁堂药店，都会默念门口那副著名的对联，"炮制虽繁必不敢省人工，品味虽贵必不敢减物力"。地道好药，一定是人工和物力兼备，让我对同仁堂的药深信不疑。这副对联蕴含的道理，耐人寻味，越品越有正能量。

在街上溜达，店铺的招牌和墙上的告示之类的，难免会引起注意。一些文字，让人过目不忘，有的颇有哲理，值得咂摸；有的温馨提示，含情脉脉；有的很有喜感，引人发笑；有的随心所欲，个性张扬；有的似是而非，无所用心。

我在邢台街上，见过一个小店的招牌："丈母娘大锅菜"。大锅菜是当地人的最爱，过年过节，红白喜事，绝对的兜底担当。简单易做，猪肉、白菜、豆腐、粉条、海带是基本食材，葱、姜、蒜、花椒、大料是基本配料，煸炒的油，调味的香油、酱油、醋等各取所需。越简单越是考验。"咱中午吃熬菜吧！"一个熬字，可见是慢炖，"火候足时他自美"。丈母娘大锅菜，是新女婿拜年时的特供吧？这里面有青春的故事。

土味十足的招牌，让人想起悠悠往事，也算是亲情营销。路边文字，有了记忆的联结，就让人产生共情。在小城的胡同口，看到"理发刮脸剃光头，巷子内北头"，我想到需要的人，恐怕多是一些上年纪的。"剃头挑子，一头热"，难得一见了。这剃头的手艺快失传了。在东北许多地方，看到"吴老二杀猪菜"，我想到那个小品，"瞅我一眼就浑身发抖"。吴老二，不是有后遗症吗？这热度蹭得莫名其妙。

路边文字，也有不走心的。大城市，厕所难找。北京街道上公共厕所不少，但是许多长得古香古色，外地人极易误会，不把它看成厕所。北京欢迎您，为您方便，大街小巷有许多标示"公共厕所"的指路牌。我在一个厕所门口，看到蓝底白字的牌子，中英文对照写着公共厕所，还画有一个箭头，指向厕所，箭头上方的字是"2米"。抬腿都能进门了，还栽个杆子指路，这算是认真，还是不认真？死心眼啊！

新冠疫情防控，常会在一些区域采取管控措施。"非必要，不外出"，耳熟能详，写得明白。各类温馨提示，也就大量定制。高速检查站，见到过那种可移动的牌子，四个超大字"温馨提示"，说的是："请您想明白，离开这里，您可能就回不来了。"这提示，温馨不？人狠话不多，简直是，杀气腾腾。我突然想到了小两口吵架，"你今天敢出这个门，就别想再回来！"

标牌之外，最多的是标语。引导动员，这也算是一大特色。标语，一般中规中矩，通俗易懂，因时因事而变。一些老旧的墙上还有几十年前的标语，学校的"学海无涯苦作舟"，农村的"生男生女都一样"，很有时代感。防控疫情的标语，"早发现，早报告，早隔离，早治疗"，突出有病早治，"勤洗手，戴口罩，少聚集"，强调没病要防。信息化了，标语并没有减少的意思。

放慢脚步，还能看到很个人的文字。我常路过一个老小区，喜欢看看房前小院种的丝瓜，绿叶，黄花，攀爬的藤蔓，大大小小的瓜，看着很养眼。我有时停下来和老人聊几句，有时用手机拍几张照片。有一天，瓜蔓上多了一块硬纸板，手写的大字："哪位将这没长好的丝瓜摘走啦？手真欠！"还有署名，"九单元101"。说的话不温不火，写的字端端正正，真好。我微笑着，想到老人写字时可能的神态。

路边文字，随处可见。各式各样，长短不齐，大小不一，亦庄亦谐，雅俗共赏，这就是生活的样子吧。

我看排序

我看了一部电视剧,剧情不错,三位主演也挺好。可是,在演员名字的后面,却写着"按姓氏笔画排序"。我一想到这句话,不由得就出戏了。

排序,明的暗的,自有他的规则,有的必须说明,有的约定俗成。比如说话吧,有时话不说不明,有时话不说自明。许多时候,话说多了就画蛇添足,或者越说越说不清,甚至搞到此地无银三百两,总之,会有一些出乎意料的效果。

有个故事,不知真假。某位学界名人,参加一场豪华婚礼,听到主持人按职务高低介绍了在场嘉宾,非常恼火,当场痛斥:"这种场合也有官本位,如此陋习,令人作呕!"说完愤然离场。故事想说,此公快人快语,不留情面。我倒觉得,是他去错了地方,进错了圈子。

婚礼之中,如何是好呢?若说"按姓氏笔画排序",闻所未闻,似乎也逃不脱官本位之嫌。此公身在学界,若"按职称高低排序",别出心裁,倒是显得尊重人才。问题是,有职称的人也是少数,何况职称也有个高低先后,还都要在赴宴前问一句:"您是副高正高?哪年上的啊?"没这么办的。婚宴,来的都是客,不必在这上头费心思。

谁会在意名单上的排序,又是从什么时候开始在意的呢?你看学生点名,没有哪个老师特意强调"按姓氏笔画排序",或者"以成绩高低排序"。尽管事实上也有一个顺序,但是都不说出来,说了就有点搞笑。现在，按成绩排序，还不允许了。

给人排个序，可能是用在官方多些，但不能说就是官本位。长幼有序，序，是一种礼。礼，讲着讲着就有了规矩，有了仪式，有了风俗。比如我们参加聚会，围桌而坐，无论是大圆桌，还是八仙桌，哪儿是主席座、上菜口，谁往那儿坐，就有些讲究。这也是排序。再比如我曾工作的煤矿，干活的最一线，有"占号工"，两个人占号，也要明确一个是号长。这也是排序。

我想到关于排名的另一件小事。见过一份文件，单位通报批评两个职工，他们名字的后面，也有"按姓氏笔画排序"这一句。批评俩人，为啥要特别强调排序？我至今想起来，还是搞不懂。担心他们争先恐后？从没听说过。以示批评严肃认真？反而不严肃。

决定姓甚名谁的不是别人，而是他老子，那么"按姓氏笔画排序"，意思就有点"排名不分先后"。所以，这办法自然就有其适宜的地方，不是哪都好使。什么场合用呢？一是需要排个次序而又不方便排名，二是本来没有次序而怕人误会有排名，可以用一下。

排名不分先后，能有什么误会？在一些事情上，比如提拔、评优等所谓的好事，真的有一份"不分先后"的名单，拿去征求意见，也会有人挑剔说：“既然不分先后，为什么他在先我在后？”于是有言在先，咱按姓氏排，也算个办法。

这样说来，强调是"按姓氏笔画排序"，都不是无意为之。有意而为，就会有一些讲究。这讲究，我建议尽量别学，尽量晚学；当用则用，不当用就别用。放错位置，适得其反。

实际上，名单就是一个圈子。不管加入了多少圈子，我就是我，自己的路自己走，自己的饭自己吃。做好自己的事情，过好自己的日子，别说排名先后了，就算不在名单上，又有什么关系呢？

有意思的是，"按姓氏笔画排序"，往往只是在名单上，"排名在前"并不表示"前排就座"。我上大学时就知道，以姓氏笔画，我在名单上一般会在第一行出现，我没觉得有什么好处，当然也没什么坏处。

我不追星，但看剧会关注编剧、导演、主演。我想，电视剧好不好，他们提前已经把了一关。这就是口碑吧，演员好，戏不会太差。当然，因姓氏而排名在先，未必戏演得更好。所以，我说的是怎么看排序，不是怎么排序。

管好一亩三分地

我住的是个新建小区，总体上管理还算可以。当初该是下了功夫，绿化的基础不错。稍大些的树，国槐、古栾树都长得很好。夏日的国槐树下，是老人们乘凉的首选。小区花园，总有人遛弯儿、健身、闲坐，一到傍晚，就成孩子们嬉戏的乐园。

对小区真的没有意见的居民，应该真的没有吧。我前几年觉得，花花草草一年不如一年。每年都有小树枯掉。有棵榆叶梅，树形很美，花开时节，垂枝婆娑而婀娜。那样子很春天。那年，花落后，却没再长出新叶，干掉了。草地就更不景气。有的被疯长的野草盖住，有的被抄近路的行人践踏，有的像是脱发似的露出一块地皮。

没几年光景，竟显出些荒凉来。有洞就补，才能防止破窗效应。这小区，像是要先破而后旧，该是会落入俗套了。我闲操心地这样想过。

很偶然地，我注意到，有几处草地上补栽了月季，花开得很好。草地中，常有人干这做那，浇水、锄杂草、栽新草，给那些树修枝剪叶、修身整形，不紧不慢地侍弄着。总算有人管这事儿了。我问，"这月季从哪儿弄来？"他说，"这好弄，一年要剪几次枝，选一些，栽上就活了。"说得很随意，简单，平常。

慢慢觉得，花草树木时来运转似的，又重新占领了草地中间、小区边角的空地。小区的绿化，没再一路败下去。遇到贵人了。

这一切，就因为新来了一位花匠。我和他有过几次聊天。知道他

115

姓王，家在山东聊城农村，有两儿一女。孩子大了，就松了口气，出来打工。先是当保安，机缘巧合，又开始管绿化。他说到孩子："能帮多少就帮多少，还得靠他们自己。"说到绿化："这些都是眼前的活，没啥难干的。"我说："你这是花匠，园丁，也是技术。"他谦虚地笑："啥啊！也没学过，上心就行。"他有点把这里当成责任田，很上心地劳作着。

我住过来有10年了，老王管绿化得有5年了。他干得正是时候，在草地"要起坏了"的裉节儿上。听其言，观其行。我觉得这人心里想干，眼里有活，手上有功。草地上的草又重新护住了地皮。这些草都没花钱，他说："杂草要拔，好草要间。间下来的草，哪儿有空地，就栽上些。"一点一点移栽，年年有进步。他务实得很农民。

那天，我见草地边上多了些竹篱笆。竹竿都还是翠绿的，高度到膝盖吧。小小篱笆墙，给小院增色不少。"你这活干得漂亮！"我玩笑说，"提档次，弄不好房价都会涨点。"他不关心这个，"等有了竹竿，把剩下的几块地也扎起来。"我问他竹竿哪来的，他说："隔壁甲六号院，他们砍下不要的，我给弄回来了。"因陋就简，也算是化废为宝了。一般人不会这么干。

篱笆扎得很讲究，上下整根的横竿，稍微粗一些的立竿，左右斜交的短竿，立竿、短竿、横竿结交处用细钢丝拧紧。听老王讲，实际上，篱笆是编起来的，要点在短竿的布置。短竿长短、间隔、倾斜要均匀，向左倾的与向右倾的要首尾相交，中间和首尾相交处要里外相反穿插。这样，竹竿根根都较上了劲，篱笆才是一个整体，很牢靠；短竿组成对称的、相连的菱形、三角形，短竿中间交点又在一条线上，很整齐。原来这么多门道。

被竹篱围了的草地，少了不礼貌的打扰，没过多久，就显得更加滋润一些，长得很茂盛。邻居们也注意到这篱笆，有的聊天时，冲着那草地说，不白下功夫，还真是不一样。

我就问，领导平时管不管，多干了有没有奖励啥的。老王的想法是，好赖都是干活儿，为啥要叫别人挑毛病？这是个要好的人，图的倒不是奖励。他说："活儿做不好，自己看着心里别扭，要是被当头儿的说两句，那更别扭。"

他这说法，帮到了我。楼里的保洁，墩地很不讲究，每次地皮见湿，经常异味冲鼻。就如当年街上扫地机，轻易变身"扬尘机"。做了保洁，带来污染，搞形式，哪儿都有。我给保洁提过，不听。这回打电话找管事儿的。人家轻车熟路，客套之后，马上就办，"您甭管了，我来安排。"在这儿，他们的话好使，问题很快就解决了。多聊聊有好处，容易捡个好思路。

不知为什么，沿着小区围墙，留下一些空地。今年春天，来了机器，把地刨了，又拉来几车新草、冬青，十多个人，大张旗鼓，来了个绿化全覆盖。遛弯儿碰上老王，我请教："能活吧？"他很肯定："咋能活哎？活不了！"直摇头。后来发现，栽下的不少，活了的不多。

不计成本，不问结果，这像是公家做的事。能留下的，大概只是年终总结里的一句话吧。老王这人不来虚的，不归他管，他也不多说。是啊，不要说他这干具体事的，不论是谁，能把自己该做的做好，就是很好的担当了。

事情要做好，需要一些条件，人是关键。事情做不好，会有一些原因。这要是从人身上找，有的是能力低、不会干，有的是标准低、不知道啥是个好，有的是管理差、干成啥样算啥样，故意不好好干活的人，也有，很少。

管绿化的老王，很朴实，身上还带着点乡土气，一个精明的老实人。他十分普通，很本分地做着平凡的事。该做的事，尽力做好，心安理得；管不了的事，多说无益，少发牢骚；需要找人做的事，孩子哭了给他娘，该说给谁就跟谁说。做事明白，活得清楚，人到这程度，烦心事就少了，舒心事就多些。

我们大多有这样的体验，许许多多的新小区，用不了几年就会破败不堪。这变化往往从绿地开始。先是草木退化，在自生自灭中不断减少；然后就有人占用，被分割成私家车位、菜地、小院；最后绿化、停车、卫生、秩序、环境全面退步，整体上归于脏乱差。我曾认为，投入不足，一般难逃厄运。

可是，老王肯投入，当然不是投钱，他该干的能干的，动了心思，下了力气。就凭这一点，我对老王说："你是过日子的一把好手。"在这点上，他很自信："不吹牛，他们干活儿一般比不上我。"老王的勤劳，保住了小区的小环境，说不上很好，也还不那么坏。

平凡小事中有生活的智慧。平凡的人往往告诉我们深刻的道理。做好自己的事情，就是最好的贡献。农村人老王，对小区有贡献。也许，他并不这样想。一分耕耘一分收获。管好自己的一亩三分地，庄稼人信这个。

希望老王在这里多干几年，我们小区的绿化更好些，他们家的日子也更好些。

保安的哲学

每天都在关注疫情。疫情防控是一场大考，是一面镜子。这次很公平，每个人都要被这场考试考一考，被这面镜子照一照。考场和镜子有许许多多。在城市，小区是一个考场，门口有一面镜子。

小区封闭管理，通行证多次升级。通行证，越来越正规，不再是一张小纸条，俨然一个永久卡，卡片背面提示着"众志成城抗疫情"注意事项。门口的保安，检查得也越来越认真，居民出门买菜回来，都要重新验明正身，测量体温。

保安的流动性很大，换了一批又一批。我和这一批保安更熟悉，完全是因为疫情防控，出来进去都要打招呼。出门时，他们说上班去啊，或者说锻炼去啊；进门时，他们会问带通行证了吗，或者说咱量一下体温。

那天下雪，保安站在雪地里，制服显得很单薄。我说，你这穿得有点少啊，可别冻感冒了。他笑了，眼神里满是亲切，语气轻松地说，习惯了，没事。他接着夸我，你遛弯儿这习惯真好，下雪天也不耽误，走路可得当心。

我们两个不知道对方名字的人，互相关心地打着招呼，然后各干各的，我走我的路，他站他的岗。我要是说，那一刻雪地里好温暖，纯粹是矫情的忽悠。但是，你一言我一语的"废话"，起码是开心的。现在想想，心情都是愉快的。

小区门口的不开心，往往是因为保安的"哲学三问"。你是谁、从哪来、到哪去，保安一不小心，就会问出某些人的优越感，一言不合就开骂。某些人是极少数，但是同样的剧情时常上演。

疫情期间，严要求与不适应迎头相撞，有些人和保安的冲突更频繁，更激烈，话说得更难听。

有些人对保安表达优越感，往往开口就用升调说出，"我在这里住8年了！""你管我是谁！"显示自己高人一等，自然就会端着瞧不起人的架子，颐指气使地训斥保安，"德行！""样子！""外地人！""看大门的！"最后的总结，一句话，"管得着吗你？！"

小区门口，主角应当是保安。不过，在门口的争吵，保安又往往是配角。保安被数落急眼了，也没什么新话，无非就是"请你配合请你理解"这一类。不是命令，不是要求，更多的时候像是乞求。职业和生活限制了他们的想象力？也许。

任何的冲突，结果都没有皆大欢喜。任何人在小区门口与保安的争执，都不涉及任何利益，结果也都得不到任何的好处，只有都不痛快。

保安在岗，工作认真有什么错呢？不认真才不应该。

大地回春，天气很好。披发缓行，信步广庭。公园开放，但是坚持入园测体温。我感觉公园门口测温效率很高，行人几乎不用停下来。那天瞄一眼测温枪，显示数字22，测过我的，还22，扭头看下一位，也22。我笑对小伙："这可不得了。"小伙笑答："今天太冷了。"还有一次，看一眼测温枪，显示三个短横，没数。我看小伙，小伙正招呼下一位："入园测体温，拉开距离啊！"哈哈，演得真真。

回家，小区门口保安攥着测温枪打招呼："回来了，咱量一下。"我撸起袖子一伸手，开玩笑："这一天得好几枪，咱再来一枪。"

想起公园门口的虚晃一枪，和小区的保安聊了几句。他说，"量一量不费啥事，为咱小区好。"

应当提倡认认真真，但是大可不必凡事都较真。有些事，风一吹就散了，一转眼就没了。有些事，这样看不可理解，那样想恍然大悟。

公园的保安有他的变通，小区的保安有他的坚持，我们都得适应或将就。生活不易，学会寻开心，善于找快乐。那是我们生活的一部分。

生活本来充满快乐。有人说，烦恼都是自找的，所谓自寻烦恼，找不痛快。我很看不过公园门口保安的虚晃一枪，但也只好选择笑对。我内心里感谢小区认真的保安，尽管有人嫌他们麻烦，但是我会给他们善意。

好觉好梦

　　一夜无梦、一觉睡到大天亮、一觉睡到自然醒，常常形容睡了个好觉。说是睡得好，后两个好像好理解，躺下就睡，睡得很香很深，一夜之间没醒。一夜无梦也说是睡得好，开始领会不深。梦想成真，好觉好梦，多好啊！怎么无梦也是好觉呢？原来，失眠和多梦是有联系的。许多睡不好的人，就盼着一夜无梦。

　　睡不着，睡不好，有时是因为自己。太闲了，不累不困，反倒无事生非，容易睡不着。所以，养生的建议就说，适当地运动，晚饭后散散步，也可以睡个好觉。但是，太忙了，累得要命，也容易怎么躺都不舒服，睡不下。所以，就有个说法，少喝点酒，或者洗个热水澡，热水泡泡脚，解解乏，可以很好入睡。还有，杂事太多，心事重重，躺在床上思前想后，睡不着，即便是看起来睡着了，做梦梦得很辛苦，睡觉比干活还累。心宽的人就谈经验，"头一挨枕头就着"，什么也不想，才能睡个好觉。

　　总归是，睡不着睡不好，可以找找自己的原因，从自己这儿想点儿法。

　　睡不着，睡不好，有时是因为环境。睡觉要有个好环境，很好理解和体验。比如阳光刺眼，很难入睡，所以许多人卧室的窗帘要能遮光。窗帘管用了，午睡都可以很好，早晨也可以多睡上个把钟点。周围的人也是环境，楼上太吵，院外太闹，都让人睡不着睡不好。有时想要早早上床，补补觉，偏偏有人在院里的树下烧烤，如果某人"嗨点儿"比较低，两听啤酒就可能嗨皮得又唱又跳，或者某一位邻居，夜半发生点儿冲突，桌椅板凳乱响，小夫妻沟通一声低一声高，这时候恐怕要练练修养，静静地听，慢慢地耗，什么时候熬得他们歇了才好睡觉。

一般来说，人一天要有三分之一的时间用来睡觉。算一算，睡觉还真是一件大事，睡不好还真是一件大事。失眠很痛苦，痛苦得无法形容。睡个好觉很是幸福，幸福得无法形容。偶尔睡不着睡不好，无论是自扰还是他扰，都不必太过计较，好与不好都是丰富多彩的一部分，说多了显得矫情。长期睡不着睡不好，除非自己是特殊材料，否则还是要认真想个法子才好。毕竟睡得好也是一种好，有谁不愿意好，不愿意好了还更好？

所以，睡不着睡不好，自己的因素排除了，还要尽量在环境上搞搞，有一些容忍，更要有一些改造或创造。休息好，身体好，才能工作更好，生活更好。小不忍则乱大谋，但是长期忍又可能"逆转本性"，忍出这样那样的病来。

凡事有度。睡觉，乃至睡得着睡得好，也有一般的属于必需的健康的标准，这个标准属于大多数人的一般化的正常性的需要。

有一幅画，记录周恩来总理连续30多个小时没合眼，接下来有外事活动，在卫生间刮胡子时睡着了：总理垂落的左手下，有一条面巾，他微屈的右臂，手里仍虚握着沾有肥皂沫和胡子茬的刮脸刀，他就歪在镜子前边睡着了。史料说，长征中，连续的急行军，红军战士难得有个囫囵觉，一停下来就会睡着，站着都能睡着，甚至行进中走得慢了都能睡着。

偶尔，被人打扰了好梦，也算不上什么。大可不必有"起床气"，翻来覆去睡不着，也不必非要躺着数羊。可能，失眠也算是"清闲病""富贵病"？忙碌的人，或者说充实的人，心静的人，或者说纯净的人，不失眠。当然，没有谁愿意整天忙碌或回到贫贱，但是，谁都可以做出一些积极的改变，哪怕是为了睡个好觉。

123

微笑游戏

"吾日三省吾身",检讨自己"不忠乎、不信乎、传不习乎",这似乎在纯粹地找自己的"不是"。推而广之,往平常了说,今天或今年过得好吗?工作顺吗?在找"不是"知不足的同时,也不妨找找"是处",尝试自足的生活。

见面寒暄,大多会是"好着呢""挺好的"。其实,不管好不好,还不都是图个好。有一次外出,偶遇久未联系的老友,都很高兴。站定了,我刚问了句"最近怎么样?"不想这位老兄却说"别提了,大病一场,逃过一劫"。说得轻松,就像是告诉我"昨天大醉,已缓过劲儿来"。我有点意外,未及多问。他谈笑风生,一如往常。"还好还好,都多保重啊!"匆匆别过,竟不给我关心几句的机会。这老兄,把"不太好"说得"也还好"。洒脱,看得开。

"今天你微笑了吗?"这小游戏,有点鸡汤,又很深刻。说来很有意思,心理学的试验说明,微笑让人感到快乐。人逢喜事精神爽。这么说,心里愉悦,脸上才有笑容,高兴时,脸上会乐出花儿来。一般不会想到,闲来无事或忙里偷闲,有意地让自己面带笑容,也会感觉心情很好。所以,这个小游戏,是个"快乐操",都可以试一下。

面对一些不如意事,大小坎坷波折,不要用许多"如果"增加懊悔,"笑对"才是对的。也许,笑一笑,会有意想不到的收获。

好不好,有一定之规。有时候不得已,需要退而求其次。我那次查体"中奖"，发现情况。医生说，"很幸运"，甚至说，"有时候真希望父母体检是这样的情况"。一开始，我感谢医生的敬业，也对这"职业性安慰"将信将疑。慢慢地，我了解的多了，知道那次查体的关键，再早些可能发现不了问题，再晚些可能问题就大了。因为刚刚好，真是"很幸运"。医生不过是就事论事，"职业性解释"。

许多事，明白了，也就释然了。遇到不好的事，能积极地从中看到一些好，这就是笑对人生吧。

止于至善，大概是三省吾身的追求。然而生活中哪有什么尽善尽美啊！记得老人们常说，人活着就不能全舒心。这话常用来劝人，遇到不舒心的事，别太把它当回事。前几年流行的"天空飘来五个字"，该也是这个意思。只是，一个更生活，一个更戏谑。

谁都有感觉不爽的时候。无论遇到怎样的不顺，都不要怨天尤人，更不要缴械投降。不舒心不爽快之后，还是要坦然自若，抖擞精神，再出发，往前走。

"无灾无难到公卿"，苏东坡这诗句，是一句祝福语，更是一句牢骚话。然而他在自叹"我因聪明误一生"之后，又说"雨中荷叶终不湿"，道出不会自我失落的志节。我就想，对我们的境遇，对我们的努力，如果不是"特别好"，希望也能是"我看行"，最起码的也该是"尽力了"。不尽如人意，也莫自怨自艾。

反躬自省时，只要不是自我麻醉，来一点自我感觉良好，未尝不可。许多时候，我们需要自我宽慰，自我激励，自感满足。这自足的生活，是积极的，是快乐的。

非典型婚事

老家的亲戚朋友，还有一些联系。他们讲事情，家长里短，这家那家如何如何，都是曾经熟悉的人，都是鲜活的故事。故事之中有是非好坏。婚事是件大事，也是绕不开的话题。

彩　礼

一个远房的亲戚，父母离婚了。孩子很精明，常年在外打工。家里穷，该寻媳妇了，还住着爷爷的老房子。好在孩子争气，认识了一个好女孩，不嫌他家穷，也不要彩礼，但只有一个条件，结婚后要有一个"窝巢"，家里房子要翻盖。

说来，他真算是幸运。

在农村更多的是，结婚时，房子要新盖，汽车要买，彩礼要单出。算下来，怎么着也得花费三五十万。这在一些富庶的地方，也许不算什么。但是，如果无厂矿、无企业，单靠地里的粮食和打工的积蓄，几十万元真不是小数目。

必备的彩礼，有些家庭，咬咬牙就拿出来了，然后再拼尽全力去堵窟窿。另一些家庭，压根儿都不敢想，那是个一眼望不到头的数字。对彩礼望而却步的，就没有了下一步。

这现实，有点儿残酷。

婚　宴

看到一则消息：农村禁止婚宴大操大办。村干部与村民发生冲突，村民说，干吗管这事？

说起来，农村的传统婚宴，的确很壮观。在大街里，或在空地上，露天摆上一长串或一大片桌子，男女老少三四百人，热热闹闹，又吃又喝，很是少见的一道风景。

然而，这婚宴背后，是还不完的人情债。出礼随份子，一家有喜，全村出动。原本古朴的民风，似乎正在演化成陈风陋习。大家都反对，大家都照办，送出去的要收回来。生生不息，恶性循环。

干部们有了婚丧喜庆事项的禁令，于是，往下延伸，村民们怎么办喜事，也开始有人管。但是，事情往往从一个极端走向另一个极端。一些地方已经要求，结婚吃饭禁止"坐席"，说白了，不准动白酒、不准摆桌子、不准上盘子。

婚宴就变成另一番景象，一大街人或一院子人，或站或蹲，一人一碗，一人一筷，边吃边聊。想想也是恓惶得可笑。

这还是婚宴吗？

光　棍

好多地方，一个村子2000人算是平常的。成百上千的人，有几个人寻不下媳妇，打了光棍儿也不稀奇。

据说，如今不一样了，在一些村子，同一茬的小伙，会有几十个找不着对象。危言耸听？绝不是。

我闲谈时，不经意地提到："他家孩子有媳妇了吗？"得到的回答常常是："那孩子恐怕只能打光棍儿了。"他们扳着手指算账，这个岁数的男孩，全村有二三十个，而小丫头只有三四个。"你想想，能寻下媳妇的，得是家里条件好的啊！"

不要指望找外村姑娘了，十里八乡都是一样。除非家庭条件特别优越，多数孩子注定是要打光棍儿了。这是谁的痛？

这问题，当下该如何解决呢？

离　婚

朋友圈见了一篇文，说是一些地方的农村，近年的离婚率50%。也许不那么准确。

我听到的真实故事是，小两口刚刚闹点小别扭，女方回了娘家，上门说媒的马上会踏上门槛。来说媒的，是多么盼着小两口早离快离，会讲出多么极具诱惑的前景，让女孩抓紧找下家。这主动得太过了。

农村人，亲戚连亲戚，彼此熟悉，知根知底。说媒时，每个人的上下、前后、左右，光辉业绩或是斑斑劣迹，都在选择取舍之间。

古训说，"劝合不劝散""宁拆十座庙，不毁一桩婚"。

是非对错，如何定夺？这个不应当是问题。现在，偏偏是个显而易见的问题。

复　婚

一些故事，似乎在告诉我们，结婚是物质的，离婚是物质的，所以，复婚也是物质的。

有一对小两口，过得好好的。女方娘家有些特殊情况，需要格外照顾。丈母娘提出要求，小伙子没有满足。不得已，最终离了。

离婚后，女方家挑来选去，终于有一个男孩答应，愿额外再出8万块钱，给小舅子买辆车。

离婚后，男方一直不甘心，密切关注着女方的动向。当他知道了8万块钱的条件，一狠心，毅然准备了10万。登门，摊牌："咱俩复婚吧！"事情就这样反转。

问题是，姑娘，哪里是你的家？将来小两口过日子，谁来挣回这10万？今后如何与婆家相处？如何与娘家相处？

故事，有的绝无仅有，有的似曾相识，有的抓住一点、不够全面，有的先入为主、主观性很强。既然发生了，被当作谈资，就让人想些什么。

后记：一位朋友读后留言：经常看一个纪实性电视节目，里面的很多案例是结婚没几年要离婚的，原因有各种，但寻求帮助的都是男方，希望和好。更多的案例是不养老的，我觉得，这种婚姻容易导致不养老。

防震记忆

从小学到中学，由于地震，曾经有几次睡在场院里、操场上的经历，给我留下深深的防震印象。

小时候，农村住的还多是土坯房。四面的房墙，里面是土坯，外表是立着的砖，形象地称作"表砖房"。都是平房，夏天纳凉，也常常睡在自家院里，或者房上。那房子不坚实，很难抗震。记得唐山地震后，为了防地震，都不睡在屋里。几家邻居，大人孩子，相伴着睡在空场院里，或听着故事，或伴着雨声，或数着星星，这是我最深最早的防震记忆。

读初中时开始住校。那年秋季，一天夜里闹地震，大家都被叫醒。我们两个班住一排平房，一百多个十几岁的孩子在宿舍外面站了一地，有的惊恐，有的嬉闹。第二天，学校接到上级要求，做好防震。于是，我们全校学生睡到了操场上。那几天，已经满头白发的老校长，每天夜里都会来看我们，嘱咐我们不要悄悄回宿舍睡觉，晚上要盖好被子，不要着凉。过后，一位同学写了一篇作文，记述了这次防震过程，夸赞了我们的老校长。现在想来，老校长真是很负责很细心。

读高中时也遇到过两次小的地震。一次是冬天的周末，一些同学没有回家，半夜里被地震惊醒，光着脚赤着身子就跑了出去。学校宿舍正在改造，我们班住在老礼堂的舞台上，有同学就从二层的窗户跳了出去。惊魂未定中，同学们七嘴八舌说着谁先醒的，谁警觉性高，谁睡得太沉。待到确认平安无事，要回宿舍睡觉时，才发现脚下的冰都被自己焐化了。另一次地震，正在上课，突然看到教室里的灯管晃动，有人惊呼"地震了！"大家呼啦一下就跑了出去。这两次，我们没有再到操场上睡觉，不知为什么。

类似这样所谓有震感的地震，还有几次。

读大学后，离开了家，到了外地，没有了半夜被震醒的情况，也才在学习中知道，原来不是每个地方都有这样频多的小震。刚到大学时，一位老师在课余聊天，问我是哪里人，我说是河北邢台，老师脱口而出，"知道，那里爱闹地震。"真是无言以对。没有爱这个的。老师的意思当然是，因为地震才知道了邢台，或者说除了地震并不了解邢台。

在唐山地震前10年，1966年邢台发生地震，是新中国成立后发生在我国人口稠密地区、造成严重破坏和人员伤亡的第一次大地震，周恩来总理三次亲临震区。

邢台地震20年后的1986年，我到当年地震的中心区隆尧县白家寨，还能看到地震留下的印迹。在隆尧县东部，白家寨附近的几个村子，许多村民还住着地震后建的抗震房。与以前的"表砖房"不同，抗震房都是砖房，不用土坯，原来墙外表的立砖和墙里面的土坯，都由平放的砖来砌，另外就是房子比较矮，房间跨度也比较小，看起来也比较坚实。乡亲们形象地称作"卧砖碴"。在隆尧县城，同学的家里还保留着抗震床，我多次到同学家里去，都是一起睡在那抗震床上，去得多了，由新鲜到习惯。

抗震床也好，抗震房也好，既是一种防震方法，关键时候能发挥很好的作用，也是一种防震教育，经常提醒我们不断强化防灾的意识。目前，得到公认也容易理解的是，小屋子要比大跨度的屋子抗震好。同样一座建筑，比如大会堂或大厅，门道那一块儿相对比较安全。从抗震角度来说，大空间、大空场比较起来，就不如小门道更安全。再比如地震来临时，桌子底下小小的空间就可能救人一命。

1966年邢台，1976年唐山，相隔10年的两次大地震，也许是那个时代外界对河北的最深印记，这也就是大学里老师所说的"爱闹地震"吧。随着教育的普及，信息的便捷，人们对地震了解得越来越多。特别是2008年汶川地震之后，自2009年起，每年5月12日为全国"防灾减灾日"，我们对防灾减灾更多了一些关注和投入。

灾难来临，我们众志成城。灾难过去，我们面向未来。

抽烟与戒烟

　　抽烟需要学，但往往是无师自通。记得从前，小孩子偷偷抽烟，常被教训的话是"不学好"，多说一句就是"这赖本事，一学就会！"对别人递过来的烟，推辞不要时，一般是说"我不抽"，或者"我不会"。前者可能曾有尝试，后者该是从没学过。

　　抽烟好像是成人的特权，特别是男人的特权。开明如今日，女士抽烟还是会被侧目，在包容现代的大城市也不例外。成年男子抽烟，似乎理所当然。"每月工资只给自己留个烟钱"，这常常是顾家节俭好男人的"标榜"。照这话，抽烟不算啥毛病。"士不吸烟饮酒，其人必无风味"，不抽烟反倒显得寡趣。

　　我从小对抽烟的印象不坏。小时候，冬天屋里生了炉子，大人围着炉子抽烟，小孩子偷空玩火，会把干了的丝瓜蔓啥的折一截，点上模仿抽烟。小学老师曾在课堂举着一盒火柴说，"有同学分不清紫和柴，看见了吗？柴字下面是木。"他兜里装火柴，是抽烟用的。初中有位老师，抽不带过滤嘴的那种烟，一支接一支。他是真"接"，用食指和拇指把烟卷一头搓松，另一头在桌子上猛地一蹾，松了的烟丝就掉出来一些，这一头和正抽着的烟一对一拧，就接上了。他那烟接得非常完美，抽半天只扔一个烟头。高中时，班主任有一次晚上查寝，进宿舍就说，"谁刚才抽烟了啊？还是外香型。"我们很佩服，老师真厉害。那个年代，抽烟的种子早早地就给撒下了。所以，在抽烟上，我有点早熟。

"醉之以酒，而观其性。"不光是酒，抽烟也可以察人。有人只抽一种烟，换烟抽不惯；有人兜里三种烟，看人下菜碟儿；有人慷慨大方，掏出烟来会散发一圈；有人护着"口粮"，悄悄地从兜里摸出一支自己抽。有的人点烟，大模大样地坐着，自己或是别人打着火，慢慢递近嘴里叼着的烟，惬意享受地吸上一口，这形象，起码是小圈子的C位担当。反过来，火就在那儿，点头哈腰地凑过去点烟，这是典型的小弟。大人物"用火找烟"，小角色"用烟找火"，不妨试试。

成长为一个烟民，有这么几步：呛嗓子、辣得慌，抽完一支头晕恶心，好像缺了氧，别人不提，自己不想；咋都行、兜不装，抽不抽都不太在乎，俗称"半截烟"，有时不抽，有时猛抽；挺过瘾、真挺香，深深地吸每一口，感觉很享受，乐在其中，赛活神仙；离不了、时时想，只要醒着就想烟抽，生活一部分，烟不离手，里外熏透。走不完第一步，入不了这一行。这第四步，离不了、时时想，是合格烟民的验收标准。

奇怪的是，抽烟的人大多都试着戒烟。原因大致是抽烟不健康、不安全、不经济。戒烟最容易了，一天能戒好几次。这是玩笑话，正说明戒烟不易。戒烟成功的人，让人很佩服，认为有了不得的毅力。戒了又抽的，倒是很多，他们的"经验"是不如不戒，因为"后来又吸了，吸得更多"。戒烟成了"闭关"修炼，越戒瘾越大，那是不应该戒。

我上大学时，班里全是男生，笑称"和尚班"，抽烟的不在少数。那时我已经关注到戒烟。我参加全省英语演讲赛，决赛出现平分，加赛发挥超好。当时我说，抽烟是个坏习惯，要戒烟除非两个人说必须，一个是老婆，一个是医生。我把两个必须区分为 must 和 have to，讲得绘声绘色。一位评委，手里正夹着烟，自在地吞云吐雾。他给我打了断崖式的低分，虽招来了现场一片嘘声，也成功地把我拉成了第三名。我犯了他的忌讳。当时想，我不该谈烟，而不是他不该抽烟。

那只是一个比赛，戒烟纯粹是临时起意的话题，用来说明习惯的力量。我当时并没有要戒烟的想法，后来到煤矿工作，抽的烟更是加量又加价。煤矿下井的人，有个似是而非的说法，抽烟可以帮着把吸进的煤尘咳出来。这自我安慰，很不科学。井下工作几个小时，绝不允许抽烟，也不允许带烟下井。许多人升井后就想吸两口，进澡堂打开更衣柜，没脱工作服先把烟点上，洗澡时头枕在浴池沿上，斜躺着泡在热水里，脸上的表情"痛苦得很舒服"，是水很热，也是烟很好。我那几年的抽烟，是被环境熏陶了。

我存着一个空烟盒，作为成功戒烟的记录。那烟名曰"荷花"，烟盒主体是绿色，中部黄色打底，正中是荷叶衬着荷花。我们的烟盒画面温馨，大多都很养眼。里面的锡纸上，有我写的几个数字，那是一个日期，表示那天抽完了那盒烟。从那天起，我戒了烟。

那样的数字，我之前写过多次，有点惭愧的是，"总把新烟换旧盒"。内心的想法大概是，只要不过分，可以少抽点。其实再往前，我有过第一次成功戒烟，但是毫无理由地，8年之后我又吸起来了。从实际经历看，我觉得，戒烟就得干净利索，所谓慢慢减量，根本靠不住，只是给自己抽两口找个理由。

戒烟的过程，说不上痛苦，起码不咋舒服。我要是谈点经验，应该是：下决心、真想戒，无论什么原因，都要发自内心，要自己想戒；利索快、不拖延，别想着选什么好日子，也别尽量少抽点儿，要马上就办；好环境、利于戒，不往抽烟的人堆里扎，别考验自制力，要远离烟友；不尝试、防反弹，如想着抽两支无所谓，有可能功亏一篑，要不再招惹。

真到了有一天，谁递过来的烟也不接了，甚至谁抽烟自己都心里抵触，哪怕离开了那个场合，还感觉满身烟味儿，需要换身衣服，乃至洗个澡，这时候，心理上受不了烟了，戒烟才算通过验收。不抽烟了，整个人都清爽了，真是舒服多了。

当年，是尽力为抽烟创造条件，提供方便。机场车站里的抽烟室，火车汽车上的烟灰缸，曾经是高级的标配。去谁家串门，主人即使不抽烟，也会拿出烟来待客。现在不同了，带顶的地方都禁止吸烟，更有像学校、公园、医院这些地方，即使院里空地上也不允许吸烟。尽管执行得不咋好，但是对打算戒烟的人来说，大环境是非常地利好。

　　在抽烟这件事上，是整个大形势变了，也是我这个人变了。抽烟，已不感觉那么有面儿。戒烟有好处，已是大家的常识。现在的烟盒上都有两行字：尽早戒烟有益健康，戒烟可减少对健康的危害。

走近煤炭

当我走进地下八百米，似乎进入了一个黑白世界。矿灯晃动，一道道白亮亮的光，像是一把把利剑，划开四周黑黑的包围，又落在黑黑的煤壁之上。煤矿深处，在我人生中留下了深深的烙印。

每每想起在矿井下的情形，我就一次次深深地感知，又一遍遍深情地赞叹，我的矿工兄弟，他们是那样的不易和崇高。我也常常在闲谈中，提到矿山的事情，自然绕不开谈煤说炭，那情绪，该是有一丝丝的隐痛，更有很真诚的礼敬。煤炭啊！我在有意无意地把你宣扬，为你正名，为你请功，为你歌唱。

煤矿井下，开采煤炭的矿工，那辛劳的场景，看上一眼，就会让人记忆终生。

采访矿工的摄影家，似乎更喜欢用黑白影像。这是我的错觉吗？还是说这是最适合的记录手段？在那些黑多白少的照片上，我看到的是明眸皓齿，我看到的是黑暗中的光明。那些矿工，他们是被黑色包围着的，如同是在走着长长的夜路；他们的头顶是亮的，那是一盏驱散黑暗照亮前路的矿灯；他们的眼睛是闪光的，那是心怀梦想护佑平安的心情；他们的牙齿是白的，那是他们显示力量不惧困难的坚韧。那是怎样的印象！

矿工，这是一群鲜为人知的人。有人称他们煤黑子，有人叫他们走窑汉。有人为他们哀叹，"谁人知道采煤苦""唯患伐取艰"，有人为他们讴歌,"正是为了地上的温暖与光明""他们像最好的煤一样燃烧"。他们工作在地底,那里没有阳光,只有灯光,那里可以呼吸,但没有新鲜空气,那里只有爷们儿,那里单调、乏味、压抑……

矿工,为探寻光明走入黑暗,为采取温暖走入湿凉。他们习惯了把自己藏起来,有时默默无语,他们学会了苦中作乐,有时高声大嗓,他们忙碌着,欢笑着,挥洒热汗,把青春奉献。他们的工作,太特殊了。

煤炭,多少个日子啊,你在地心的深处,静静地,沉睡着。你像是被佛祖施了咒语,遭受比那只猴子还要重的惩戒,五指山太轻,五百年太短,你被压在深深的地下,长长的亿万年。你等待的,不是路过的取经人。你需要的,是勇敢的盗火者,是那些愿意暂别光明,冒着种种风险艰难,敢于大胆亲近你的矿工。

开采煤炭的矿工,像极了煤炭。你们是同样沉稳的性格,"一对沉默寡言人",你们有同样黑黑的颜色,被人嫌弃"颜如灶底锅",你们有同样炽热的内心,被人赞扬"内心藏着一团火"。这也许是你们的宿命吧?或者是你们的缘分。

当我靠近你,走进你,细细端详你,依稀还能看到你往日的模样。你啊!你来自茫茫无际生机盎然的大森林,你原是挺拔雄伟高可参天的凌云木。你的祖辈,一代又一代,前赴后继,潜身归土,一层复一层,掩埋沉积,沉积掩埋,终于,远古的绿洲成为今天的煤海。

树变成煤,是别样的脱胎换骨。形变了,色变了,你的模样不再可爱,看起来就是一块石头,冷冰冰的,黑乎乎的。你的小名就叫过石炭吧。你躲进大山深处,埋在穷乡僻壤,你的外表那样的黑,样子又是那样的丑。多少人说你来自另一个世界,又有谁会不惧路途艰险,去一睹你的容颜。多少人怕你弄脏了他们的手,又有谁会放下他们的身段,放下对你的憎恶厌烦。

煤炭,是你的俗称,也是你的统称。在汉字中,煤的本义是"烟尘","烟中灰粒",炭的本义是"木炭","烧木余也"。当初,叫你是煤,称你是炭，似乎就有了对你身世的猜测，对你用途的概括，对你未来的期许。"凿开混沌得乌金，藏蓄阳和意最深。"你是木的遗留，你有火的潜质。你终究要像木一样，燃起熊熊的火，发出光和热。

树木生长，深扎本根于大地，开枝散叶于天空，离不开阳光、空气、雨露的滋养。叶落归根，是树对大地的回报。树变成煤，是树给人类的遗产。煤燃成火，发着光、献出热、变成灰，是煤向本色的回归。这是自然的规律，是生命的轮回。

此时，我不由得想，该为你唱一支礼赞的歌。你是煤，你是炭，你燃烧了自己，变身明亮的炉火，让寒冷的日子变得温暖。化成灰，归入土，质本洁来还洁去，你终于奉献了全部。是大树，是铁石，你几度换了容颜，可是，你的初心不曾改变。

这样来评价你，好像有点夸口了。其实，还远远不够。你不仅仅是能发光发热的燃料，还是能千变万化的原料。早就有定论了，你是"工业的粮食"，你是"化工原料之母"。你和人们的生活，有着千丝万缕的关系。

可是，人们对你的认识并不深入。由于了解得少，所以误解就多。你是什么呢？有人说烧起来没烟的是煤，有烟的是炭；也有人说，看起来细碎的是煤，大块的是炭。这时候，你在人们家里用来烧火做饭。也有人说，电厂用的是煤，所谓电煤，钢厂用的是炭，所谓焦炭。这时候，你已经入了城进了厂，在工业生产中可堪大用了。可是没多久，有的说因为请你出山，开采引起了地面塌陷，破坏了地下水源，又说因为让你燃烧，排放了二氧化碳，造成了环境污染。

是啊，哪里都有你。这是你的使命。你到的地方多，惹的事情就多。其实，这不能全怪你的。自然，你有你的优势，你有你的短板。你沉默着，奉献着。

粮食，绝不止一种吃法。当年，我们满足于吃一顿饱饭，不会太计较营养，太盘算搭配，也就少了些禁忌，少了些选择。如今，我们希望吃得更健康，就要挑一挑原料，讲一讲做法，有的要少脂，有的要减糖。无论怎样讲究，主食或多或少还是要吃。煤炭，作为工业的粮食，依然是我们的"当家粮"，离不了啊！只是，吃多少，怎么吃，就有了新的说道。

你的成长经历、生存环境、先天条件等诸多因素，养成了你不同的气质和性格，就如天南地北的人，有的高大，有的娇小，有的刚烈，有的温婉。龙生九子，各有不同。一个家庭，几兄弟都会不同。不要说不同地方的煤炭，有时就算是一个矿井，小到十几平方公里，你也会表现出不同的香臭、软硬、厚薄。对你，我们还应该更熟悉些，分得更细致些，才能更好地量才适用，用得其所。

人们知道，你还有潜力可挖，还有更好的出路，还能做得更好。开采时对你更加友好，不再挑肥拣瘦；升井后对你洗选加工，更加清洁规整；给你促成一桩好姻缘，煤电牵手；给你搭建一展身手新平台，液化气化。如今，你也赶上了好时候，你连同矿山、矿工都有了崭新的形象。这变化，让人对未来满怀新的希望。

人们相信，一切都会更加美好。在这越来越好的日子里，煤炭正在淡出人们的视野。这感觉是对的。上一辈入冬前要预备的过冬煤，乡亲们前不久摆宴席要垒砌的大锅灶，我小时候曾经睡过的热炕头，一家人围坐取暖的煤火炉，都早已成为过往。如今，家家户户的日常，连煤炭的痕迹都没有了。我知道，你并没有缺席，比如时时用到的电吧，三度倒有两度是你的贡献。是啊，你退身幕后，尽着本分。这是当下最好的安排，挺好的。

"但愿苍生俱饱暖，不辞辛苦出山林。"请你出山，真不容易啊！矿工们为了唤醒你，激情满怀，又小心翼翼。他们宝贝似的叫你乌金，浪漫深情地唤你太阳石。他们懂得你的价值，晓得你的重要。他们也知道，你沉睡得太久了，一动身，就会扰动伴着你的顶底板、煤层气、地下水，那是一群脾气古怪的家伙，处置不当就会不管不顾地闹些事情，让人很受伤害，让你也背黑锅。我们从那时候就想到，对你应该有更多的善待。

煤炭，我愿让更多的人了解你，理解你，善待你。煤炭，我愿让你有更好的发挥，更好的作为，更好的归宿。我相信，会的。那不仅仅是更好的你，也会是人们更好的生活。

3

辑三

秋·叶着妆

风语

　　风言风语可能是只言片语，但是，只言片语未必是风言风语。

　　课本上说，"空气的流动形成风"。风，是一种自然现象。风向、风速，都有具体定义。风，还分了等级。

　　民谚说，"不兴春风，难得秋雨"，"春风化雨，润物无声"。对春风，农耕的古人尊重自然，尊重规律，淡然处之。进步了的今人，又爱又恨。春风常伴沙尘，许多人不喜欢春风；雾霾频繁光临，又有许多人时不时地盼望"风，快点来！"

　　风，在自然之外，却常常被赋予了感情的因素。战国宋玉《风赋》的"风起于青蘋之末"，就包含了很多字面之外的意思，小事情会发展成大气候。现在更多的人爱跟风，学着外国人谈蝴蝶效应。

　　人们常言，大海无风三尺浪。以此说明大海的波澜壮阔，讲的是自然中的现象。人们又说，无风不起浪。以此说明凡事都有原因，讲的是人世间的道理。

　　宋代禅宗的一首诗偈："春有百花秋有月，夏有凉风冬有雪。若无闲事在心头，便是人间好时节。"心中自在，时时都是好光景，处处都是好去处。

　　刘邦的《大风歌》："大风起兮云飞扬，威加海内兮归故乡，安得猛士兮守四方。"有人悟出了胜者为王的慷慨豪迈，有人读出了前途未卜的恐惧焦灼。

如今，雷锋同志"秋风扫落叶"那样的形容已经很少用了。许多人喜欢秋天的色彩斑斓。然而，深秋之中，一夜秋风骤，万树枯叶落，着实有一些肃杀之气。

风，也是中医术语，即风邪。风热、风寒、风湿都是中医常用语。最常见的感冒，也分为风热感冒、风寒感冒。中医之神秘，在风的理解上可见一斑。

对任何事情，"不能听风就是雨"，要看事实查究竟。然而，防患于未然，对"风言风语"还是应该保持警惕，以期抓早抓小抓细。"任凭风浪起，稳坐钓鱼台"的自信，既需要实力，更需要事实。

风由气成，风气却是另外的意思。人们痛恨不良作风，人们希望风清气正。其实，每个人都受风气影响，每个人都可影响风气。

红墙蜗牛

立秋后，紫薇花成为花中主角。地坛斋宫四面红墙，南墙外有几株紫薇，吸引着人们的目光。常常有人停下来，拍张照。深红的墙，紫红、淡红、粉红的花，翠绿的叶，入镜感觉很好。

有一天，远远地看到，有几个人在那里拍照。走近了，有一位男士，大单反，长长的镜头，很高级很专业的装备，却不是在拍花。他对着红墙，举着大相机，很投入地端详，不断地按下快门，拍了又拍。

我有点好奇，一面墙，能照出什么来呢？我停下来，默默地在他背后看着。等他忙活完了，我请教："您在拍什么呢？"这是一位很温和很有礼的人，他笑着说："红墙蜗牛。"用手指着红墙给我看。

我顺着他的指示，看到墙上有蜗牛，很不起眼。这越发引起了我的兴趣，"我能看一看照片吗？"他很友善，一边选择照片，一边把相机递近给我看，拨动按钮，放大，放大。红色背景，一只蜗牛，纹理清晰，对比分明，很漂亮。

红墙蜗牛！有想法。他可真是眼光独到，细致入微，苦心孤诣。也许，我言重了，只是很好玩儿吧。星期天休息，带上心爱的相机，到公园遛弯儿，看到那段红墙，那些紫薇。拍花中，无意间，红墙上的蜗牛进入镜头。于是，走近，调焦，一个新构思出现。嘿，多好，红墙蜗牛！

红墙，是北京的特色。许多人在红墙下留影，很少人会留意红墙上的蜗牛。单给蜗牛拍几张照片，好像就没什么意思了。可是，他说红墙蜗牛，一下子就有了画面，听起来美美的，再看那照片，也感觉很搭。

红墙蜗牛，这个说法好，很有想象力。这事给我一些启示。把镜头拉近，能看到纹理细节；把目光放远，会感受辽阔大地。熟悉了的身边，换个角度，也许能发现不一样的美。

二八月

家里来了个小朋友,四岁半,是三胞胎的老大。我们问她:"一宝,为什么妈妈没带弟弟妹妹来啊?"孩子回答很认真:"弟弟妹妹还小,要上学呢。"哈哈,她也就早出生一两分钟吧。没有一个问题能难住她,欢乐,常常让我笑出声来。

这孩子给我许多惊喜。除了睡觉,她说话,吃喝,玩耍,跑闹,没有消停的时候。她一进家就脱了鞋,袜子也不穿,就那样光着脚丫,在凉地板上跑来跑去。我们说,都秋天了,别着凉。知道了孩子一年四季都这样,我说,这孩子火力壮,我可不敢。话音刚落,小朋友接过,"你怕凉呗!"说得肯定又轻松,不容置疑。

小朋友说的是真的。我这才发现,最近天气忽冷忽热,我一直在防范着感冒发烧,小心得很;处处谨慎,时时注意,不惹麻烦不添事儿。

前些年,我也曾这样感慨秋天:在睡眼惺忪的早晨,当披衣下床,我会脱口而出,天气一天比一天凉。在阳光明媚的中午,听树叶沙沙响,依旧是林荫小路,树的影子一天比一天长。在夕阳西下的黄昏,小鸟儿叽叽喳喳,是在争论一天的收获,还是畅想冬天的去向?我感受到秋天的气息,那是成熟的果子,那是绿色褪去的叶子,那是雨后增添的寒意。在秋冻中我们不断加衣,也更加喜欢享受午后的阳光。那时写下的感受,更多的是享受。

老话说,"立秋把扇丢"。秋后风凉,扇子都不要扇了。信这句老话的人，有，但少。许多人连空调都还照吹不误。我是信这话的。那天参加个会议，通知穿正装。空调正对着我吹，受不了，悄悄让人关了。关了，又有人嫌热，又让给开了。我却注意到会场一位奇人，短衫短裤，冷热不忌。简直岂有此理。

走在街上，看着或匆匆或悠闲的人们，想起另一句老话"二八月乱穿衣"，我突然有了点儿新理解。以前认为，乱穿衣就是薄的夹的厚的，可以随便穿些什么。现在感觉不是这样乱法。乱穿衣，乱在人群上，放眼一看，各式各样，差着季节。但是，不能乱在个人身上，长、短、薄、厚，要看自己的情况和感觉，不能被别人带了节奏，也不能不顾冷热随便穿。穿衣，与他人比薄攀厚，恐怕身体是要出状况的。再说，穿的都一样了，哪还有乱穿这一说啊！到现在才明白，在这方面，我看来是有点晚熟。

由此想到，孩子们每到冬天都抱怨，"有一种冷，叫作你妈认为你冷"。其实，该是孩子们正开心撒欢儿，妈妈却真的感觉到天冷了，赶紧叮嘱孩子"多穿点，别冻着！"所以，孩子们，可不该嫌妈妈爱唠叨。妈妈和你们差着季节。

春天里百花开。我也曾这样描述过我的春天：案牍劳形，不知窗外春色美；步履匆匆，无视沿路百花艳。且起身，伸个懒腰，权当磨磨砍柴刀；当慢行，二目远眺，披发缓行乐逍遥。安步当车，田园巷陌是风景；不忘初心，修养补给宜远行。想当年，山花烂漫时，我却不在山水之间，想想有点辜负风景似的。

光着脚丫满地跑的小朋友回去上学了。小朋友童真的"你怕凉呗！"说得还真对。她不怕凉，我怕。小朋友给我欢笑以外，让我思考冷暖，感慨少壮。问不倒的小朋友，一定想不到这一层。

二八月乱穿衣，这样的事实，是因为要换季了，每个人的反应不同。天冷了多穿点，这样的嘱咐，是因为关心和疼爱，亲人挂念着你。知冷知热，可以是照顾自己，也可以是关照亲人。秋高气爽，秋色宜人。秋深露重，请君保重。

九月菊

霜降过后,冷空气一股接着一股。这一段,轻霾污染、大风降温、艳阳高照,你来我往,轮番值日。攒了好几天,终于人闲天好,去看了菊花展。

"不是花中偏爱菊,此花开尽更无花。"我去看菊花,更多的是填补一下空白。以前,我们那里似乎把菊花当作药材,我最初知道叫作"九月菊"。姑姑曾是赤脚医生,记得在院子里栽过一些,九月开出黄色的花。花有药香味,干花泡水喝,可以降火明目。我印象中的菊花,多年就是这个样子。

后来上学读书,知道还有菊花酒。《过故人庄》,老朋友的农家饭吃得很美,于是约定"待到重阳日,还来就菊花",重阳节可要回来喝菊花酒啊。《饮酒》,自家院里篱笆下就有菊花,还可以采来"下酒","采菊东篱下,悠然见南山",多么悠闲自在惬意的生活。很长时间以为,那诗中写的菊花就是我知道的九月菊,区别只在是拿来泡水喝还是泡酒喝。

再后来,知道菊花还能吃。苏轼在山东密州任太守时,那时还没有苏东坡之号,写过《后杞菊赋》,"循古城废圃,求杞菊食之""春食苗,夏食叶,秋食花实而冬食根"。虽为自嘲,当确有其事。也可见,陶渊明东篱采的,苏东坡废圃求的,都是野菊花。

药食同源,这是我们老祖宗的智慧。现在,杞菊丸还很常见。菊花既入药，自然可以食用。"还来就菊花"，我突然有一个歪解，除了赏菊花或饮菊花酒，有没有本来是"吃菊花"的可能？"就菜吃饭""就糖吃苦药"，在我们老家说话，"就"字这样用，是伴着一起吃。

什么东西首先想到吃，当然是惦记着温饱的时候了。日子好过了，会追求美。公园里的菊花展，名品荟萃，争奇斗艳。再想能不能吃，简直是罪过。我像是刘姥姥进了大观园，看哪儿都很新鲜，美得一塌糊涂，只能啧啧称奇。

养花的讲究，拍花的也讲究。一位老者，坐着马扎，摆弄着三脚架上的大单反，看一会儿拍一张，拍一张看一会儿，欣赏着别人养的花，也欣赏着自己拍的花。我得他的空，请教拍照技巧。他乐意分享。"用您的参数，我的手机能不能拍出那样的效果？"我拿着手机，指他的相机。"那是开国际玩笑了！"他玩笑得很认真，"要这个效果，得有这个投入。"

拍照养花都有达人，肯投入，用心思，有经验。

梅兰竹菊，这其中说到的菊，既为花中君子，该也不仅仅是哪种高贵的菊，需要小心地好好伺候。记忆中的那九月菊，长得有点儿土，菊花展上只能是外围的路人甲。篱下、废圃、农家院都可以生长，所以，我想可以弄几株菊花养养，哪怕就是那种九月菊。就如手机拍照，谁都可以来一下，出不来专业的效果，稍微用点心，自我感觉赏心悦目，也很好。

一步一步上山来

终于又实现了一个小目标，趁着好天气，去爬了香山，还顺利登顶。这在我，也算是"蓄谋已久"，不是第一次，胜过第一次，很高兴。

我似乎是喜欢爬山的。走路，已经是我每天的功课。爬山，我当是走路的升级版。毕竟山路与平路不同，爬山路，步步高升，人会自然而然地深呼吸。就算每天健步走，爬山归来，也会感到浑身都被紧急拉练了一次。我很享受爬山的累，累得很舒服。

第一次爬山，是读高中时，爬学校附近的尧山。往根儿上说，尧山是太行山的支脉。在华北平原，它像是从地里冒出来的石疙瘩。那次爬山，我印象模糊，也许是一堂作文课。说是山，实在太小了，不过毕竟是山，也有许多传说故事，由我们各取所需地写篇游记。

我后来离开老家，读书，工作，到过不少地方，到此一游式地爬过许多山。我感觉，差不多是"无山不登、有山就登"了。老家在平原上，从小没进过山，只知道太阳落山那个很远很远的山，现在喜欢爬山，以至有山就上，不知是何道理。

见多了墙上的"泰山石敢当"，又在书上读了些"齐鲁青未了"，在我心里，泰山是神一样的存在。走过路过，不可错过。出差，下午得个空，登泰山去。到南天门，已是太阳西下。这时在山上的，多是要留宿观日出。我没有那么从容，在天街四处看看，稍作休息，赶紧下山。下山路上，迎面不断还有要登顶的，不时听闻"还有多远啊？"很绝望似的。越往下，天越黑。突然，身后传来嗒嗒嗒嗒的声音，一个小男孩，手拖着木棒，从身边跑过去，嗒嗒嗒嗒，很快就没影没声，把我落远了。这是山里的孩子吧？一方水土养一方人。我小心着脚下，自叹不如。那次上泰山，很纯粹，独自一人，快上快下，连一张照片也没留。

登黄山，时间比较宽裕，还有同伴。观日出，用心地找好了位置。云海下，山峰后，眼见红日将出。一瞬间，云海翻滚升腾，我们也在云雾中了。所谓抢占好位置，一厢情愿了。云开雾散，眼界大开，太阳高高在上，云海脚下起伏，怪石各具神态。黄山归来不看岳。登黄山，峰连峰，不是一上一下，需要几上几下，如同一次登了几座山。看得是真美，走得是真累啊。同去的一位老兄，累坏了，几天叫苦不迭。埋怨山，"也没听说这黄山是山连山啊！"他没思想准备，以为下山了，却又往上爬，没想到。埋怨人，"再也不跟你们这些下煤窑的爬山了！"他嫌中带夸，煤矿人下井，爬上爬下习惯了，体力好。

那时候还是年轻。有好奇心，想看外面的世界；有好胜心，不惧前面的挑战。我来去匆匆地，浅尝辄止地，不假选择地，登过许多山。那时爬山，如果说跟玩儿似的，那是说体力好、不当回事。实际上，赶场似的，掐着点儿，来去匆匆，甚至算不上一游，更别说悠闲自在地游玩了。

说起来，爬山是很平常的事情。在老家，孩子们节假日也会去爬山。交通方便了，太阳落山的那个西边的山里，好像也并不太远。在北京，喜欢爬香山的人很多，周末常会让进山的环岛路堵车。而住在山下的人，有的一大早就上山，当作日常的晨练。香山不算高，主峰香炉峰海拔575米；也不算大，从山门到山顶大约3500米。香炉峰俗称"鬼见愁"，可见，爬趟山也不轻松。

双休的早晨，洗漱，早餐，"今日得宽余"，爬香山去。许多次，我一步一步上山来，人来人往，仿佛看到不同的我，从前的，现在的，还有未来的。偶尔来"游"的，镜头对准自己，立此存照；经常来"玩"的，心思已在林草，巡视山野；结伴的老山友，一路唠着家常，如在庭院。带娃的父母，目光全在孩子身上，充满关爱和鼓励；读书的学生，口中常是新鲜话题，更多憧憬和蓬勃。青壮年，活力四射，不惜力，"三步并作两步"，气喘吁吁，大汗淋漓；中老年，经山历海，有定力，"胜似闲庭信步"，不急不缓，淡然从容。

有的人，一辈子走不出大山；有的人，一辈子没进过山。我有日子没往外走了。这次爬香山，是努力了一把的，要试试脚力心力气力，想重整行装再出发。但是，并没有决心登顶，想着走到哪儿算哪儿，做好了半途而废的准备。走走停停，别出大力，不流大汗，吃吃喝喝，不时加点油补点料。登顶！这次用时最长，这次最为高兴。那种失而复得的欣慰，事儿不大，很幸福。

山路，如同人生，急、缓、平，山脚下、路途中、顶峰上，每一步都平常，每一步都重要。爬山，是乐趣也是苦趣，但山路上的人是愉悦的，话语是轻松的。"不怕慢，就怕站"，要一路向前。"累了歇歇脚，不要出大汗"，要把握节奏。"汗出来了，人就不累了"，是加油鼓劲。"上山的路，都是平路该多好啊"，是幽他一默。爬山的人，各有各的感悟。

爬山，需要有体力、有心情、有时间，最好三者兼备。这废话多正确啊！体力充沛，不惧山高路远，不忧后劲不足，哪会想"尚能饭否？"自有底气"会当凌绝顶"了。心情舒畅，看山是山，看水是水，看山山好，看水水美，就会处处好山好水好风光，时时便是人间好时节。时间允许，不急着登顶，也不急着下山，赖在山上，漫步上下，像个在自家菜园子的老农，这里瞅瞅，那里看看，才能好好享受山的美山的好。这句正确的废话，很是重要。

"醉翁之意不在酒，在乎山水之间也。"喝酒之人，心思不在酒上，而在山水之间。这境界难得，是小酌微醺吧。酒，不过是个"乐引子"，只为浸润山水之乐。我的爬山，心愿该是什么呢？我要乐趣不要苦趣。"山水之乐，得之心而寓之酒也。"我愿退而求其次，不必佐之以酒，心得山水之乐，足矣。

酒·苹果·我

戒了酒，吃苹果，这是最近在我身上发生的事。

"这一年吃的苹果，比以前多少年都要多。"有一天，不知怎么就说到了这个话。有点夸张，倒是基于事实。以前一年吃的苹果，大概屈指可数。现在差不多每天吃一个。

"苹果还真是平。"这是老家一句土话。平，是说平稳，平和。从健康的角度，是说吃苹果不怎么惹事儿，大可放心。一句话，吃苹果，老少皆宜。再具体点，比如，便秘或拉肚子的人，都可以吃苹果，还都有好处。按专家的说法，苹果具有双向调节作用。

有的人体质弱，有的人易过敏，总是这个不能吃那个不敢吃，一吃就出状况。"保温杯里泡枸杞"，有人喝了就上火。"一杯奶强壮一个民族"，有人喝了就拉稀。可是，吃苹果上火了，吃苹果拉稀了，好像没听说过。这就是我说的"平"。

送苹果，祝平安，不光有其名，而且有其实。一天一个平安果，可不仅仅是谐音。真的有道理。

许多地方产苹果，而且苹果也有很多品种。哪里的苹果好吃？答案好多，"谁不说俺家乡好"啊。老家邢台，官宣自称太行山最绿的地方，山里有个岗底村，培育一种苹果，起了个名字叫富岗，该是寄意村子致富，闯出了名堂。前几年，记得有礼品盒装6个，卖99块钱。这两年，他们自己总结致富经，"卖苹果过去论筐现在论个，一个一百块"。贵，应该是因为好。

这苹果好吃，沾了李保国的光。那位把论文写在太行山上的大学教授，了不起！现在好多乡亲怀念他。不过，这里的苹果终究是后起之秀，又因地域所限，比较"小众"，不像"烟台苹果莱阳梨"那样，全国人民都知道。我也只是当作一个山区致富或市场营销的故事，并没有在意苹果到底好不好。

前年开始，苹果成为我每天的标配。我家买苹果，也就"过去论个现在论箱了"。电商时代，加上消费扶贫一说，我最初吃的多是陕西苹果，特别是延安苹果。记得第一箱，打开，中间一个大苹果，拿起来去了护套，苹果上清晰印着"梁家河"三个字。果农为了卖个好价钱，给苹果套袋，"晒"上文字，很是用心了。网购了很多次，不同的商户，同样的纸箱简装，共同的特点是：好吃不贵。

吃苹果，脆的，沙的，细甜的，酸甜的，甚至大的，小的，都会影响个人的口感。一次吃一个，苹果个头就不能太大，一百块钱一个那种就不适合，不仅仅是贵。男女老少，各有所好。我现在吃苹果，喜欢脆的、甜的、水分大的，最不喜欢的是嚼起来木木的那种。

我这样的稳定用户，需要可靠的货源。一年下来，试吃了许多苹果。在网上看着有点名堂的，动动手指就来一箱。后来，在新苹果下来之前，可选的很少了，几乎要断供。经朋友推荐，网购过新西兰苹果。甜，细致，瓷实，个头显小，也真的贵。这时候，老家那种苹果又进入视线，有货，竟然还不算贵。兜兜转转，最后发现最合适的是这苹果，品质口感都可以，而且全年都有货，每个果子都有"身份码"，买起来放心又省心。我想，这也是打出了牌子。所以，就吃它了。玩笑说，也算是为家乡做一点点贡献。其实，那果园离我家并不近，吃着顺口并不是因为一方水土的缘故。

戒了酒，吃苹果，本来没啥因果，也没啥联系。只是这两样在我身上先后发生了。我戒了酒，不是下决心做的；我吃苹果，不是有意识做的。我倒是喜欢这个变化，舒服，享受。

酒是彻底戒掉了，滴酒不沾了。关于喝酒，不是寅吃卯粮，而是喝够了喝超了，指标无余，容量不剩。填过几次问卷，什么时候开始喝酒的，多长时间喝一次，一次或一天喝多少，评判我的酒龄、酒瘾、酒量，等等等等。大概每次填的都有些出入。现在再填问卷，就简单了：以前喝过，已经戒了。不够精确，但很准确。

朋友来了有好酒。我只好换换章程，以茶代酒了。过去还有一个"礼节"，见面敬烟。记得刚参加工作时，烟和酒是这样讲究的，"端起来的酒，再辣也得咽下！递过来的烟，再赖也得点上！"那是好作风，也是好人情。现在大不同了。我现在感觉，吃苹果比抽烟好多了。偶尔，看到有人在楼外的抽烟处抽烟，我想到的却是回去要吃个苹果。今昔对比，关注如此不同。

习惯这东西力量强大，养成个好习惯也很重要。无论从哪方面讲，我很赞成这话。俗话说，半路出家，照这个造句，我算是半路捡起个苹果。吃苹果，已经是我的一个日常习惯。实际的感受也真好，没发现有任何禁忌。

只要方向正确，迈出一步就是胜利。这是说大事，小事也是如此。当一切状况都很好时，我们需要积极地保持，而一旦哪里不太对头时，我们需要及时做一些调整。这个不容易，但是很值得。

平安，不仅仅是内心美好的祝愿，平安，更需要我们日常的付出。祝你平安！

另一种生活

有位老友,很会聊天,不仅见解独到,还让人听着舒服。我曾感慨说,年纪真是大了,净长没有用的东西,过去能两三个月才理发一次,很平常,现在是才二十天就觉得不理发不行,太长了。这位老兄说,不是年纪大了,是更讲究了。这话,多中听。

一年年的,年纪肯定是大了。这是事实。朋友来访,很自然地谈到读书,谈到作息,谈到饮食,谈到烟酒。这些话题,与其说是在谈论生活和爱好,不如说是在关心身体和健康。我就半玩笑着总结,各方面都讲究了,良好睡眠,标准体重,很规律,很健康。

我非常佩服身体的神奇复杂,不可思议,像超级机器,高效运转,投进去什么样的料,都能给轻松"化"掉。那些年,每到一地,入乡随俗,"变态级"的特色小吃,"很地方"的名优土酒,都会不妨试试,一验滋味。一方水土养一方人。更何况,太"土味"的东西,当地人也不当家常便饭。我一个外地人,不甘示弱,傻小子睡凉炕,是全凭火力壮了。不够科学,不太健康。

如今各方面都讲究了吧,变化也就徐徐而来了。即使是在空旷的街上,如果刚好有人抽着烟走过,我都会有意地避开。因为,那二手烟一近身,好像就挥之不去,一定要陪伴我一段。想当年,我也抽烟喝酒很"男人"。烟酒不分家,抽烟不分场合,饭前饭后,室内室外,会上会下,互敬互让,吞云吐雾的很多,深陷其中,身在其中,也乐

159

在其中。如今，避之唯恐不及，没想到。

烟，我是不想了，也不会试了。有朋友说，烟不抽就算了，酒可以少喝点。实际上，真正需要烟酒的，不是肠胃而是心理。所谓馋了，就是想了。所以，学会抽烟喝酒，先是内心想试试，然后才是身体能适应。"曾经沧海难为水"，用在这里很不恰当，但是，烟酒于我，已经过了。要说这个烟那个酒挺好，试一试，尝一尝，没这个冲动了。

喝茶，公认的雅好。我把这个也丢了。那次，我主动做隐患排查，除险加固，请教恢复期注意事项，提到了喝茶。得到的建议是，"不要喝浓茶，要尽量淡，最好的还是喝白水"。规规矩矩，谨遵嘱咐。这样一段时间之后，与好友闲坐，酒不喝，烟不抽，自然要喝杯好茶。晚上，竟然失眠了。

这失眠，是因为茶吗？前所未有。新老生熟浓或淡，绿黄青白红乌龙，喝茶，我不择茶，也不择时。茶随主人意，有时忙忙碌碌，跑这里跑那里，一天不知要换几种茶。人家以茶相敬，咱们欣然接受，享受送来的好意，也是应有之礼。茶能解酒，据说不太行，水能解渴，这是个常识。酒后易口渴，喝茶也就几乎是标配。为了消化那些灌下去的各色酒等，不知喝了多少睡前晚茶。喝茶不讲道，但是，未曾影响到睡觉。

不胜酒力，有此一说。茶也这样？我决定一探究竟。隔三岔五地，想起来了，就沏茶来试。结果是，提精神，屡试不爽，影响午休夜觉。我对茶，也已是如此敏感。于是，我就断了重拾喝茶这雅好的念想，常常要说"我来杯白水就好"。

年轻时，做加法。那时，什么都敢试，然后说，这个我也可以。于是，经一事长一智，常常是"这个没问题"。我现在的体会，常常是"这个添麻烦"，吃一堑长一智，咱最好不招惹。于是，这个应该删除，那个应该缩减，多了一些禁忌。做减法，不年轻了。

说实话，这个变化的过程，并不容易，也并非主动。一切从简，颇有由奢入俭的意思。今昔对比，我有时也干脆说，不年轻了，身体弱了，耐受力低了。这有点儿否定和消极。当然，也可以按那位老兄的说法，讲究多了，身体净化了，敏感度高了。我喜欢这个，肯定又积极，安慰，疗愈。我满意当下的结果，也享受当下的状态。

刚刚，当我输入净化两个字，后面跟着的选项有空气、心灵等。是啊，空气、心灵都可以净化，身体也是可以的。欲身安心清，讲究也好，净化也罢，可能是有的。值半百之年，能力下降，有些弱化，肯定是真的。至于"不胜茶力"，也没那么邪乎，也没那么虚弱。当下是不培养这兴趣了。

工作原因，很熟悉隐患排查、专项整治、警钟长鸣、抓早抓小这些提法，都是在说亡羊补牢、防患未然之类的操作。身体的净化，可以套用一下。烟不抽了，酒不喝了，饭也不是"来者不忌"了，可以说"气""液""固"来了个全面清理。所以，经过一番净化脱毒，休养生息，这一堆一块的小环境恢复清净，整个人清爽多了。这是进步了。

牵一发而动全身。人的神奇复杂，由此可见。比如身边的环境吧，由浊而清，不会怀念过去的浊，那里面有许多不得已，但会很在乎现在的清，有意无意地小心呵护。吃喝的变化，许多习惯爱好随之而变。会不会少了许多乐趣？嗯，我想，只是换了一种生活。许多人本来就是这样过的，他们并不缺少乐趣。

烟啊酒的，有朋友关心啥时候开戒。我想是不会了。大好局面，来之不易。生活多种多样，人生多姿多彩。我对现在这另一种生活，也曾心向往之，但是求之难得。这生活，安静，干净，清爽，还讲究，又健康。如今真的来了，我自然是安之若素，才对。

余生，做个健康生活的受益人。

来点儿年轻态

许久不去银行了。最近去了两次，有点儿被嫌弃的感觉。不是人家嫌咱钱少，而是我这个"年轻人"，也要傻傻跟不上时代了。

气温骤降，晚饭后有点儿犹豫，还要不要去遛弯儿？忽又想到，需要去趟银行，一张好久不用的卡，查查能不能用。天冷，捂严实，就当遛弯儿了。街上人很少，银行大厅没有人。我在大厅溜达。爱人去查卡，第一次还操作错误，我过去"指点"，退卡重来，再查，余额不足10元。真不值当来一趟。

嗨！没想到，结果招来了保安，全副武装，驾车赶到，推门进来。一照面，都一愣。我们惊讶，由玩笑而认真，咋还把我们当坏蛋了？他们释然，由严肃而放松，这两人也不是坏蛋啊。看不清脸上表情，应该是这样的心理。"这里不能长待啊！"原来被监控注意了。互相都放心了，说声没啥事，拜拜。

被误会，只怪咱捂得太严实，棉衣棉服棉帽，加上眼镜口罩，武装到了不见眉眼。在监控那头看，大概不像是好人，像是两个闯入者，或者有人想骗老太太，不好判定，需要现场确认。据说，现在的预警系统，可以捕捉人的异常行为，加以识别，直接发出警报。我们在那儿有三分钟吗？不知是被人还是"云"发现的。他们应急处置真够迅速。两辆电动车编着号，003和004。我想，这还是正规军。

隔两天是周末，趁着冬日的阳光，又溜达到银行。一进门，工作人员很职业,轻声细语,很客气,"您办什么业务?"我说明来意。"您这边请。"来到机器前,先刷证,再刷脸,屏幕上按这里按这里,一通确认,完事儿。简单到出乎意料。

从进门到离开,整个过程安安静静,工作人员全程陪同指导。我这是贵宾待遇了。这才注意到,原来等待排队叫号的休息区,没了,原来特别标明的贵宾室,也没了。银行变了,办事方便多了,来办事的人少多了,显得更高级了。

我好像是落伍了。

我摘下口罩刷脸那一刻,玩笑地说那天晚上把保安给招来了。工作人员见惯不惊,说是安保和业务办理都很先进了,客户更安全也更方便了。我能把保安招来,没想到;屏幕上就把业务办了,没想到。

更没想到,我两次郑重其事地到现场办的事,实际上,足不出户,手机上也能办。一位朋友说,手机能办的事,她都不愿意跑腿,上次更换驾照时电话咨询工作人员,被告知在网上申请提交资料即可,高兴之余问了一句:"能在手机上体检吗?"工作人员调侃说:"您体检一个我看看!"这是青年一代的生活。

我想到岳父。他退休快30年了,发了退休费,月月取成现金,日子都不带差的,见了真票子心里才踏实。我们都有点儿笑他。他高兴,也就由他了。老话说,"十七的不跟十八的玩儿"。这老话说的,比"代沟"有意思。两次去银行的见闻,我突然有个疑惑,我在"沟"的哪边呢?无论如何,但愿是小沟连小沟,不要有"鸿沟"。

有位朋友明年退休。有一天闲聊,他问,"你说有没有那样的培训班,教我们退休的用手机?"我说,"别逗了,你用手机哪还要别人教。"不过,还真有这样的班。老人们也是不甘落后,想紧走两步跟上来。朋友的安排是"超前"的。不过,我建议他,有些事不要等到退休后。

实际上,每个人都有自己的舒适圈,时间一长就不愿意走出去了。新和老之间,哪里更合适,每个人感受不同。年轻时,领风气之先；变老了，常怀念过去。不断往前走，快或慢最好由己，最好感觉舒服。我需要紧走几步，努力跟上新人；我还需要关照老人，有意放慢脚步。

流逝的时光

如果回顾我的一天，有什么可以说说的吗？如果记述我的一天，该用一个什么标题呢？有那么一瞬之间，思来想去的，竟是这个问题。我的一天，很熟悉很经典的标题，内容不确定，含义很丰富。所以，这个瓶什么都能装。

上学时写作文，都用过这题目。少年的世界是美好的，眼里见的是美好，心里想的是美好。在他们笔下，小猫小狗、花花草草；过家家、做手工；吃饭、睡觉；哭、笑，似乎都美滋滋的。想当年，"扶老大娘过马路"这样的一件好事，城里孩子写，农村孩子也写，大娘和马路不一定是真的，都可以靠想象。现如今的孩子，脑洞大开，不屑于再这样"小儿科"了，也不会如此千篇一律。因为爱，孩子们真实的一天是那么美好，即使他们偶尔写些并未发生的故事，也显得很美，不仅不会被指为编谎，反而可能会赢得开心一笑。

长大后，生活教育了我们。回顾一天时，常常不再全是美好，还有许多其他的，比如充实，忙碌，奔波，辛苦，悠闲，无聊，烦心，甚至糟糕。我们真实的一天，往往五味杂陈。一生中，我们能够印象深刻的一天不多，值得好好记述的一天也不多。那样的一天，要么能代表了你的每一天，日复一日的那种；要么是影响了你好多天，刻骨铭心的那种。

每一天都重要，但不是每一个日子都值得讲述。每一个人都值得尊重，但不是所有的故事都有人倾听。记叙"我的一天"，也就是少不更事时写写作文吧。成年人，对"我的一天"这话题，真是欲说还羞，于是欲说还休。各过各的日子，好也罢，坏也罢，不愿说，懒得说，没得说。我们习惯了感叹，"日子过得真快啊！"如此而已，一言蔽之。

我听到过一些玩笑话，高度概括一年时光。一年就是元旦、春节、清明、"五一"、端午、中秋、国庆。说这话，有的是因为工作，"别人过节，我们过关"，节节平安，就是一年；有的是因为游玩，自驾游、近郊游、出国游，山山水水，就是一年。一年就是两个学期、两个假期。说这话，是学校的老师，也有一些学生，有的盼着学期，两个期末之后就到了年末，有的盼着假期，两个长假过了就是新的一年。一年就是二十四个节气。"大寒小寒，立春过年"，这话是有点年纪的种田人说的。

看来，一年时光就在三言两语之间，何况一天。然而，生活不是这么简单。这一天，带孩子，陪老人，在路上，在家里，加班、开会、休闲、娱乐，管理者、打工人、老农民，各有各的生活，各有各的精彩或烦恼。所以，一天当中可以记述的事情很多，何况一年。

成年人的一天，一言难尽。看似平常的日子，却又复杂得很；说是多彩的生活，却又简单得很。今天怎么样？可以总而言之，可以慢慢道来；可以兴高采烈，可以郁郁寡欢。内卷，凡尔赛，这样的年度流行语，细品起来营养不足，却正是一些人的一天。前者，让自己烦；后者，讨他人厌。可是，生活这出戏，无论我是谁，时光都一样地流逝。

在流逝的时光里，终究需要向上向前的力量，来成就生活的美好。逆行者，打工人，后浪，神兽，飒，这样的流行语，展现给我们的是高清画质：生机盎然，活力四射，动感十足，能量满格。

任时光匆匆流去，我们还是要做些事情。太把自己当回事就做不好人，太不把自己当回事就做不好事。做人要放低身段，不要牛气哄哄的；做事要担起责任，不要无所事事的。流逝的时光，不要终究还是错付了。

关于我的一天，这样的题目一直陪伴着我们。电影《最长的一天》，讲"二战"、诺曼底，最长这两个字，妙极了。真人秀节目《爸爸去哪儿》《极限挑战》，明星们游戏中的一天，花样百出，各种比拼，寓教于乐，好创意。近年的新春走基层，劳动者的一天，顶风冒雪、起早贪黑、认真细致工作，很感人。今天的这类节目，像极了当年的那种作文，早晨，"新的一天开始了"，做完一系列任务（游戏），然后，"紧张的一天就这样过去了"，总结，大家收获了许多，如此所以的，一通感慨。

真说到"我的一天"，其实没啥好说的，因为没啥好玩的，也没啥好看的。坐了一天的车，开了一天的会，看了一天的书，有的。公园里逛小半天，沙发上坐小半天，写文章想小半天，有的。早晨打打拳，饭后散散步，晚上看看剧，有的。和爱人打闹，陪孩子疯跑，听老人絮叨，有的。喝酒，打牌，抽烟，加班，熬夜，也曾有的。现在，我在书写中整理着这些碎片。

想起在孩子婚礼上的寄语。"孩子们，一辈子很短，一转眼你们就大了，成了单位里的骨干、咱家里的顶梁柱，我们就老了，成了家里爱唠叨的家长、街上年轻的老头大妈。一辈子很长，有许多平常而美好的日子，也有成长的烦恼和成功的喜悦，也要经历风风雨雨、坎坎坷坷。我想说，最要紧的，是过好当下。"

这话，也要说给自己听。"逝者如斯夫，不舍昼夜。"过好当下，由他去吧！流逝的时光，不会停留，不会回头，一直向前。我的一天，也要不断前行，前行。

用一些时间，读一些好书

读书人，这个曾经相当于文化人的称呼，一度属于一小部分人，让人满怀敬意。随着时代的进步，教育的发展，上学读书早已"飞入寻常百姓家"，高等教育也迈过了普及化门槛。毫无疑问，传统意义上的读书人的数量绝对地增加了。

人均一年读几本书？据说，我们自己的数据很不好看，也不知道那个数据是怎么统计出来的，总之是，喜欢读书、经常读书的人不多。我自己的感觉，经历了技术人员、管理人员、教育工作者、党务工作者，一路走来，周围有那么多识文断字的人，虽有喜欢读书的，但的确到不了蔚然成风的程度。

按说，读书是很个人的事情。常有人说，爱读书的都是喜欢静的，能坐得住。这一说法，不知爱读书的是不是认可，喜欢动的是不是认可。我总觉得，这说法有点儿想当然。果真如此，读书也有点"性格歧视"了。

用喜欢静或动来判断读书多与少，实际暗含的意思是有没有时间读书。爱动的人，时间用在了跑跑跳跳或游山玩水；爱静的人，就一定是宅在家里读书吗？似乎不好下结论。

读书，所谓开卷有益，总是有些好处的。而这好处，有的很具体，学以致用大概属于这一类；有的好处，"腹有诗书气自华"，读书修身的自我提升，是潜移默化的一类。这两类读书，都值得赞许。大致来说，有组织的读书，更急于见效果，强调学以致用的多；作为个人兴趣的读书，不怎么看重具体的用处，只为那种感觉。

只是近来文化的快餐化，读书也越来越功利，少了沉潜把玩和心游物外，冲着寻找灵丹妙药解决具体问题去的多了。读书不再快活，读书也就少了。过分功利化，希望立竿见影，工具、指南、秘籍式的读书，不能说不是读书，只是显得窄狭了些。

不得不承认：纯粹的个人阅读是不存在的。现实和梦想，经典和潮流，你的亲朋好友，你的经历职业，都会影响到你。这些可能影响到你的种种情形，你可以选择，但不能回避。有人说，"两耳不闻窗外事，一心只读圣贤书"，问题是，这圣贤书怎么进入窗内的？读书是交流，而不是封闭。

职场中人，更准确地说是体制内的人，"干什么学什么，缺什么补什么"，对这句耳熟能详。熟悉工作，这是最基本的；胜任工作，也不是高不可攀。想要熟悉和胜任，很多时候，学点什么和补点什么，读书不可缺少。人不能只有工作，读书也不能只是工作那点儿事。五音、五味、五色都需要调和，适当读一些闲书，会让生活更加丰富，也会让精神更加丰满。

回想起来，我这几年的读书，受了工作的牵引。阴差阳错，不断地变换工作，每一个岗位都希望能尽快地胜任，都希望有更好的成效，逼着读书的兴趣的不断扩充。不要讲读的书了，就连订的报纸杂志也都有明显的变化。工作需要之外，我这几年的读书，也受到朋友和同事的影响。出差途中，有的往返都手不释卷；茶余饭后，有的把经典讲得深入浅出；交流探讨，有的一张口就显出学养厚度。见贤，可以无动于衷，也可以敬而远之，但是最好的还是主动而努力地向上向善。

读书，为了更好的自己。更好的自己，可以有不同的内容：更好的自我修养，更好的与人相处，更好的精神状态，更好的工作成绩，或者是更好的放松，更高的追求。总之，读书是要当"学生"，学有所得，而不能读死书而"学死"，进入胡同；读书是长力气，修养提高，而不能是增负担，越读越笨重。

校园应该有书香，作为校园人有点儿书卷气，甚至是书生气，都是最好的搭配。校园外也该有书香，好处多多，需要培养。如今，生活多姿多彩，读书已经慢慢地成了奢侈的事——不是每个人都能享受这种生活方式，有的是没机会，有的是不珍惜。

捧一本书，怡然自得，无远弗届，实在是很经济很高级的妙事。

闲话锅碗瓢盆

锅碗瓢盆，就是生活里的日常。这四样东西，经常连着说，似乎密不可分。可是，现在看这四个字的造型，又好像没什么关系似的。

锅

锅的历史很长，变化很大。人声鼎沸，鼎，就是锅。釜底抽薪，釜，就是锅。尝一脔肉，知一镬之味，镬，就是锅。

石锅饭，汽锅鸡，砂锅炖汤，铜锅涮肉，铁锅炒菜，高压锅，电饭锅，电火锅，锅的材质在变、模样在变、功能细分，便利着我们的生活。

我手里握着锅铲，把厨房里的锅点了点，竟然有两位数之多。各式各样的锅，各有各的用处。电饭锅功能很多，我只用来蒸米饭，家里吃饭很北方，所以，闲置的时候居多。两个铝锅，煮饺子、面条，一大一小，视人多人少选用，偶尔，也蒸一锅馒头。另有一小锅，熬粥，几乎天天用。

占多数的居然是炒锅。这不是因为很会做菜，恰恰是因为不擅做菜。做不好菜怨锅，为炒好菜买新锅，于是不断添锅。不过，有的商家自诩夸口，过家家，信不得。有种带涂层的，说是炒菜后要晾凉后再刷锅。如此娇气，怎么烟熏火燎过日子？

我也有点疑惑，一些老物件用得好好的，怎么就没市场了呢？我记得有个小炒锅，铸铁的，从矿区带到市区，用了十多年。再搬家，嫌它丑，或者觉得不值当的，就没带上。从那之后，一而再，再而三，没个用着顺手的炒锅。

好锅难寻，为什么？我们在家里讨论过。答：是嘴头更刁了，要求高了。那，难道手艺一点也没长进？答：以前的未必真的好，这是在念旧。那，难道对现在真的好，会浑然不知？我觉得，虽有自己的问题，但主要还是现在许多东西吹得很好，言过其实，华而不实。

慢工出细活，这话还得记住。造一口好锅如此，做一餐好饭也如此。章丘铁锅，听说是一锤一锤打出来的。最近买来一用，感觉物有所值。我还是能分清好赖。

不过，说真的，这个锅真的是很贵。如果真的是纯手工，真能用下去，也值。

炖肉、煲汤，小砂锅是个好东西，食材多样，做法简单，汤汤水水，热热乎乎，吃着舒服。熬粥，防溢锅也不错，省事省心。

碗

碗和筷，是绝配。老祖宗留下的这两样，看似简单，颇有智慧。

碗的历史也很长，但是，从古至今形状没多大变化。我家也曾跟风，买过有些创意的新潮碗，最终还是回归传统。我想，应该有许许多多的人这样尝试过。历史选择了碗的形状，不用论证，自有道理。

美食不如美器，碗也应该在美器之列。美不美，就有了差别。我小时候，家里有细瓷碗。那碗似乎很薄，盛了韭菜馅饺子，隔着碗能看出浅浅的绿色。我对此印象很深，是见多了粗瓷大碗，那细瓷小碗就显得有点特别。

前些年，农村人都是大大的碗，吃饭时，左邻右舍端着碗上街，或蹲或坐，边吃边聊。有人到城里走亲戚，回来就说没吃饱，碗太小，不好意思盛了一碗又一碗。说来也怪,现在日子好了,农村的碗也变小了。那种很夸张的大海碗,只在一些面馆里能见到了。

用碗就要洗碗,但喜欢洗碗的人不多。饭后洗碗,这是常规操作。也有例外,不愿洗碗的,吃完饭把碗和锅用水一泡,用时现洗,号称"不到炒菜前不刷锅,不到吃饭前不洗碗"。小两口,有把洗碗当作游戏的,石头、剪刀、布做决定。

洗碗难免打碗。洗碗效应,说干活多的人容易落埋怨、受责备,很形象,但也不确切。爱不爱洗碗,也与此说没啥关系。

洗碗时,偶尔失手打个碗,我对这无心之失没多少印象。我小时候,家里大人说起一个爷爷吃饭,手一哆嗦,把端着的碗打了,一家人都很担心,说他真是年纪大了。我儿子小时候,学着自己吃饭,筷子一划拉,把他的碗给打了,我当时很高兴,说他会用碗吃饭了。我记得的就这两次打碗,一忧一喜。

铁饭碗,不怕磕碰,不用担心打碗。我不喜欢铁饭碗。

外面相聚,说"加一套餐具",家里来人,说"添一副碗筷",有碗有筷就可以落座吃饭。这是我们的吃法,吃饭要用碗。西餐用刀叉,配盘子。

碗,是居家必备。"饭碗",是生存必需。

瓢

葫芦对半剖开,就是瓢。瓢,不多见了。做瓢的葫芦,就是匏瓜,瓢葫芦。

瓢,是用来舀水的。"弱水三千,只取一瓢饮。"这个很美好,也很务实。瓢能舀水,就能舀酒。"我有一瓢酒,可以慰风尘。"水和酒,都能瓢饮。想象那画面,瓢饮水很古朴,瓢饮酒很豪气。

想起小时候,就是这样原味的生活,用瓢舀水,也用瓢喝水。大人们从井里打水,用扁担挑到家,倒进水缸,做饭时用瓢往锅里舀。

173

半大孩子帮厨时会问:"锅里加几瓢水啊?"夏天从外面回来,伸手拿起水缸中的瓢,咕咚咕咚饮一通,一抹嘴,很舒坦。

"一箪食,一瓢饮,在陋巷,人不堪其忧,回也不改其乐。"老夫子此番夸奖,我想想不久前,只有感叹,瓢,用得何其久也!过去日子过得真慢,千年之后,瓢饮依旧。

能种得好葫芦,就用得起瓢。瓢,自是寻常人家易见的物件。因此,人们就拿瓢说理。"依葫芦画瓢",照样学样,简单模仿,可以批评,也可以自谦。"按下葫芦浮起瓢",事情繁杂,问题很多,是说忙不过来,也是说没搞彻底。这些话也快过期了。

锅碗瓢盆,瓢最能凑合,就地取材,因陋就简,没啥技术含量,也最先被淘汰。先是铁瓢、铝瓢代替了葫芦瓢,紧接着,普及了自来水、桶装水,瓢没用了,在厨房里也就消失了。炒瓢,名为瓢,形似瓢,其实是炒锅。

现在的一切都在飞速变化,让人高兴的事很多。几十年走过几百年,我们很熟悉这句话。我们想想从前,有时候也感叹,太快了!

瓢,已难得一见。

盆

说到盆,就想起大学的英语课。老师有一次谈到发音:"英语要有英语的腔调,让人一听就是英语。"他有腔有调地讲了一句。我们都跟着模仿,但不知何意。"缸比盆深,盆比碗深,碗比盘深。"老先生笑得很顽皮,"这就是中文喽!"我们也都笑了。

老先生,把英语课上成了生活常识课。盆,是比盘子深的敞口盛器。缸、盆、碗、盘,传统上,缸和盆盛水,碗和盘盛饭菜。

参加工作,吃食堂,要自带饭盆儿,是小号的盆,用于盛饭菜,碗盘功能兼备。报到时从人事科领饭盆儿,爱人(那时是对象)回来说,前面一个男的不顺眼,挑走两个带花儿的,剩下都是净一色的,不好看。巧了！这伙计和我是同县老乡、中学校友，又都被分到技术科、住一个宿舍。这成了一桩乐事，从那时谈到现在。

  盆的功能也在退化。在厨房里，水缸、水盆不多了，还常用到的是洗菜盆、和面盆。洗菜盆用得更多。许多人家，连包饺子都不擀面皮了，买现成的，和面盆也几乎不用了。

  瓢和盆，都跟水有关系，所以才有两个词：瓢泼大雨，倾盆大雨。今后给孩子解释，要费些口舌，大概先得说清楚瓢和盆吧。

  还记得，锔盆锔碗补铁锅的手艺人，吆喝着走街串巷。那些锅碗瓢盆，很是经久耐用，修修补补，用了再用。因短缺而有的曾经的记忆，都成不值得忆念的过往了。

  人间烟火气，锅碗瓢盆曲。如今，这曲子是新的旋律，新的演奏，新的风格。

小吃小喝小聚

"小吃小喝小聚",这是一家小吃店"上新"的广告。它成功地引起了我的注意。就因为那个"小"字,吃什么倒没太在意。

这年月,少不了吃、喝、聚。朋友来了有好酒。这个酒,本来是礼。无酒不成席,如果只吃饭不喝酒,似乎不够意思,有点不上台面。许多时候,那酒喝得很不讲理,也就无礼可说了。"总要醉上几次",交友察人,一度竟这样"试之以酒"。挺朴素,也挺坑人的。

有一段时间,我经常出差。工作内容之外,两样事必须有,一个是坐车,再一个是招待。那时,一般是开车去。高速公路还不多,导航仪还不咋准,跑长途全靠记忆和经验。随车有一本全国公路地图册,怎么走、到哪住,要提前做功课。当年,酒风正盛。吃大餐,喝大酒,许多人有这经历。入乡随俗,喝酒也有许多规则章程,美其名曰酒文化。跑了很多路,喝了不少酒,也是一种辛苦。

有两年,跑内蒙古。下马酒、上马酒,半是玩笑,半是讲究,就吃了几次"硬早餐"。"早晨喝酒,一天牛气!"当然是玩笑话,其实,一天发晕是真的。吃"硬早餐",也是因为头一天错过了,要补上敬酒之礼。所谓工作餐,有一项任务就是"把客人陪好"。我陪过,也被陪过。陪来陪去的,那种吃与喝,没有聚的意思。"都是工作",当时的场面话,想想真是没理搅三分哎。可是,陪过的客、吃过的饭、喝过的酒,哪个还记得哟!

在外面跑，没"任务"了，就想吃得素净些，能多简单就多简单。有一次办完事往回走，本来是要中途住一晚，结果路上跑得比较顺，领导说，"往前赶一赶，看看晚上能不能到家？"肯定能啊！穿过一个小城，天已大黑，沿路有家店灯火通明。"吃口饭，歇一歇。"靠边停车，是一家新开的小馆。进去一看，"就吃臊子面！"结账，"4碗面，8块8毛钱。"我说就给10块钱吧。店里小姑娘不答应，很坚决地找给我1块2毛钱。

多年以后，那些所谓面上的事，重要的饭，都已印象模糊，早无所谓了。而这一次，陪着领导，坐着大奔，4个人、8块8，我却记得清楚。现在说起来，都好像不怎么可信。吃一顿饭花多少钱？这8块8、1块2的往事，是唯一能记住的一次。普普通通的一碗面，有什么好说的，也许不少人会懂。

我内心好像是喜欢那种小聚。有一次，同学来参加学习，多年未见，抽空中午见个面。我下午要开会，他下午要上课，那顿饭就矫情了一下，找了家老北京面馆，芥末墩、麻豆腐、炸酱面、北冰洋汽水。就我们两个人，吃得很安静，聊得很开心，品尝着几样小吃，分享着彼此的故事。像是在当年大学的食堂，把那些有点儿寒酸的饭菜，吃得有滋有味。相比之下，这样的记忆显得少些，有点可惜了。

暴饮暴食，大吃大喝，一度竟流行成病。裹挟之下，许许多多的人深陷其中而不自知。当年的影视作品，不自觉地记录了那时的"吃喝观"。无论古装戏、现代戏，甚至军旅戏、谍战戏，家里外头相聚，满满一桌子菜差不多是标配。戏中人也是富态的多，即使剧情是在忍饥挨饿的年代，也都显得营养过剩。今天再看时，与其说那是粗制滥造，不如说那是不知不觉，无意中标记了一时的风气。

我们真实的能吃饱吃好，想想也没有多少年。我读初中就住校，食堂的伙食很差。说是粗粮70%，却只有星期五的午饭给"改善"一次，有馒头。馒头很暄软，十几岁的我们，能轻易地把它攥在手心里。常吃的是玉米面，不是窝头，不是饼子，是"捧子"。做法非常简单，

177

和好的玉米面，两手里一捧，笼屉上一蹾，蒸熟。简直比窝头更难吃，私底下叫那"狗拍掌"，骂食堂大师傅。

　　操场边的空地，储了过冬的大白菜。入冬后，宿舍里生了火。有同学趁晚上天黑，悄悄地挖回两棵白菜，火炉上用饭盆还是脸盆煮了，加把盐，分而食之。很快就被教导主任在宿舍抓了现行。都说他爱打人。他训着人，质问是谁偷的菜，情绪上来了，眼看就要动手。班主任却及时进门，"你要干什么！我的学生，我管！""护犊子"的王根春老师，来得不早不晚。他一直在外面盯着的吧。王老师，是个好老师。平时很严格的。白水煮白菜，淡而无味。我们加点白盐，吃得很美。那年月，真是的。

　　生活刚刚好一些，先是在吃喝上惊了马似的，怎么吆喝都止不住。招待餐，亲朋聚，七碟八碗，大吃二喝。小吃小喝小聚，竟然有点稀少，因而也显得珍贵。七宗罪，其一是暴食。过分贪图享乐，奢侈浪费要不得。"富贵不能淫"，不能不节制。我更愿意按这个意思理解。凡事有度，过了，就会起坏，变形走样，变味变质。

　　初心易得，始终难守。生活中，那些微小的事情，不经意间就影响或改变了我们。

　　我们都会经历许多事情。随着时间流逝，一些事情在记忆中不断沉淀，提示着我们曾经走过的路，见过的人，经过的事。往事在头脑闪现，常常是过往的细节。记忆也会有选择，如果这样能多一些小小的幸福，也是普通人需要的自我修养。

用户已关机

坐在沙发上,看了几眼电视,习惯性地拿起手机,点了两下,屏幕却没有反应。我才想起来,已把手机设置成自动开关机。该上床睡觉了。

按道理,总有一段时间,不会打电话给谁,谁也不会打电话来,可以关掉电话。可是,多年来,我一直是24小时开机。像我这样的,应该有许多人。我所知道的,多是所谓的工作需要。手机晚上开着,当然是怕错过了半夜来电话。可是,"最怕晚上来电话",每个人都这么说。意思是,电话一响,都是突发状况,准没好事。

夜里刚刚睡着,或者睡得正香,突然被电话叫醒,往往是惊醒,很不爽。可是,深更半夜,无论是谁打来的,都得很耐烦,好言好语对待。工作上的事自不必说,电话打来,肯定是有点儿关系。即便是被无端骚扰,恐怕也得克制一点,把电话那头的骂恼了,重复来扰,就真的别想睡觉了。再说,真高声大嗓,家人也就被吵醒了。

"我的网龄:13年。"这是客户端的显示。其实,我用第一个手机还要早10年。20世纪的事了,基本服务费,俗称座底儿,每月50元。然后,双向收费,打电话、接电话,都按分钟计费。似乎很合理吧?来电显示,也是单独收费。还有个漫游费,最讨厌。工作的地方,处在两个市交界处,信号飘忽不定,坐在办公室不动,也会有漫游。

那时的手机,功能单一,说是"移动电话",很贴切。新鲜物,价格和收入比起来，显得有点贵，通话费也不低。一般人通话，简单利索，闲话少叙。我刚用手机那段，办公室斜对门一伙计，没事了用固话打我手机，"试试电话怎么样，清楚呗？"使坏！后来更干脆，接通了，嘿嘿乐，"咱聊10块钱的。"不能跟他闲扯，我摁了电话就过去了，"咱面对面好好聊。"爱玩爱闹爱新潮，年轻人的好时光。

　　手机给生活带来方便，也让日子过得更加忙碌辛苦。只要你愿意我愿意，天涯海角都可以保持联系。现在，我也听到年轻人抱怨，下班了，大半夜，常会接到老板派发的任务，"还不敢关手机！""真是烦死了！"多数情况是，只好乖乖的，加班，干活。问题是，真的有那么急吗？也许，有时是。

　　待机，有点待命的意思。夙夜在公，枕戈待旦。有一些人，配得上这些高尚的词语。他们全年无休，即便有个休假，也要"保持通讯畅通"。这几乎是纪律要求，"不能也不敢关机"。很值得尊敬的一个特殊群体。而对更多的人来说，24小时开机，可能只是一种姿态，有点表明态度的意思，实际的意义并不大。

　　我的长年待机，有工作成分，也有个人因素。心里老搁着事，有牵挂，就是所谓责任，把自己当回事吧。有段时间，孩子、爱人、我，三个人在三个地方，自然是随时要能找到人，电话一打就通才好。工作也是，十防九空也得防，晚上开机，以防有万一情况。"怎么不接电话啊！""怎么偏偏就关电话了！"这情况，谁遇到都可能着急。

　　我在大学工作时，管过学生工作，最操心的是学生安全。有一天夜里，被电话叫醒。伸手摸过手机，显示是个学生。我激灵一下，不会出啥事了吧？"姥姥去世了，不许请假回家，学校这是什么规定啊！"一开口，火气不小。安抚情绪，我细细问，他慢慢说。原来是同学的事，他打抱不平，"老师，我们也是没办法了，才给你打电话。"这之前，也不知道他都找过了谁。我还得夸他关心同学，"现在，好好睡一觉。"

　　第二天中午，我找到宿舍，小伙伴们已经一切OK。辅导员也是听取了父母意见,说是就别让孩子回去了。小伙子带点歉意地冲我笑,"老师,打扰你了。"很不好意思的样子,又说,"不过,我们也是真的急了。幸亏你接了电话,没训人,还和我们说了那么多。"好吧,这算是感谢我。经历了,就成长了。不知他们会不会记得那个夜晚。

这小事,也算是一件正经事吧。更多的时候,半夜来电,纯属打扰。那几年,酒风很盛,常会在深夜听些醉话。道行深的,甜言蜜语,头头是道,哥哥兄弟的,说些让人高兴的"拜年话";道行浅的,胡言乱语,乱七八糟,天上地下的,讲些让人摸不着头脑的"混账话"。不是朋友,就是亲戚,都不把自己当外人。都不可当真,还都得对付一下。有时,还有那些不相干的,被吵醒了,人家"打错了"。多可气!

现在,手机智能了,也普及了。不再是"移动电话"那么简单,而是"移动互联"了,啥事都能办。水费、电费、燃气费、订票、订车、订饭、订房,手机无所不包。居家过日子,家具家电衣帽鞋,水果饮料矿泉水,都能靠手机搞定。带上手机,说走就走,离开手机,寸步难行。

各种应用层出不穷,不同年龄不断加入。十多年前,给岳父买了个老人机,可是老人说,"又没啥事,拿那个做啥样?"基本都是人机分离。现在好了,快90岁了,一打就接,一聊半天。这是习惯了。我侄女,给人联系转账,"把钱打手机里吧",被她婆婆听见,就问她"这手机里能装下多少钱啊?"很是感兴趣。在景山公园,我曾遇到两父女,听他们边走边聊,孩子仰脸指着辑芳亭问"这个是什么",爸爸低头看着手机说"我现在就查查"。我暗笑,抬头看,写着呢。手机,离不开了。

手机成了生活的一部分,啥事都能干,也就啥事都能犯,该有的毛病和问题也就多起来了。治理,发了许多文件。上班常有"指尖上的形式主义",浪费时间;老人遭遇电信网络诈骗,损失财产;孩子沉迷手机游戏,耽误学习。手机,不但与人方便,让人依赖,而且给人添乱,让人心烦。

本来，手机是很友好的，是我们把它使坏了。微信，谁都会加几个群，但是，你可以"消息免打扰"。一对一不好免扰，比如"在吗？""睡了吗？"的随时招呼，但是，手机"超级省电"，就能回到单一功能的"移动电话"。"自动开关机"，这个也很友好，管开，还管关。

我现在用的这个手机，从买回来就没主动关过。偶尔关机，是因为系统升级，重新启动。从什么时候手机长开了呢？不清楚。因为关手机曾错过什么重要的事情吗？不记得。一直保持待机曾遇到什么重大情况吗？也没有。那，我为什么还要长开机呢？习惯了。回想起来，也就是这样。关机，对极少数的人，在极端的情况下，可能会是不负责任。开机，对绝大多数的人，在通常情况下，可能只是自我安慰。

我意识到，现在清净多了。是环境变了，也是自己变了。是外面变了，也是内心变了。我也是一觉睡到自然醒了。既然一切安好，何必无事自扰。关机，睡觉。

几件纪念版

我突然觉得，自己用的一些东西，有的日久生情，已成纪念版，有的仅此一件，已成绝版。

前年冬天，在爱人数次鼓动下，去买件新外套。导购员给推荐一款，试效果，把我和衣服一通好夸。"您看，多棒！"她说非常适合我。莞尔一笑，"我看先生穿衣服很省，花几千块，穿好多年，很值得！"我就也笑了，"我身上这线衣有讲，改革开放四十周年纪念版。"

导购人不错，有素质。我随随便便出门，金玉其外败絮其中，被她看了家底。"您在家纪念版，出门最新款，多好！"我也夸衣服好，夸她眼光好。不过，我还是经夸，就笑说她这最新款和我那纪念版不般配，其实嫌贵，欢乐中说拜拜。

把衣服穿破，今天已经不易了。不过，我的纪念版线衣，终于是穿破了。

我所谓的纪念版绝版，当然是玩笑话，也是借了个概念。旧衣服穿着舒服，旧物件用着顺手，有这感觉，可能还不光是图省俭，该真的是年纪大了。

我刚刚又注意到了一件纪念版，用了几年的钥匙包。工作变动，交接之后，包里只剩一把钥匙，家门儿的。这几乎空了的钥匙包，露出庐山真面目，Design by Italy，Since 1888，似乎是真皮，也像是仿冒。终归已少皮没毛，龇牙咧嘴，寒碜得很，也该淘汰了。天天用，没动过这念头。

线衣和钥匙包，并无特殊之处，只是被我用成了绝版。钥匙包陪我走过了两个工作单位，装过不同的钥匙，开这个门那个门；线衣在家里陪我度过了许多冬天的夜晚，见过我晚上的状态，加个班，读本书，追部剧。实际上，都没什么可纪念的感人故事，破了，也就扔掉了。

想起来，老家的老屋里有架织布机，全身枣木，真材实料，于我还真是有点纪念。我小时候，祖母、母亲她们，每年还是要织几匹布的。忙碌穿梭，说的就是织布的身影啊。纺棉、拐线、挂橛、浆染、缠棒、织布，一经一纬，虽尺寸之功，须日夜操劳。我初中就住校，带的被褥就是自家一线线织出来的老粗布。

织布机能留了下来，其实也并不是为个念想，而是屋里有那空地儿，也是用不上那几根木头。我在许多旅游点，看到有织布机，随便仿造的，都不咋的，只是有那么个样子。我家的织布机，不知还能留多久。也许捐出去，可以留下去。谁要呢？怕也只是我有这一闪念。

许多非常普通的东西，走进了我们的生活，就承载了一段记忆。我家阳台上有盆虎皮兰，看起来没什么特别。我和爱人浇花时，它却像是个提词器，让我们常说起在煤矿工作的那些事那些人。在煤矿工作时，同事给了这盆很好养的花。后来，这盆花随我们离开煤矿，先进了城，又到了北京。几次欲要割舍，但是它"特别能战斗"，给点阳光就灿烂，于是就留下来了。一转眼，30年过去了。

如今的东西更新很快，许多都是一次性。修修补补的手艺，好多也就失传了，大小物件无一例外。家里没什么用的东西，该扔就扔，这是一些人的经验之谈。我是觉得，没什么用的东西，能不买就别买了。这想法，暴露年龄。

好吃不过饺子

关于饺子，有许多俗语，极言其好。"好吃不过饺子，舒服不过倒着"，有它就够了，知足者常乐；"谁过年还不吃顿饺子"，既是说家家必需，也来表穷人志气；"饺子就酒，越喝越有"，有吃有喝，简单快乐；还有头伏饺子、冬至饺子，几已无所不能，无所不在。

饺子算是北方美食，称得上"老少通吃"。包饺子，如果不能说人人会，大概可以说家家会。女孩子，小小的就开始学。以前在农村，寻媳妇找对象，请到家里吃顿饭，包饺子是个小考验。婶子大娘，左邻右舍，包着饺子聊着天，姑娘的模样、言谈、干活，也就相看了。

包饺子，看似很"傻瓜"，把馅儿包进面里就行了，其实要做得可口好吃并不简单，和面、醒面、揉面、剁馅儿、调馅儿、擀皮、捏包，甚至煮饺子，每一步都有点儿门道。同样的面、馅儿，皮擀得薄或厚，馅儿包得多或少，即使同样的饺子，煮的火候大小，都会影响口感。

我老家，是说捏饺子，吃煮饺。这乡土话，一捏一煮，形象又准确。捏饺子、擀面条、大锅菜，家乡待客的三大样。饺子要一个一个地包，有点最高规格的意思。过年捏饺子，多是白菜猪肉馅儿，当然要配大葱，加些十三香之类的调馅儿料。最有家乡味的是，调馅儿要用炒酱。吃时，嚼得着白菜、肉粒，嘴里有些许酱香。有人喜欢咬一口一个肉丸那种，会嫌弃这饺子"酱多肉少"。

吃饭是有感情的，味蕾是有记忆的。自己家的饭未必真好，因为加入了情感这味作料，就有了别样的好滋味。饺子更是这样一种奇特的东西，承载了尽在不言中的许多美好。端起饺子碗，常把亲情念。"送客饺子迎客面"，一碗饺子，寄托着亲情、团圆、尊重、礼节、祝福、期盼。

饺子不仅仅是一样食物，早就已经是一个符号。老一辈包饺子，在盖帘上怎么摆放都有讲究。方盖帘，一排排的饺子，要"有来有回"，一排朝前，一排朝后。圆盖帘，一圈圈的饺子，要"团团圆圆"，先摆满外围一个大圆，再往里一圈围着一圈。孩子们起初并不在意，经年累月，也就接受了这寓意。毕竟是好意，没理由拒绝。

小小饺子，大大容量，可谓"兼容并包"。制熟，有水（煮）饺、蒸饺、煎饺。馅儿料，就地取材、因时而异。白菜、韭菜、茴香苗，甚至萝卜、酸菜，猪、牛、羊肉，还有鱼肉、虾仁、蟹黄，都可以入馅儿。饺子馆里，竟有西红柿馅儿。吃法，有的喝汤，"原汤化原食"；有的不喝汤，有个笑话说，"难道吃油条还得喝油？"有的与粉条同煮，"金丝穿元宝"；有的更绝，"大锅菜煮扁食"。扁食，饺子的古称。连名字都很包容，入乡随俗。北京曾叫煮饽饽，也不太久远。

饺子很中国，很传统。快餐化了，有机器了，"手工水饺，薄皮大馅儿"仍然是很好的招牌。每家都有辈辈相传的独到经验。并且，荤素的搭配取舍，调料的几个少许，全凭经验和喜好，一人一个手法，一家一种味道。我图省事，买过市面上的水饺，品种丰富，价钱不一，却没感觉哪一种特好吃特别值。后来就很少再买了。

我喜欢吃饺子，在家里常包。过去吃，论碗论盘。现在论个，配些别的菜，营养更均衡。和面，软硬要适度，既易擀皮、包馅儿，又耐煮不破。调馅儿，无论荤或素，重在调，不能散。当然，面与馅儿，都尝试了种种新玩法。可是，记忆常回到家乡，想起年根儿集市上卖十三香的吆喝，"有花椒有茴香，有卤桂有良姜""捏饺子儿，调馅子儿，尝尝咱的好味气儿"。"酱多肉少"的家乡味，仿佛就在齿颊之间。

注意脚下

读到一个佛教故事，参禅悟道的称作公案。

五祖法演禅师门下有三个杰出的弟子佛果、佛鉴、佛眼，时人号称三佛。有一天，法演带着三个弟子，在山下的凉亭夜话，回寺的时候，灯突然灭了。在黑暗中，法演叫每一位弟子说出自己的心境。

佛鉴说："彩凤舞丹霄。"现在伸手不见五指，他说心中却有五彩的凤凰在青天上飞舞。十分美好，有"诗与远方"。

佛眼说："铁蛇横古路。"这时一片漆黑，他说感到好像一条铁石般的巨蟒，横在古道之上。前路凶险，有"忧患意识"。

佛果说："看脚下！"暗夜走山路，顾不了那么多，他说最要紧的是"注意脚下"。简单明了，最务实具体。

法演当场给佛果点赞，"将来能传扬我的宗风的只有你呀！"后来，果然如此。

寻常一说参禅悟道，高深莫测，大有拒人于千里之外的感觉。大道至简，我们想多了。想多了，搞复杂了，反倒是离本来更远了。黑咕隆咚的，走夜路，"注意脚下"才是实实在在的啊！

"看脚下"就是"过当下"，要注意此身此时此地，就是自己当时所处位置。

曾有位同事，打了报告，要提前退休。可是，他对工作依然尽职尽责，该出差出差，该值守值守，该开会开会，该加班加班。老哥们儿调侃他，"还这么卖力，怕退休了没的干吧。"他说，"这不还没退嘛！"终于有一天，他与我道别，"领导谈话了，批准了。我明天就不来了。"第二天，他就没再来上班，正式过起了退休生活。

在岗时尽力地干好本职工作，退休后尽情地享受美好生活，听起来简单如废话，好像也不是谁都能处理好。这也是值得佩服的。

豁达的人，不过是能够该干吗干吗。

如果是平静地过着日子，花开花落，云卷云舒，一切都是该有的样子，任谁也没什么可纠结可纠缠的，或者净整那虚无缥缈不着边际的。可是，有时候突如其来的事情闯进生活，让人措手不及。变化，特别是变故，考验人的心性。在黑暗中行走，"灯突然灭了"，最要紧的是"看脚下"。

一位朋友，早早就做了领导，向来自律很严。突然有一天，听闻他被处分了。原来，属下出了状况，问责到他。许多人为他抱不平，大有"一世清名被毁"之憾。他却说，自己还是有责任，所以才会被问责。几年过去，他没有一句推脱或埋怨的话。

有人说，领导干部的事情，离咱比较远。说一件生活中经历的事情。我那次害了一场病，从治疗到康复很长时间。我就想，撞上了，就面对，别吓唬自己，也别不当回事。就如"吃饭时吃饭，睡觉时睡觉"，尽量让一切保持正常，治疗时治疗，工作时工作，休息时休息。如此而已，这是我的努力。

事到临头知不易。有一些难事，只能靠自己。昨日已去，明日未来。被一些难事或坏事撞上时，痛心疾首地"想当年"，信心满满地"盼未来"，都不如脚踏实地地"做当下"。

一切过往，皆为序章。我们听到太多珍惜今天把握当下的劝勉。解透这个理儿，看脚下的路，做当前的事，才会不负青春。走好每一步，笑对每一天，才会让每一个日子都充实，让自己的人生更踏实。

他说得真对啊

读汪曾祺的书，许多小故事，很好玩儿。

《名优逸事》中，讲到京剧名家郝寿臣受聘为戏校校长。就职那天，对学生讲话。他拿着秘书替他写好的稿子，讲了一气。讲到激动处，他很有感慨，一手高举讲稿，一手指着讲稿，说："同学们！他说得真对呀！"

"这件事，大家都当笑话传。"汪先生写道，"这没有什么可笑。这正是前辈的不可及处：老老实实，不装门面。"

这个比较久远的故事，今天来看也还耐人寻味。这故事也是笑谈，也是美谈。

领导在台上讲话，不是和朋友聊天。漫无边际地东拉西扯不行，轻松随意地说错重说也不行。每句话都要能上得了台面，每个字都要传递准确信息。特别是今天，一句之失乃至一字之错毁英名，这事儿，有。这样说来，领导讲话不可不慎，不可不认真。

郝校长一句"他说得真对呀"，想一想，他还真是很认真。他这位戏校的校长，当时没有"入戏"，跳出来说了句实话，自己戳穿，讲稿是秘书捉刀。

讲话，当然应该"入戏"，既要知道自己身份，又要考虑听众身份。要说自己该说的话，也要说听众想听的话。入戏，但最好不要演戏，那就整虚了。讲话，要把该说和想听处理好。这需要下点功夫，用点心。功夫不负有心人。

一位老朋友曾笑言，两种"听起来不错的讲话"，不能多听，不能细听。一种是，不管什么样的稿子，都可以抑扬顿挫，念得有滋有味；另一种是，不管什么样的会议，都愿意临场发挥，说得很开很嗨。不提前做功课，而注重现场演，这有点舍本逐末。讲话讲虚了，听起来热闹，或没实际内容，或不切合实际，大家听了之后会说，"他说了些啥呀？"

关于讲话和发言，也曾听到经验之谈。一位年轻的同事说，他参加会议不光认真听别人讲，也会思考换成自己该怎么说，有时候还真就临时"讲几句"，反响不错。一位老领导则曾经嘱咐，不要轻易地在会上讲话，真需要讲话了，一定要提前准备，搞清楚为啥讲、给谁讲、讲些啥、怎样讲。

这经验之谈，也是对自己说的话负责啊。果如此，大家听了也会说，"他说得真对呀！"多年前，郝校长是夸写稿的，在这里，大家是赞讲话的。

幸福生活的几种模样

人们相聚在一起，要么是有血缘上的关系，要么是有经历上的交集。见面聊聊，怀念过去或畅谈未来，享受生活或感慨人生，常是用一个一个场景、片段、截面等，讲个小故事，举例说明。

年　货

回家过年，走走亲戚，见见朋友。有朋友玩笑说，年货要自己花钱采办了。说这话的，是一位有工作还管点儿事的。

曾几何时，年货是待遇的一部分，身份的象征，内容无所不有。单位集中办一些，兄弟单位走动送一些，下级单位照例献一些，个别下属意思意思，于是，有的人年货相当丰富。米面粮油，烟酒糖茶，鸡鸭鱼肉，这些都有，还都是基础中的基础。年货，除了居家必备以外，还应当有一些高端大气上档次的，不仅是居家的一部分，还可以是今后生活的一部分；除了年节必需品以外，还应当有一些经久耐用可贮藏的，不仅现在可以用，还可以长时间持有；除了满足小家庭以外，还应当有一些可以表示礼尚往来的，不仅自己可以用，还可以转送亲戚朋友略表心意。

有的朋友说，自己采办年货，就连春联和年历这样的小物件儿，也要知道到哪儿去找。也有的说，一个最直接的好处是，市场上转转，知道了肉啊鱼的都卖什么价。还有的说，买年货，又找到了过年的感觉，在买这买那中，早早地感受到越来越浓的年味儿。

我想套用一句广告："这味儿，正！"

出　游

回家过年，家人团聚，是老传统。三五亲友，相约出游，是新选择。有意思的是，除了周边游，热门目的地是一南一北。有的到东北，感受寒冷；有的到海南，享受温暖。

在海南买房的不少。一位朋友，驾车2500公里，举家到三亚过年，父母兄弟姐妹都去，车上装满了吃穿用度，锅碗瓢盆。这旅游，几乎是一次搬家，他们搬得很乐呵很享受。

一大家子人，重新安营扎寨。那几天，他们不再操心别的，就是吃喝玩乐。这是个私享的春节。

冰雪游也很流行。另一位朋友，约了几家好友，一同去了东北。他们看了冰天雪地，更奇妙的是，在冰天雪地里泡了温泉。露天温泉池，往外不远处就是两尺厚的积雪。这情景，想想很是奇幻。

说来也都是老大不小的人了，一个个赤身从温泉池子里出来，走进没膝的雪地，很嗨地留影。那一刻，一下子找回了童年。雪地拍"裸照"，不仅是身体好，更是心情好。

朋友说，外面过年，真轻松。

我想，轻松，是因为放下了好多事情。

聚　会

老乡、战友、同学聚一聚，招呼一下，悄然发生了变化。

过去这种聚会，有人组织，有人买单，组织的是热心的，买单的是带长的。谁都明白，不是花公家的钱，就是吃老板的饭。

一位朋友讲，前些日子被找去谈话，了解他吃过的一顿饭，谁组织的、有谁参加、哪个买单、喝什么酒、为什么聚，问得很详细。他说这饭吃得别扭，有后遗症。

我说，有些饭不好吃。说不清道不明的饭，虽吃了没啥毛病，但容易给人添堵。

较大范围的聚会，有人试过AA制。聚会，大家都回到过去，全部摘帽，一下子又拉平。这种聚会，有的很嗨，有的不适应。这就难以为继。

话说回来，花自己的钱、吃自己的饭，自己的事自己干，也不会有啥毛病。于是，谁组织谁买单，渐成新习惯。这一般是小聚。

三五好友，小酌微醺，少了些负担，多了些亲切。

这饭，吃得舒服。

慰　问

去看望一位老人，他退休多年。他问我，这两年单位也不来家里看看了，说是上面不让来，你们那儿还看不看了？我实话说，那是他单位做得不好。

老人说，想想也不该是上面不让来，肯定是有人把经念歪了。说起当年他去走访慰问，像是走亲戚，坐下来聊半天，有时候人家还给整两个菜，喝两杯，亲得很。"我现在啥也不缺，倒不是图他们给拿啥东西。往家里走走，这是个心。"他很强调那个"心"字，"亲戚不走动，不就断亲了？"

这老理儿讲得好，里面有感情。

我想起听到的两件事。一位老人讲，过年前单位有人来，五六个人，拿了两盒牛奶，好像是看病人。另一位老人讲，领导到家里走访，带一大帮人，硬是找不到家，敲了楼下的门，又敲对门的门。

这蜜不甜。想想，一个春节慰问无春意，一个烧香拜佛进错门。

不走心、尴尬事，平添笑料和谈资。

有意思的是，老人们讲这些事的神态，都是笑呵呵的，似乎有一丝丝的甜。

我就想，这云淡风轻，也是生活智慧。

轮　岗

一位朋友，年近50岁，夫妻都在煤矿工作。如今煤矿半停产，职工轮流上班，一半休息一半工作，说是轮岗。

形势时好时坏，经营起起伏伏，煤矿好像一直是这样一种状况。不管是吃肉喝酒，还是吃糠咽菜，煤矿人适应得都很快。我是这样的印象。

我这朋友，前几年见面，说到买房子："这事我不管，只要老婆看上了房子，买就是了。啥大事啊！"说这话，是有底气，收入高。

如今，朋友的收入下降了。妻子提前离岗，不算退休，也不用工作，月工资在表上1400元，杂七杂八地扣完，开到手不足800元。

朋友原本毫无趣味，除了工作几无其他爱好。轮岗，工作就有一搭没一搭的，人也是无所事事的状态。孩子也大了，出外上学了。于是，开始找乐，适应新生活。

两口子逐渐学会养生做饭、养花种草、喂狗喂猫。约几个人，常去周边爬山，锻炼身体，每天不是一万步，而是两万步。

丈夫轮岗，妻子离岗，50岁，"半退休"，早早开始"享受"生活。朋友说："有吃有喝，快快乐乐，就这样了。啥大事啊！"

我给他总结，莫管效益差工资低，但求好心情好身体。

石榴红时

我喜欢吃石榴，是岳父一家人发现和培养的。我"就好这一口"，在爱人的娘家是出了名的，父母、姐妹、外甥都这么看。这几年，他们要么专门留一些石榴，我春节回去的时候拿出来，要么就不断邮寄一些来，我可以从入秋一直吃到春节后。

家在农村，小时候正是短缺年代，啥都稀罕，石榴也像个宝似的，并不容易见到。我所谓的喜欢吃石榴，也是半路出家，并不是有什么"小时候的味道"。

岳父的院里有一棵石榴树，长得很好，多数年份枝头会挂满石榴。一家人把石榴树当花花草草，谁也没把石榴当好东西，更不会拿它来招待客人。照常理，我结婚前后那几年，岳父岳母不大会拿树上的石榴招待我，我偶尔吃个石榴，应该也要吃相好看。我喜欢吃石榴，当是多年没现形。

一个姑爷半个儿，慢慢地，我和岳父都"不把自己当外人"了。石榴无论是挂在树上，还是扔在桌上，我大概是伸手就拿来吃的。说到吃石榴，岳父的嫌弃多年不变，"就一点儿甜水儿，嚼嚼吐了，皮又不好剥，那有啥吃的！"他倒不是嫌弃我，是真的认为石榴"那有啥吃的！"后来工作离家远了，我们不常回去了，每年树上石榴熟了，他都会反复念叨着我好吃石榴这事，然后挑一些长得好的，很用心地给我存起来。

吃石榴，剥皮麻烦，一嘴籽儿，没什么味道，真是"所得不偿劳"。我和几位同事去泰国，街上许多售卖石榴汁的小贩。一问价格，"好——喝——，十——块——，不——贵——"。拉着长腔的泰式汉语，打动了我们，于是，一人一杯。大家对那句婉转的"好——喝——"，印象深刻，反复练习，惟妙惟肖。但是，他们都说，石榴汁真不好喝。由此想到吃石榴，有的说，抠饬半天，没什么东西，那有啥吃的。

我就坦白了，我每年都吃些石榴。几粒石榴籽，在嘴里咬挤出汁，那感觉比直接喝汁好多了。是的，和吃石榴相比，喝石榴汁觉得缺少了灵魂。吃石榴，剥皮取籽，手轻了皮剥不开、籽下不来，手重了籽被挤破、散落一地。不急不躁，力道拿捏好了，取三五七八粒入口，轻轻咬挤，点滴甘甜，有滋有味，挺好的。没几天，同事兼翻译小徐，给我发了个视频，用水果刀在石榴上划几道，很轻松地就剥开了。真是做什么都需要一些功课。

近来倡导消费扶贫，我没少网购延安苹果、赣南脐橙什么的。脐橙也不好剥。果农想得周到，每箱橙子附赠"剥皮器"。剥皮器，其实就是一个指环，套戴在食指或中指上，冲外一个小尖头，划开果皮。我想，顶针戒指大小的东西，叫器，说大了。参考开酒瓶的起子，倒是可以叫作划子。起子开盖，划子剥皮。这两年，我用这划子，就这么叫吧，剥橙子皮，也剥石榴皮，划几下，一掰就开，方便。

慢慢发现，好多地方产石榴，还都有故事。有一次到临沂，宾馆房间的果盘摆了石榴，还专门介绍石榴的功效，特别强调能解酒。这大概强化了我吃石榴的自觉，那几年喝酒太多太勤了。去年到枣庄峄城，那里称作榴乡，据说源自汉朝，号称有万亩榴园。孩子小姨多次寄来咸阳石榴，据说被唐朝皇帝称赞过，号称"御石榴"，个大，甜酸。新疆说"像石榴籽一样紧紧抱在一起"，可见也是产石榴的，但是闻名的却是吐鲁番的葡萄，还有哈密瓜。听说云南宜良的石榴也很好，只是听说。

岳父院里的石榴，没卖过。石榴熟了，亲戚邻居喜欢的就摘几个。那石榴纯天然，望天收，不施肥，甚至不专门浇水，打药灭虫更是想都不想。石榴不大，皮和籽都红得发紫，皮紧实，更难剥，籽籽发脆、细甜。有次在天坛公园门口，一大妈在卖石榴，论堆，说是自家树上结的。买两堆提回家，七八个，的确好吃，甜得很正。看来无论什么品种的石榴，只要栽在了自家院里，能够朝夕相处下来，结的石榴就应该差不了。

　　岳父院里的石榴树年年结果，不管当年的石榴长相如何，他每年都给我留一些。可能是喜欢吃石榴的人不多，也可能是他惦记着我喜欢吃。我当然更愿意相信是后一个原因。我觉得这石榴品质好，更好吃，就如同吃自己炒的菜吧，这口感里面恐怕也有些个感情因素。

秋叶落时

一个回眸，秋天变成了风景。秋天有独特的美，硕果满枝很美，层林尽染很美。秋叶落时，我们感受秋天的美，继续着光阴的故事。

说到秋，往往离不开愁，所谓秋愁。秋愁何来？从文化对心理的暗示，到天气对身体的影响，有许多说法。"愁，为心上秋。"心上有秋就是愁，你不愁就对不住这个字。这说法似乎最能说服人。望文生义，也有点儿不讲理。王安石曾说"波，为水之皮"。苏东坡却不服气，开着玩笑做杠精，如此说来，"滑，为水之骨"。诸多解释，只是有此一说而已。

秋在变，人也在变，心上有秋未必愁。"自古逢秋悲寂寥，我言秋日胜春朝。"秋天会给你点颜色，让你看看秋也喜人。美美的秋叶，美美的秋色，自不会"秋风秋雨愁煞人"。这天吃午饭，窗外恰是几棵银杏树，抬头满眼金黄。一阵秋风来，飘飘叶叶落，不由得停了筷子，望向窗外，共享秋色。

入秋后，我们的心思和目光慢慢地移向枝头的叶子。梧桐叶落知秋来，其实，那时候还是满眼绿意。不经意间，某棵树上的叶染了色，几片叶，数条枝，整棵树，然后，大街小巷，漫山遍野，"数树深红出浅黄"。秋叶落时，城市乡村晚装多彩，美极了。

于是，秋天就多了一些节日，红叶节、银杏节。节为秋叶而立，愉悦的却是人。四面八方的人们，赶赴与秋叶的约会，一睹芳容。一面广而告之，某地有红叶节，叶色好，景色美，快来快来，不容错过。一面又温馨提示，此处扎堆拥堵，见人易，观景难，莫去莫去，别处秋色也很美。一邀一拒，很有意思。

是的，这几年，真的是处处旧貌换新颜。我们那里的乡村，一向是灰头土脸，不大招人待见，如今也开始扮靓了。我读初中时，上学路上还是大树参天。后来树全被卖了砍了，田野四望，光秃秃的，很可惜。去年夏天回家，行道树又长起来了，林荫大道，感觉很好。这两年，乡亲们把村中的空地、老宅改建成小广场、文化院，虽小，却有模有样。到了秋天，还搞起摄影赛，村村落落入画来。

"出亦愁，入亦愁"，诗词中经典流传的秋愁，不是"个人的小小的悲欢"，是那个时代的悲苦伤愁。人无忧，秋无愁。不再愁"茅屋为秋风所破"，不再惧沉睡百年多忧患，这时候看"为赋新词强说愁""却道天凉好个秋"，怕是不自觉地就认同了字面意思吧。秋愁，还不好讲了。

秋叶落时，我们欣然相看，感受美好，享受阳光。许多人关注着秋色的变化，分享着自己的美丽发现。直到树树叶落，于是，又盼望冬天的雪，找寻另一种美。日子就这样过着，一年又一年，美美的，好好的。

秋天里的絮语

　　真的是秋天的感觉了。不再觉得太阳很毒，生怕被它伤着，相反，脚步会不由得往阳光里迈。开始喜欢那暖暖的感觉，这是真的已经换季了。

　　许多人喜欢秋天，近年尤其多。这得感谢"百姓富，生态美"的进步，人增了赏秋色的闲情，景添了秋意浓的去处。所以，少了些"秋风秋雨愁煞人"的情绪，多了些自豪满满迎客至的邀约，"秋天来吧，那时候最漂亮了！"有人说，秋天的味道，丰满而醇厚。

　　春夏秋冬，偏偏却有秋愁一说。秋愁何来？从文化对心理的暗示，到天气对身体的影响，有许多的解释。淡淡的忧伤，也许还不算糟糕。然而"出亦愁，入亦愁"，愁得化不开，总是不太好。因此，何以解秋愁，也有种种疏通消散清热解毒的建议。

　　秋天给我的记忆，有好事，当然也有愁事。好事分享，一人喜变成两人乐，喜乐倍增；愁事分担，一人扛变成双人抬，忧伤减半。我对这话将信将疑，觉得有点一厢情愿。遇到事了，无论大小好坏，有朋友亲人聊一聊，这也是最抚凡人心的人间烟火气吧。但是，生活不是简单的算术题，好多事，如人饮水，冷暖自知。

　　前年秋天，我对"秋深露重，请君保重"有了切切体会。每天的天气，外面的气温，穿什么衣服，原本都不是个事，但在那个秋天重要了起来。天南海北闯，不怕风雨狂，突然间，对冷暖在意，对季节敏感，阴晴冷暖竟成小小的悲欢。这岂不显得矫情，或者增添烦恼？好在，我选择了顺其自然。说到底，也没什么特别，就是更懂得爱惜身体罢了。想通了，就该这样，总会这样。

有时觉得，人很脆弱。鞋里有粒沙子，手上有根刺，都会不舒服。有个小病小灾，头疼脑热，就让人没了精神。真要大动干戈，伤筋动骨，更是会损伤元气。有时觉得，人很坚强。山一程水一程，九九八十一难，一路风景一路歌。前行的脚步，没有什么可以阻挡。脆弱或坚强，在某时某地是会被放大的。秋风萧瑟，身体不适或心情不爽，放大了的秋愁就会在周遭弥漫。这时候，我们需要来点"自拔"的努力，千万不要沉浸其中而不自觉。

去年秋天，是云淡风轻，又喜气盈盈。孩子结婚，"独立了"。我调工作，"回来了"。孩子婚礼那天，天气满分。蓝天白云下，如茵绿草上，客人们三三两两地寒暄，聊天，拍照。"真是个好日子啊！"既应景，又应时。我在致辞时，开口就说"天作之合，天公作美"，真是发自内心。只这一件事，好像喜悦就把整年填满。这个秋天，收获了人生中的大幸福，感叹孩子大了，我们也老了。

我们一生会有多次角色的变换。我们也拿四季来比拟人生。然而，我们的每一个角色都是一次就过，绝不像四季那样周而复始。人到中年，父母年轻时的样子，子女小时候的游戏，只能是心中幸福的记忆了。怀念过去吗？不如也想想当下和未来，怎么给年迈的父母多一些陪伴，如何给成年的孩子多一些支持。工作也一样啊，做好当下就好了。只要内心有珍重、爱意、敬畏、责任，走过的每一个季节，生命里每一个角色，都会有它的美好。所以，秋色很好，可胜春朝！

今年秋天，一切复归平常，都是该有的样子。适应了新习惯新角色，自我感觉良好。如果逢秋强说愁，那就是，一年又一年，时光一去不再回。体力精力下降了，做事的首选是量力而行，不敢再做"破坏性实验"。如果"择其善者而从之"，那每一季都有自己的风景，有不一样的收获。兴趣爱好收窄了，岁月的痕迹就越来越多，只想去做

"属于自己的"。

　　小区有个很小的花园,我现在是常客。那里总有些熟面孔。锅炉房旁边一间小屋,被几位老人占领。大妈们晚上在那儿打牌,聊天,有时候还亮两嗓子,欢声笑语不断。爱人凑热闹,打招呼一聊,有说,"我们是来当'奴隶'的。"众人哈哈乐。多是投奔孩子来的,给孩子看孩子的,这"奴隶"当得很幸福。

　　谈起生活,如果没有点爱好特长,就好像很无聊很可怜似的。所谓生活质量或品质,一般意味着丰富多彩高大上。这当然好,让人虽不能至,然心向往之。也还有另一种生活,择去了杂七杂八,少了些鸡零狗碎,虽显简单,也可滋润。单调,重复,似乎无欲无求,无可无不可,享受的是温馨和从容。

　　俗话说,千人千面。人的多面,也正是生活的多彩。每个人都有自己的生活,而这生活不全是美好。要紧的是,学会享受生活的美好。不如意事常八九,可与人言无二三。谁还没几件上愁的事啊!愁,不是秋的专属。愁,不能由着性子。这似乎也是能担事,有骨气。

　　我不咋信命,自认很有点科学精神。可是,"这就是命""这是科学",有时候却很像是同样的意思。花落后,果开始接力,孕育新的希望憧憬;叶子落时,枝干长了一圈,年轮标记岁月故事。岁月无声,匆匆,已说那年。

　　从前年算起,时隔满满两年,恰是三个秋天。两年三秋,我丢了一些好本事,也添了一些新技能。喝大酒熬长夜戒掉了,太极拳八段锦练熟了。晚上无局,锻炼身体,规律作息,往坏了说,是不得已,退而求其次,往好了说,是更健康,适合自己的就是最好的。时过三秋,自会有许多故事。我相信,三秋又三秋,会有更多的美好可供絮语。

4

辑四

冬·阳依暖

有个好身体，再有个好脾气

一家子人，身体都不坏，都不爱闹脾气，"除了为小猫上房，金鱼甩子等事着急之外，谁也不急赤白脸的。"老舍先生《我的理想家庭》，真够理想的。

这样多好，好身体，好脾气，好心情，快快乐乐，无忧无虑。也不是没事做，不闲着，但是，做得与世无争，做得无所事事。也不是不操心，但是，有一搭没一搭的，可有可无，完全是图一乐呵。

只能说，我是实现不了这样的理想了。身体有点状况，偶尔闹点脾气，甚至认真到急赤白脸的，这种情况，说"我有一个朋友"如何如何，不够厚道，也容易误伤。

我身体一向好好的，说不上棒，但能吃能喝能睡，没什么杂病，自我感觉良好，别人也常夸我身体好。

我从记事起，只被医生吓唬过一次。那时候应该还没上小学，发烧了，被大姐带到公社卫生院。医生说，这孩子真皮实，都快烧到42度了，还跑着玩，一般早就蔫儿了。后来知道，体温表最高也就这刻度。我就怀疑，是当时发烧犯迷糊记错了，还是那个体温表是坏的？总归是，喝了点甜药，也就好了。

我一直无知或无畏地认为，身体并不需要特别的关照，不要折腾，不必娇养，顺其自然就好了。上次听朋友建议，说是开辆车养只狗都要好生伺候，对自己更该用点心好一点。他说，"抽空进站做个小保养吧。"这推心置腹的好意,不能只是心领,需要行动。

这一次,不白去!医生说,我能听从朋友建议,抓早抓小,很幸运,很好。按"惩前毖后"那样的理解,就是我能够从善如流,即知即改,所以给以积极评价。应属主动投案,酌情从轻处理:严重警告,甚至是降低岗位等级。说是严重警告,就是要我高度重视存在问题,及时把毛病改掉,不要再在错误道路上越滑越远;降低岗位等级,就是要我把原有职责权利收一收,一些事情不能也不必再做了,烟就别抽了,酒也戒了吧。这个过程是痛苦的。但是,我也有许多幸福的新体验,比如,一杯白开水,一两或二两,小口细品,竟是那样甘甜。

人吃五谷杂粮,免不了打嗝放屁。人有七情六欲,偶尔闹点脾气也属正常。我那次住院一礼拜,护工老杨夸我脾气真好,可是我爱人说杨师傅你真看走眼了。老杨做护工十几年,说的大概没错,爱人和我生活快30年了,说的大概也没错。我一向脾气不坏,偶尔也动肝火,大概是这个情况。

年少时看戏,听老人们说,越有本事的人越能稳得住,一般当大官的都不会大发脾气。那时对此深信不疑,舞台上这个皇上那个包公,演得好不好,就看"吹胡子瞪眼"有没有过了那个劲儿。大概黑老包只能不怒自威,大发雷霆就是演得不好了。后来知道,这是老百姓的一厢情愿,美丽的误会。再大的领导,急了也会拍桌子,娘希匹王八蛋地骂一通。

"山难改,性难移。"脾气好坏,有关性格,也有关修养,还有关责任。性格是娘胎里带的,修养是受教育情况,责任是当下身份决定的。比如说我吧,远的不说,近来的闹脾气,大抵是缘起于责任感爆棚,进而引发性格里起急的神经,结果修养又不足以把持火候,于是情绪上来,就让别人不乐意,自己心情也不好。我知道,用"我是对你好啊"来解释是不够的。我的子侄辈,有的因此更亲密,有的因此而疏远。这要放在工作上,大概只能是得罪人了。

身体和脾气,互相成就,好身体、好脾气,"两好并一好",保持好心情，做个"三好"生，那最好了。身体不坏，虽几十年不看医生，警钟长鸣还是需要的。不闹脾气，也别一点脾气没有，对人对事一概"可以还行挺好"也挺没劲的。身体和脾气，即使偶尔遭遇阴雨天，也尽量不要坏了心情。公认的是，心情、情绪也会对身体有影响。但是，或者应该说因此，无论身体怎样，都不要总闹脾气，更不能无理取闹，否则，别人受不了，自己也受不了。

我想，所言"小猫上房、金鱼甩子"等，也许是用并不存在的美好，类似黄粱一梦这样的故事，劝诫我们要面对现实吧。不过，好身体、好脾气、好心情这"三好"，谁都可以争取。

立此存照，期望美好。

在冬日暖阳下

有医生讲，阳光是免费的营养品。"多晒晒太阳。"医生常常会给出这样的建议。他们甚至说，在晴朗的日子，你即使是站在树荫里，阳光也照样会让你"沾光"，身体受益。

人不分男女，地不分南北，喜欢阳光似乎没有例外。阳光，沙滩，海浪，不是处处都有这样的环境。但是，只要愿意追寻，寻常的环境也会处处阳光。

北方的冬天，阳光难得。尤其是在城市里，阳光只有透过林立的高楼才能落在地上。高楼那么多，那么密，有阳光的空地就显得很少。这时候阳光最足的地方可能有两处，一个是公园里的广场，一个是学校里的操场。

有一段时间，我被建议必须经常走走，但是又不要远走。我被限行了，不能到广场，也不能去操场。在寒冷的冬天，有那么几天，我甚至是在冰天雪地里，在风吹雾霾散的间隙，棉服帽子口罩装备齐全，似乎是毅然决然地，走出去追寻着阳光。

有一天上午10点，我发现越过两个高楼之间的矮墙，阳光在小区的道路上落了一地。我迈进这阳光里，来来回回地走着，不肯出来。走路的范围，以阳光为限，所以要来来回回。那天的气温零下十几度，天空湛蓝，空气优良，在微风的阳光下，居然走得身上还暖暖的。

我后来发现，上午九十点钟，午后，下午三四点钟，从高楼这侧或那侧，或透过两个楼之间的空间，总有几米阳光漏到小区院里。于是，我就在不同的时间，走进不同的阳光里，踱着步去求"阳光面积"。阳光洒在身上的幸福，暖暖的，很惬意。

冬天的天短，太阳走得很快。我沿着阳光划定的界限走动，能十分清楚地看到边界移动。我一边享受阳光，一边看着光影移动，有时候也会感叹"一寸光阴一寸金"，也会感叹"过去的日子不再有"，也会回忆"过去的时光都用在哪儿了？"

寒假结束，疫情防控正紧。学生推迟开学，但是"停课不停学"，我们这些"坐班儿的"按期回校。刚刚下过一场雪，空气清新，阳光很好。午饭后，我追随着阳光，在校园散步。我漫无目的地走着，不觉已在操场上了。阳光明媚，"草坪"上的积雪映射着白亮亮的暖阳，积雪消融，跑道上的水流勾勒着印象派的画作。操场上，只有我一个人。我独享着这一操场阳光，又期盼疫情早日过去，操场上满是奔跑的青春的身影，校园里满是阳光的灿烂的面孔。

冬去春来，太阳回归。还是说，太阳回归，冬去春来？总之，新的一年开始了。天又长了，影子又短了，大地复苏，春暖花开，阳光灿烂的日子多起来了！我也慢慢地打破着限行，扩大着活动的范围，不必再掐着钟点在小区寻找阳光了。

饭后百步走，已成为我的标配。我走着走着就走进阳光，喜欢上了阳光的味道。

疫情尚未结束，但是明显地感觉，最艰难的时候已经过去，来公园遛弯、锻炼、晒太阳的多起来了。这段时间，打牌、下棋、合唱团、广场舞所有聚集的活动都不允许。散步晒太阳是最好的选择，安全、经济、方便，自己放心，别人也放心。我看到好多人和我一样，在阳光下，慢慢地走，信步，从容，享受，满足。

生活中有风雨，但是更多的是阳光。公平的是，谁都可以享受阳光的福利。如果条件很好，可享受阳光、沙滩、海浪。条件允许，可常到广场、操场。实在不行，可就近找到几米阳光，消消毒，补补钙，舒展筋骨，自得其乐，也足够用了。

　　走进阳光，享受生活。养成习惯，让它陪伴每一个日子，让我们的生活充满阳光。

留一些时间给自己

1

有一位朋友，爱在电话里开玩笑，平时喜欢聚一聚。有段时间，隐约觉得少了联系，有时候通电话也不多说了，有机会见面也总是推辞下次找时间。

几个月过去，过年了，却又遇上新冠肺炎，连拜年也都不见面，改电话微信了。宅在家里抗疫情，一切都免了。过年回来聚聚聊聊的约定，只好明年了。

这一天我们电话里聊。"说句不该说的，"他说，"新冠肺炎给了我一个好假期，可算是踏踏实实歇几天。"他像以往一样，又重复着对我工作的羡慕，"学校一年两个大假期，还是你好啊！"

东拉西扯地聊着，我才知道，他前一段时间遭遇了"人生危机"。他回想那种艰难，好像每天都是被推着走，根本停不下来，毫无成就感，真是身心俱疲。结果就是，心情糟透了，身体也有点吃不消。

是啊，庚子年这个超长假期，许多人可以在家里休息休息。然而，这个休息的代价太大了，会刻骨铭心，会写入历史。这个休息，很不好。

往后余生，我们还是要有一些改变，留一些时间给自己，主动地享受休息。这些时间，"什么都可以想，什么都可以不想"。这样的休息，不再是被动的郁闷的操心的，果真是休闲的愉悦的放松的。这种日子，该多好啊！

2

"一家不知一家，和尚不知道家。"我们都在忙忙碌碌，各忙各的，往往以为自己好忙，常常不知别人在忙什么。

政府机关的干部，从上层的大领导到基层的小干部，都常常加班加点。大小公司的员工，从经理主任到快递小哥，都在每日每夜地奔波。一句"我太难了"能够流行，多少人"于我心有戚戚焉"。

我现在的工作，朋友们满是向往"学校一年两个大假期"。其实，哪一个寒暑假期是完全放假呢？假期比平时宽松，但是总有这样那样的事情，有时候是被呼叫，有时候是我自找。

我们做的许多事情，习惯称之为责任使然。久而久之，习惯成自然，"两眼一睁，忙到熄灯"就成了生活的模样。让生活回归本来，给生活修枝剪叶，我们可以活成另外的样子。

在学校工作这几年，我每年除夕上午都回到学校，去看看留校的学生，提前拜个年。看起来应该去做的事情，坚持了数年，今年中断了，恐怕也只有我一个人知道。其实，这事做不做全在自己。

七七八八的杂事，兹事体大的正事，我们总是要有所取舍。既然可以选择，那么许多时候可以高挂免战牌，诸事勿扰，忙里偷闲。

把可有可无的事放一放，属于自己的时间就有了。

3

留一些时间给自己，为了更好的自己。这个更好的自己，不是自私自利，不是心里只有自己。更好的自己，是为自己，也是为大家，是为生活，也是为工作。

朋友问我，你现在敢把手机关了吗？我说不敢，不光是白天不能关，晚上睡觉也不能关。留一些时间给自己，不是屏蔽别人，也不是隔离自己。出家人也要做功课的，何况我们有家有业的。

要给自己留一些时间，但是，该做的事还要做，该负的责还要负。如果走过了头，适得其反，让事情一团糟，岂不自寻烦恼。

生活本来千姿百态，人生没有标准答案。自己的时间，当然要做自己喜欢的事情，做有益身心的事情。做这些事情，可以很努力，但是不用拼，可以很放松，但是不能懈。

四十不学艺，这句老话显然已经不合时宜。没有自己的时间，往往是因为没有自己的爱好。尝试一下新东西，保持一颗年轻心，也许会发现不一样的你。选个简便易行的，比如手机摄影，比如公园健步，试试看吧，放松而不是挑战自己。

自己有想做的事，有喜欢的事，有擅长的事，怎奈经年累月，慢慢忘记了自己，生疏了从前。唤醒曾经的自己，也许只需要给自己一些时间。我们需要对自己好一点，做一些对自己有营养的事情。假如爱打球、游泳、会弹琴、唱歌、好读书、书画，为什么不呢？把丢掉的寻回来吧。

给自己一些时间，充电加油，享受生活，愉悦心情，交流感情，纵情山水，休闲养生，所有你喜欢的都可以。底线是，人畜无害，自己喜欢，不能扰了他人。做什么丰俭由己，不必强求，不必攀比，合适的就是最好的。

慢慢儿来

微信通讯录推荐一位新的朋友：慢慢儿来。这个名字打动了我。

打动我的不是那个"慢"字，而是这四个字组合在一起的那种状态。想一想，"慢慢儿来"，可以劝慰朋友，也可以勉励自己。再想一想，在什么情况下，才会这样说呢？

我们骨子里似乎喜欢快。吃饭，狼吞虎咽；走路，虎虎生风；说话，快人快语；办事，快刀斩乱麻；等等，都有点称赞和令人羡慕的意思吧。相反，吃饭，细嚼慢咽；走路，慢慢悠悠；说话，慢条斯理；办事，老牛拉破车，虽说不上是一脸嫌弃，却总感觉不够利索。

有些事，快不得。遇到那急不得快不了的事，慢慢儿来，是最好的心态，是面对现实的智慧。有些事，"有苗不愁长"，功到自然成。对那些需要假以时日的事，不妨慢慢儿来，希望就在前头。

我非常清楚地记得那次住院治疗的经历。医生安排十几天禁食，不准吃，也不准喝。终于解禁了，先从喝白水开始，一次50毫升。我玩笑说，"也就是一两，这要在往常，白酒也一口下去了吧！"可是医生再三叮嘱，"一定要小口喝，慢慢儿来。不要大口，不要多喝啊！"我常想起那个感觉，一两凉白开，小口，慢咽，那水真甜！那是我喝过最好喝的水。

慢慢儿来，可以在走出困境中，体验别样的幸福。

想起身边另一件事。单位院里有一片草地，弯弯曲曲的砖墁小路可以穿行或绕行。我常去那里散步。前两年，在穿过草地的小路上搭起个铁艺拱门，周边栽了刺玫瑰。我想，这是要造景啊，可是刺玫瑰稀稀拉拉的，会长成个啥样呢？今年暑假的一天，我无意间走进那片草地，看到的是一个繁花绿叶装点的拱门，赫然而立。真成了一景。

"日日行，不怕千万里；常常做，不怕千万事。"正确的真正的慢慢儿来，是耐着性子，朝着目标，努力和坚持。慢慢儿来，是信心，是乐观，是心中有希望，脚下坚定行。

睡个健康好觉

睡觉这事太重要了。有人说，睡觉是最好的休息，是最好的营养品，是最好的免疫力。睡得好，未必一切都好；睡不好，真会一切糟糕。睡个好觉，很好。

有的人，能量储存得足，消耗得少，补充得快。休息，倒头就睡；工作，精神焕发；加班，不知疲倦；恢复，得空就行。比如一辆好车吧，发动机好，各个部件也好，整车好，起步快，刹车好。

听过一位老教授作报告，其人九十高龄，精神矍铄，站着讲，三个小时。人称学界泰斗，奠基者，带头人。报告讲了些什么，我已没有印象，倒是记得老教授"觉少"的趣闻逸事。她带学生，指导研究课题，常常要求"两点钟到办公室找我"。学生们就明白，这个"两点钟"是夜里。几十年如一日，一拨又一拨学生，没有不服的。睡觉少，精神足，这应该属于睡得好。

睡得快，常常说是身体好的一个表现。睡得太快了，也不好。前些年，单位一位司机，开着车也能睡着。听到他呼噜响起，挺吓人，叫他，却说"没睡没睡"。熟悉的，坐他的车，有人在副驾位专门陪他抽烟聊天。几个小时，有说有笑，一路平安。

这老兄睡得快，大概属于浅睡。能不能一路扯着呼噜开车？人命关天，没有人敢试一试。有一次出差，有同学来看我。午饭后我们在房间坐坐，斜靠在沙发上，有一搭没一搭，随便聊着。不大会儿，他不再说话，呼吸均匀，有了轻轻的鼾声。我就坐着看电视。过后，他伸了个懒腰，"哎呀，看了一中午电视。"我就笑了，我才是看了一中午电视好吧。

老教授，那两位老兄，都应该算是奇人。一般人比不了，只能当个故事听听。还有一些人，没心没肺，傻吃荼睡。这也是一种福气，一般人也享不了这福。

我属于普通人，多年来，睡得还可以。辗转反侧，彻夜难眠的夜晚，有，极少。前些年，熬过夜，打过连班，"白加黑"，连轴转，多是因为工作，第二天照常上班，好像也没有请半天假，专门补补觉。星期天节假日，有时候彻底休息，午睡，一觉能到四五点钟。我就想，平时还是缺觉。

上大学时，印象中我给复读的同学吹过学习如何轻松，下午基本没课，睡半天也没人管。我人生的午睡，可能是从大学开始。参加工作在煤矿，那年分配来40多个学生。我们都住"标宿楼"，标准化宿舍楼的意思吧。午饭后几个人去打篮球，有的手欠，在楼道里拍打两下。同楼的老大哥有意见，他不明白，为什么大热天的，我们中午不睡觉。那时候，年轻。

我结婚后，几乎天天中午回家，做饭，吃饭，午睡。即使后来，我常常出差，许多应酬，可是下午三点才上班，也是午睡的。再后来，工作变动，中午一点上班，刚开始感觉很难熬，困得很，印象深刻。有的同事午睡，趴在桌子上，靠在座椅上。我不行，就去附近公园散步，那里人还真不少。不午睡，也习惯了。没想到，到了学校工作，又有了午睡时间。刚开始，中午不睡，在校园里溜达，很快熟悉了一草一木，角角落落。可是，慢慢地，重新适应节奏，又开始享受午睡时光。

看来，睡觉有规律，也有弹性。睡觉，要遵从一般规律，也要允许因人而异。睡得好不好，自己知道。有人说，连着几天睡不好，血压都会高；有人说，晚上睡不好，白天脾气也不好；有人说，一晚上不睡，眯一会儿就行了。这睡或不睡，听起来都有点神奇或者敏感，细追究大概还是有道理的。大热天中午打篮球，早已过了那个年纪。如今更相信，睡个子午觉很重要。

睡不够，有的是因为生活所迫的辛苦，有的恐怕是该睡觉的时候没有睡。有一位老兄，"会睡"，睡功很好，什么会场都能睡，别人鼓掌他也鼓掌，掌声落了他接着睡，台上一声散会，他也激灵一下，起身往外走。我开玩笑，"你这功夫了得"，他每次都说，"晚上没睡好"。有一段时间，在大会小会上趁机睡个"回笼觉"，开会成了"睡会"的大有人在。

回笼觉，不知是不是我们独有，不知老外怎么翻译。老话说，"有钱难买回笼觉"。似乎很难得。更邪乎的说法是"四大香"：开河鱼、下蛋鸡、回笼觉、二房妻。一看这"二房妻"，当然就知道也是老话。许多老话不足为训。各种各样的"四大"，大多都很"俗"，甚至"恶俗"。"四大香"之说，不足以证明"回笼觉，睡得香"。

什么人会睡回笼觉？话说从前，应该是懒人、闲人、富人、病人。这里说的富人，也是那种不思进取的吧。这么说，回笼觉属于不健康的人、生活或者身体。可见这话里话外，回笼觉好像也不是什么高级的好东西。今天的人，应该是健康的多了，所以，谈回笼觉的少了。说来也怪，不光是回笼觉，"打盹儿"也少见了。这是一个进步。

废寝忘食，精神可嘉，偶尔来一下，打打冲锋，搞搞攻坚，还行。人生是一场长跑，吃饭睡觉少不了。怎样才算睡得好，怎样才能睡个好觉，有很多攻略，有的很专业，有的很民间。哪一款适合，只能说，自己品，细细品。

睡个好觉，真的很好。不过，活着不是为了吃饭，睡觉也一样。睡得昏昏沉沉，无所事事，就睡过了头。

请多保重

想起一句玩笑话，"因为你当初的一句保重，我至今没瘦"。小孩子要是这样造句，不知老师会给什么样的批语。

保重，（希望别人）注意身体健康。这是现汉的解释，例句是"只身在外，请多保重。"百科进一步说，是问候语，意为在生活工作中照顾好自己。

我咂摸着这玩笑话，也品读着这官方正解。个人觉得吧，"请多保重"的问候，不一般。

"多保重！"这表达似乎很书面，很郑重，还很老成。青春年少的年纪，春风得意的状态，生冷不忌的胃口，不惧风雨的身体，如果正是一切不在话下，这时候说"多保重！"想象一下现场，这得有多扯火，有多煞风景。

如今可说是真的"天涯若比邻"了，"只身在外"这样的情况，已经不那么让人不放心。体制内，干部轮岗交流，往往是只身前往；做生意，开辟新市场，也常入陌生之地；打工族，四处奔波劳碌，尽管常有乡友相伴，那境况却更是形单影只。这种情形，谁可曾向他们道一声"请多保重"？并不是不关心，实在是这样的问候不大相宜。

我想起曾经的互道保重，还真不是很寻常的问候。有生活上的，"现在身体怎么样啊？""挺好的。""多保重！"病后康复，保重身体自然是最好的问候和祝福。有工作中的，"遇到问题不可怕，一时不被

219

理解也不可怕，关键是自己把握好，坚持住。""会继续努力。""多保重！"工作上负重前行，这一声保重自然不仅仅是身体。生活也好，工作也罢，处境艰难，我们说一声"多保重"，似乎才用得其所，恰到好处。

话说回来，实际上，真正的"保重"，保持体重，有时候真的非常重要，那是健康的基础。谁一下子胖了，或者，谁一下子瘦了，总会让人首先想到，可能是身体出了状况。一位朋友，谈到父亲病后的恢复，悔不当初，"如果当初就懂得，宁用十万百万，给老人补回十斤体重！"由于体重丢失，造成无可挽回的结果，一般人很难预料到。对许多人来说，"保重"，真的非常重要，不是玩笑。

请多保重，这样的问候和祝福，有一些分量，也有一些内容。所以，说者要有心，听者也要有意。一句请多保重，千万不可辜负了。

能饮一杯无

入冬后,第一场雪说来就来,一大早就飘飘洒洒落下。昨天还是暖阳晴空,明天预报也是大晴天。这场雪有意思,下得有模有样,来去干净利落。

第一场雪往往是从雨夹雪开始。看上去,先是雨中有雪花,慢慢地雪花代替了雨滴,就在空中飘扬起来。气温和地温都还高,雪花落地即化,真是"低头不见抬头见"。操场上散落的几个篮球,孩子们昨天随手丢下,却先戴了一顶雪帽子。

"绿蚁新醅酒,红泥小火炉。晚来天欲雪,能饮一杯无?"下雪了喝一杯,这不是文人骚客的专属,好多人这样记录第一场雪。我也没少这样做。但是,今天虽是周六,望着窗外飞雪,却老老实实地想到,小心感冒啊!

孩子们喜欢跑进雪地里,那是天性使然。他们身上满是雪泥,脸蛋儿被冻得红红的,撒一地欢乐,然后不情愿地回家,听妈妈的唠叨。成年人忙碌奔波,多了阅历,也多了顾虑。他们在雪地上撒点儿野几无可能,"能饮一杯无"的邀约也属难得。

有朋友来京公务一个月,欣赏了最美的秋天,经历了偶尔的雾霾,也感受了冬天的初雪。朋友是南方人,喜见北方雪,笑称出趟差从秋走到冬。窗外雪花舞,室内工作忙。如是第一印象,北方或者北京的秋冬大概就成了这个样子。

到什么山上唱什么歌，是什么年龄做什么事，在什么岗位尽什么责。同是下雪天，谁有谁的事。喝几杯酒，拍几张照，听起来都美美的，让人羡慕。这不是谁都可以，需要有心、有闲、有力。这些美事，如果不能到场，可以远远地欣赏。

　　明天是小雪节气，第一场雪来得很及时。下雪天如同每一天，可选择的很多。要紧的是，做自己能做的事，过适合自己的生活。

每一步，都算数

近来的保留节目是走路。多数是"饭后百步走"，偶尔加大些强度，都还算不上健步。我的走，更像是遛弯儿。走过了四季，是新添的最好习惯。

以前也走，但是没章程，没长性，饥一顿饱一顿的，多少天不动弹，想起来了狂走一下。怎么着都行，动或静随它去，无可无不可。现在的走，有点儿讲究，有点儿追求，走得勤，也走得匀，几乎定时定量。

刚参加工作时，天天走着上下班。单位一墙之隔，就是居住区。家里和单位往返，步行也就三五分钟。谁家弄辆自行车，太奢侈了，白花钱，没啥用。

那时候，走路是无意的，是每天工作的开始和结束，与锻炼身体无关。"没事走两步"，我是受后来大环境的影响。扭秧歌，广场舞，一万步，禁烟限酒，少盐多醋，营养均衡，管住嘴迈开腿，从"有没有"到"好不好"，人们都在追求更好，锻炼方式也不断升级。我就信了，走路是最好的选择。

那年单位组织健步走，配了手环，排名论奖。许多人很认真，为此换了新手机，网上上传步数。据说，有人把手环绑在狗尾巴上，也能被小狗颠出几千步。这个只听说，没见到。不过，我曾见有人揣着几个手环，帮别人"代步"。这事也有对策，挺有意思。许多事就是这

223

样吧，有认真的，也有游戏的。

我走我的路，认真地在走。这最适合我。孩子工作后每周都会打场球，有邻居几乎每天游泳，有同事一直坚持晨晚跑，更有的每过一段就来个"半马"，这些我现在都弄不来。我也知道，还有许多人，信奉"舒服不如倒着"，这我也不行。走一走，已经是我生活的一部分。

凡事要适度，走路也不可过量。作为一项运动，当然有很多说道，关于时间、场地、姿势、强度等。我不强求完全遵守。醒来等等神儿，饭后稳稳食儿。这话，我信。饭后，要百步走，但急不得。每天一万步不如快走六千步，应该有他的道理。我想，如同课间操一样的，抽空走上十几二十分钟，该也有益无害。这是我的走路经。

于是，每天饭后的标配是缓步走，周末偶尔也到公园甩开膀子快步走。寒来暑往，我走在路上，常常感慨大自然的神奇。从春到夏，气温回升，日头越来越毒，枝头树叶就拉住手，把绿荫清凉铺下一路；由秋入冬，天气渐冷，阳光越来越稀罕，枝头树叶就纷纷落去，让冬日暖阳洒满一地。

我最近工作变动，又可以走着上下班了。受路人甲的启发，我备了辆自行车，步行、骑行随心换，常常推车行走在路上。我很快又发现，难得的是，街口到办公室那段路，正午一地阳光，安静，温暖。午饭后，我就南南北北来来回回，走在阳光里，很享受。

我就这样走着。好不好自己忖着劲儿，吃得香、睡得好、精神棒，就是走得好。谁有谁的日子。走过四季，这是我的日子，自我感觉良好。

康复的意思

我们有时会说"早日康复！"这是美好的祝愿。我们也会听到"完全康复了"。这是良好的现状。康复，究竟是什么意思？我没有细想过。那天看电视，剧中的医生开导病人说，你不要误会了康复，康复不是你想的那样。我就想，需要探究一下。

按照现汉，康复，动词，指恢复健康。例句，病体康复。就这么简单。恢复呢？动词，指变成原来的样子。例句，健康已完全恢复。好像也不复杂。

一般来说，头疼脑热，跑肚拉稀，经过休息调理，或是吃点药，大不了吊点水，很快就能元气满满，一切照常。这样看来，"变成原来的样子"，康复就该是这个意思。

因为通常会"很快就好了"，所以，有个小病小灾，人们并不会很担心。这种小case，只是通常的情况，也是最好的情况。这可以说是幸运的。康复，还有另外的情况。我们普通人，健健康康的，那些糟糕的情况，恐怕很少去想，"离心远着哪！"

"有啥别有病"，最好别去医院。"早发现早治疗"，真的有病了，最好还是早去医院。俗话说，河里没鱼市上看。到了医院，各种情形的病人，多得很，会让我们心头一紧。

许多人参观过一些教育基地，犯了错误的人，在那里现身说法，警示我们自由多么重要，做事要规规矩矩。我突发奇想，医院也可以

225

是健康教育基地，警钟长鸣的那种，提醒我们健康多么重要，身体要好好爱惜。做这种教育，也许有些障碍和困难，技术上的，伦理上的。

误会就在这里产生。我们备不住会有个小病小灾，内心又讳疾忌医，不愿摊开了讲。于是，关于健康，关于康复，所谓的常识，却常常和我们有一段距离。

"我什么时候能再喝酒啊？"病人对医生提这问题，并不是要幽他一默。等病好了，一切照旧，许多人是真的这样想。生病了，朋友也会这样祝福，"好好养着吧，等你出去了，哥几个好好喝一顿。"那接连的"好好"，都是发自肺腑的，真情实感。即使做了个手术，出院了，康复了，聚上了，也会被劝，"又没动你喝酒的地方，不影响，来吧，走一个！"一般来说，这是高兴话。因为，"我又回归了"。

可是，在许多的情况下，康复不是这个意思。我看的那部剧，医生打了个比方，"康复不是你想的那样，一定能过以前的生活。比如出了车祸，截肢了，装上义肢能走路，坐着轮椅能打球，就是康复了。"他说得笃定，不容怀疑。这很是极端，不忍听闻。影视剧会把问题放大。但是，这是句实话，也许恰是科学吧。

经历过一些事情，我们会学着改变。这改变，不都是要变成原来的样子。康复，也是如此。"睡觉，最好硬板床，平躺。"有这样的，腰不好。于是，家里厚床垫子要换掉，出差了房间没得选，只好睡地板上了。冤枉钱，得花。也有相反的，"头要垫高，尽量别躺平"。睡觉，半卧，防反流啥的，不少人试过。久而久之，养成新的习惯。这个过程，改变了生活方式，也是康复。

生活方式的改变，有的是不得已，退而求其次，有的是更完美，做更好的自己。有的改变，会给我们一些限制，这要注意那要小心，被迫做一些减法，"影响生活质量"。有的改变，会让我们更加"健康"，心怀感恩善待一切，让内心更加澄澈，"提升生活品质"。有些改变是终生的，今后余生，就是它了。改变来了，要能很快地接受，学会与新生活好好地处。

健康又是什么？形容词，说人体时，指发育良好，机理正常，有健全的心理和社会适应能力；说事物时，指情况正常，没有缺陷。例句有，恢复健康；再有，使儿童健康地成长；还有，为祖国语言的纯洁健康而奋斗。这个就有点儿复杂了。健康的意思，兼容并包，一言难尽。

照这样说，康复，也就没那么简单了，特别是当情况有点儿复杂时，就更不简单。人都说，时间是最好的良药。康复，需要时间。可不要因此"大撒把"，被动地交给时间。

康复，有身体上的，能工作，会生活，"看起来不错"；有心理上的，淡然处之，乐观积极，"自我感觉良好"；有人际上的，不会自我封闭，不被另眼相看，"就是个寻常的人"。在这个过程中，自己要把握主动，向"健康"的方向恢复，那些"不健康"的东西，看得见的看不见的，趁此机会，来个了断。康复，要多面看、正面看、向前看。

"廉颇老矣，尚能饭否？"典故中说的是英雄和奸人。不过，这一问，倒是有着很朴素的道理。至今，我们关心家中老人，也常问"饭量咋样啊？"生老病死，四个字概括人生。谁都会老，真不可抗拒。没病没灾，是美好祝愿。老化，即功能全面退步，康复，或功能部分受限。这现实，都要接受，尽管显得不那么美。

康复，当然是因为遭遇了病痛。好消息是，健康和康复，手术和药物，看法和理念，都在进步。曾经"没有办法了"的情况，现在说"这就是个慢性病"。所有的进步，给予了康复新的内容，新的期望。如果给康复撞上了，要习惯这新的改变，准备好长期适应全新生活。

因康复，而改变，主动的也好，被动的也罢，都要一个健康的心态。我想，那是积极健康的随遇而安，立足当下，面向未来。既然赶上了，那就这样，走起！

当然，健康的用意可以很广。所以，康复，又何止是身体。好多事，都是这个理儿。

两个好人

客观地讲，多数人是普通人，极少数是"人精"，极少数是"浑人"。

有两个普通人，给我留下很深的印象。一位是我的大学老师，几十年的老讲师。他到退休前，评上了副教授。好多人说，他临退休，给照顾了个副教授。另一位是我的同事，企业的技术人员。他到退休时，是个副科长。好多人说，他一辈子，熬了个副科长。

两个人的共同之处是，到退休时给了个待遇。多数人说是照顾一下他们的情绪，一些人评价他们是：老实，窝囊。这样的人，被许多人看轻，不被尊重，平时的好事情轮不着他们，开玩笑时会拿他们开涮。

这位老师，是我毕业实习的指导老师。一个多月，老师和实习组学生朝夕相处，同吃同住同劳动。老师还是老样子，总是笑眯眯的，说话不多，要求也少。同学们各有各的想法，也各有各的表现，有的开始谋划将来的工作，有的愿意和企业人员交流，有的对生产现场很好奇，有的趁机作一次短暂的旅游，有的抱怨实习单位的伙食太差，有的始终进入不了实习状态，有的埋怨指导老师不是大教授。

毕业了，我去与这位老师道别。他对我们一起实习的同学，逐一作了评价。当然，也点评了我。他三言两语，说优点缺点，谈今后方向。他话不多，但说得准确到位。想想老师平时老实巴交的闷葫芦样子，我当时就被震撼了。

这位同事，是我参加工作时同科室的同事。到他退休前，我们大概一起工作了三年。我记得，老人家总是自己在办公室里，但不记得他分管什么工作，也不记得与他有什么交流。据说，他算是单位初建时的元老，却一直没有提拔重用，后来就有点儿神神道道。一些老同事，经常与老人家开开没大没小的玩笑。

　　一次偶然的机会，我与这位老人家一起出差。晚上闲聊，他居然把科室几个骨干逐一作了评价，每人个性特长，弱点短处，讲得头头是道。当然，也点评了我。我听着，想想老人家平时与世无争的老好人印象，感到有点儿惊悚。

　　老话说，人比人得死。实际上，人比人差不多。看这两个故事，不同的人，有不同的角度，有不同的结论，有不同的启示，也许是对人要尊重，也许是办事要谨慎，也许是老实人吃亏，也许是努力要趁早，也许是才华要外露，也许是潜力要发掘……

　　这是两个好人，普普通通的好人。对他们，我心怀敬重，本无所求。但是，他们那一番推心置腹的话，实际上却是对我的帮助。

生活的留白

现在的人都很忙，游手好闲似乎没了市场。这很好，有安居乐业的意思了。忙得很从容，是一种幸福。享受这样的幸福，要能忙里偷闲，要能自我调剂。

一位朋友，很会利用碎片时间，"抓紧"休息一下。他公务繁忙，常常出差，在飞机、高铁、汽车上，总能找个空闲，很快地"眯一会儿"。我们曾一起外出。在车上交流了一些情况，他对司机说，"安全第一啊！"然后往后一靠，闭目养神。我问过他，"能睡着吗？"他说许多时候能。我笑说好车都这样，起步快，刹车好。其实，他做什么都精神头很足，那种休息更像是快速充电。会休息也是一种能力。

许多时候，可能是因为工作，也可能是为了生活，需要紧走几步，甚至需要努力奔跑。可是，在忙碌奔波中，还需要留点空闲，保持内心的从容。常听到感慨说，天天被枪逼着似的，哪有那份儿闲心啊！

我就想，从容不是懒散，也不是因为闲，是要在忙碌中留点空闲。这空闲不一定全是休闲，而是由自己掌握，做自己的事。另一位朋友，同样是常常出差，他却趁着在路途中，自在地读书。他说，只有在飞机、高铁、汽车上，才能安静地读一些闲书。想来是这样，职场人无论身处何职，在办公室、会议室，或是下现场、谈业务，或是当骑手、在工地，手不释卷并不被提倡和认可。

两眼一睁，忙到熄灯，那不是个美好的状态。有人也抱怨，没有一丁点儿时间属于自己。在那样的状态中，恰恰需要有一份儿闲心。有朋友说，要给生活留白，要会恰到好处。赞同。所以，总有会工作、懂生活的人，把别人眼里的死气沉沉累死累活，过得多姿多彩，工作有声有色，生活有滋有味。

身边的"80""90""00"一代，给我许多启示和教育。他们工作时工作，生活时生活，也有加班，也会熬夜，但是比起父辈，他们更看得开，活得嗨，拿得起，放得下。我有点儿羡慕他们。我想，时代成就了他们的现在，我也想，现在也还是我们的时代。有代沟，但别掉队啊！不是要见样学样，主要是看心态看状态。

补补觉，读读书，都还算是加油充电。有益身心的事多了去了，留点空闲，好给生活加点料、添点彩。像小年轻一样，打球，跑步，美食，追剧，甚至像老年人一样，唠唠家常，望望蓝天，晒晒太阳，只要愿意，又适合，都可以的。

话说回来，有了空闲，可千万别再塞得满满的，把自己又搞得累累的，走入另一种"沉迷"。那就和我的意思全拧了。留点空闲，是要给自己一点调节，如同补充一点微量元素，如同尝一尝新鲜的饭食，让营养更丰富，让身体更健康。

一件小事（外二篇）

我在朋友圈发了条消息，"今晚，因为一句玩笑话，做了一件小好事。"起因是，"雪后的小区花园，走起来一段冰一段雪。"我玩笑说，"要是有个铁锹，就清出一条小路来。"走着一抬头，不远处停着环卫车，"有家伙什，那就干吧！"结果是，"好久不干这活了，小路贯通了，拍个照，手都颤了。"但是，我有点儿满足地说，"可以睡个好觉。"

朋友们点赞、留言，一通夸奖好评，热度持续到第二天。我的印象，如此活跃的互动前所未有。把温暖传递，原来大家喜欢这个。

有想支援的，"我也想去干。干完了吗？"这是同楼的，他在单位负责，平时很忙。我常见他早出晚归，也常见他拉着行李箱准备出发或刚刚回来。有分享经历的，"昨天在我们家楼下帮忙干了一下午。真锻炼身体哈！"他说得很准确，昨天是星期天，雪从早晨下，到下午才停了。有表示羡慕的，"我也想住到这个小区。"他这是另一种夸奖，委婉，但可以想见，他那个小区的雪还没扫。

有一些单位或小区，一下雪院子就成了滑溜溜的大冰场。大家小心翼翼地走路，彼此很关心地提示，"路太滑，小心点啊！"也许，内心会骂一句，"也没人管管！"其实，事情不大也不难，就差有人招呼一声。当然，也有一些管理好的，雪停了，院子里、大门口干干净净。这时候，我们享受了便利，又容易忽视了那些默默付出辛苦的人。

千里之外的朋友，也有不少想法。他那里也下雪了吗？不一定。

程门立雪，囊萤映雪，瑞雪兆丰年，各人自扫门前雪，在我们的文化中，下雪有独特的意象，扫雪也有一定的象征。扫雪这件小事，引起他们说点什么的兴趣。

有陕西的，"我当年插队当知青的时候，凡是雪后门前有一条清清爽爽的小路的人家，都是村子里的勤快人。走进他们家，虽然不富裕，但一定是一尘不染。"这事，有点岁月了，是对往事温暖的回忆。有内蒙古的，"现在年轻人可是不会干这活了。他们是不会干，也不会干。"这话中两个"不会"的文字游戏，是对当下的感慨，这些年各方面都变化大啊。有河北的，"做好事，不应该留名的。"其实，他更是个勤快人热心人，开这玩笑批评我的自夸时，他在对着屏幕偷笑吧。

我正经觉得，这次"做好事主动留名"还真对了。一件小事，却触动朋友们内心的温暖，他们记起岁月中的美好，我赢得满屏的"鲜花和掌声"。这挺好的！什么是幸福啊？哈哈，这个不敢多谈，容易误入矫情。

有朋友给上纲上线了，"咱是个善良的人儿""劳动的样子很美""送您一朵小红花"。孩子的大姨，破天荒地评论，"好家风的延续。"不知是夸我呢，还是夸她妹妹。我不敢接这话，顾左右而言他，"刚刚被批评了。"因为，儿子的评论是，"真行，这天也不嫌冷。"然后，他又到他妈妈的朋友圈，"再说一次，这天也不知道个冷。"这批评，很受用。

爱人也发了朋友圈，"过个别样的情人节，把小区花园路上的积雪清理出一条能散步的小路来。"同一件事，你看看人家，这角度选得多棒。当然，她也得到许多的回应。她高中的女同学说，"好让有情人沿着小路找到你。"好朋友，真是心有灵犀。很巧，在我那里，也有一位师姐写道，"你这是盼着有个偶遇吗？"女人的视界，果然不同。对的，那是个情人节的晚上。

我得到的回馈不仅仅是这些，感兴趣的也不仅仅是中老年。我的同事，年轻人，她叮嘱，"拉伸一下胳膊，要不明天容易疼得抬不起来。"据说，是小时候扫雪的经验教训，东北孩子，扫雪是常规操作。

给我发来了如何拉伸的教学图片和视频,很专业。另一位,高度概括,送祝福,"好人好梦好报。"

这事做得,身心愉悦,反响良好,收获远超预期啊!这样的作文,好久不写了。

一双新鞋

下决心买了一双新鞋。说是下决心,不是因为没有鞋穿,而是还有几双可以穿。导购员推荐说:"这鞋打眼一看是皮鞋,穿着感觉像运动鞋,也正式也休闲。"她大概看透了我的心思,"除非特别重要的场合,比如谈判签约,平时哪都能穿,多合适啊!"冲这个,我买了。

鞋穿上了,可配西裤、牛仔裤甚至运动裤,可以上班、聚会甚至逛公园,好像都无违和感,人增精神,穿着舒服。哪都挺好,就有一样,新鞋啃袜子。早晨还是完好的袜子,到了晚上,袜后跟绒毛落净,只余丝网,脚后跟不露而透,可见肉色。穿了一星期新鞋,干废好几双袜子。

这要是在假货横行的前些年,我会认为是买到了冒牌货。那时候,所谓"周末鞋""满月鞋",没少让人上当。江湖医生也很多,谁都号称祖传,有的就专治脚鸡眼。那大概是种平民病。我曾在大街上挨过一刀,说好按刺收钱,一根刺一块钱,心想花不了几块钱,剜下来一数,好几十。原来,这是江湖。

现在不同了,鞋子讲究多了,各式各样,各种功能,走什么路穿什么鞋,脚也舒服多了,脚上各种疑难杂症也少见了。鞋合不合适,只有脚知道。我买鞋,必试之以脚,不似郑人买履。我觉得,这双新鞋很合脚。

说起节俭,我比不了上一辈人,但是敝帚自珍,"新三年旧三年"的观念还在。近来偏好运动鞋,适合随处溜达,皮鞋只是应景穿一穿,偶尔露个脸。如果没换新鞋,内外小环境都比较舒服,高低厚薄都已定型，那些旧袜子不会被提前淘汰。

我对这鞋的质量还是放心的。只是鞋子啃袜子，不由得又心生疑虑。好在旧袜子被啃了几双，新袜接续上脚后，鞋袜就相安无事了。大概是脚、鞋、袜相处，也需要"磨合"。据说，有人穿新鞋觉得累，有人偶尔绊自己一下，这也是在磨合。

新鞋像是在催我，袜子也该换新的了；袜子像是在告别，不能继续相陪了。小马拉大车不行，旧袜配新鞋也不行。说到底，是因为袜子旧了，再受不起拉扯摩擦，稍有沟沟坎坎，就迈不过去了。那几双袜子，陪我走过一些日子，又为新鞋磨合做了贡献，也算是物尽其用了。

俗话说，"人靠衣装，马靠鞍"。好衣裳，得体合身，给人提气，长精神。又说，"鞋穷穷半截"。鞋，要和衣服搭配，鞋不好，全身形象打折。袜子，也有讲究，比如白袜不要配正装。这些浅显的说法，不少人认可。

不过，还有一说，"吃饭穿衣量家当"。意思是，吃和穿会揭你的底。换身衣服，就可以摇身一变，脱胎换骨，没有这回事。吃相、坐相，腹有诗书的气，经风历雨的质，是不大容易装出来的。《主角与配角》那个小品就说明问题：只靠换换衣服是不行的。

"竹杖芒鞋轻胜马，谁怕？一蓑烟雨任平生。"恐怕没有人不喜欢这样的句子，许多人也向往这样的洒脱人生。可是，旷达超脱的人，往往阅前世、历今生，都是有故事的人。竹杖芒鞋，也不是谁都可以享受。

有两张照片，都是我坐在地上，脚上皮鞋的底纹清晰可见。一张是在草原，草长得很高，我笑得很开心。另一张是在沙漠，除了我和我的身影，就是一色的黄沙。这环境，皮鞋不太搭吧？那是工作之余的到此一游。人年轻，很抗造，吃啥都能消化，穿啥都敢出发。

衣帽鞋都重要，终归要适合自己。皮鞋显得更正式，正经场合是需要的。运动鞋穿着更舒服，我是越来越喜欢了。在家里，我一年四季穿拖鞋。在办公室，我备着一双老布鞋。这其中，有适应，也有习惯，还有条件的改善。

我们夸一个人，有时候说"他适应得很快"。适应，不是完全改变自己，而是恰当融入环境，在自我调适中，更舒服一些。这道理，在穿衣上更显直接。今天的我们，生活丰富多彩，心态包容大度，奇装异服这个词不怎么用到了，然而，穿衣也还是要关照一下场合。

这双新鞋给我带来的，不是袜子啃破的不舍，而是人增精神的喜悦。今后一段岁月，在我上班、开会、见客、会友的那些正经场合，它会默默地陪我于足下，让我显得更正经一些。

或说，现在谁还穿皮鞋啊？是的，这鞋子每一次的出场，都可能无声地透露：我是上班族，看着像干部，穿得周吴郑王，已是老年大叔。

迷路老人

今年的"春脖子"，像模像样，感觉良好。晚饭后，下楼遛弯儿。小区门口，遇到一老人。看他想和我打招呼，就往近凑了凑。他要问路。

老人干干净净，慈眉善目，彬彬有礼。"他们说打这儿往北走，"他指着那个小巷口，"怎么不通啊？"那巷子是个半截子，一进去是两栋居民楼，穿过去是另一条街。不熟悉的，就当成了死胡同。

我对老人说路是通的，想陪他走过去。转念一想，又问他："您要去哪儿啊？"老人怯怯的，微笑着，说了一个去处："一进去，有个坡，一拐，就到了。"他用手比画着，似乎说得很准确很清楚。我侧耳倾听，好像啥也没听明白。

这状况，该是从外地来投奔孩子，没怎么出过门，哪也不知道。我问："您是怎么到的这里啊？"担心他坐了公交，离开家太远。他说："天一黑，哪也看不清了。"笑呵呵的，像是拉家常。不在一个频道，沟通无效。

有从身边溜达过去的，说一句："老爷子在这儿有一会子了。"不知他问过多少人了。也有路过的，热心地问一句："您住几号楼啊？"

也不知他被问过多少遍了。还有人指指点点，拿老人教育孩子："你看，老爷爷找不到家了。听话，别乱跑。"也不知老人和孩子有没有听懂。这事儿，各有各的态度。

耳背，颠三倒四，前言不搭后语，原地打转转。我明白了：这老人不是一般人。麻烦了。

帮人帮到底吧。联系他的家人，很费周折。问电话号码，他打岔。我拿出手机，给他看。这下行，他也从兜里摸出个老年机。边问边查通话记录。可是，老人口中说的，通话记录有的，用我的手机打过去，对方都说"打错了！"有的还不耐烦。老人记不准号码，就算记准了，也可能摁不准数字。

干脆，上手。我要过他的手机，鼓捣鼓捣，出来个带"儿"字的。就是他了！打过去，不在服务区。等待。陪老人唠。安慰："联系上您儿子啦！"他问："我儿子在北京啊？"呵呵，白说了。这情形，爱人有点担心，怕弄不了。

多次稍后拨打，对方终于进了服务区。"有个老爷子，找不到家了。"信号不好。听那边说"给您添麻烦了！"能确定，就是要找的那个儿子，但是也不在家。还能确定，老人走得不远，家就在街对面。等儿子，不如送老人。我决定把老人送回家。住址，发我手机上了。

我让老人跟我走。"不是说往北走吗？这是北吗？"他不知家在哪，却认准了往北走。我心说，这是往南。只好对付："你儿子在那边呢。"慢慢地走。我好奇："您多大岁数啊？"他听清了："我1936生的。"紧接着却说，"得60多岁了吧？"哭笑不得。我彻底明白了。

没几步路，就看到老人住的小区。我指着大门："这地方，认得不？"他犹豫，含糊。走近了，我又问。他笑得很开心："就是这儿，我就住这里头。"一进院，他往右一指："我就住这楼。"我看看手机上信息，对照楼号，没错。

陪着老人，开单元门，他指着信报箱说："你看，我住901。"好！可以了。进电梯，他兴致很高："我一个人住，我妈妈去中国了。"唉！

没法听。到家门口，他很热情，要我们进家里坐坐。我们坚决不肯。说过再见，他很客气，又要进电梯送我们下去。我们坚决不让。

五味杂陈，不是滋味。

夜晚的灯光，柔柔的。路上还有行人，做着各自的事情。刚刚，有位老人，离家几百米，隔着一条街，找不到家了。我看了看，老人说得没错：那小区，一进院，左边是个单位，门前有个小坡，而往右边一拐，就是老人的住处。可是，他只记得这么多。恐怕，这记忆也只属于他。

我想起了几位这样的老人，他们看起来还好，就是不能深聊。以前说是，老糊涂了。现在说是，得病了。迷路的老人，经常有，也许总会遇到热心人，也许自己一下子就明白了，也许没那么幸运，就多出上火焦急的一家人和言辞恳切的一则寻人启事。我想，若是在农村，有家人陪伴，乡亲们都认识，会对他们更好些。

我和爱人回到小区花园，继续遛弯儿。爱人说："你看今天的月亮，多漂亮！"四月十五了，天上，一轮圆圆的明月，很亮，一朵朵的白云，慢慢地飘着。春夏之交的夜晚，很美。这些老人，也会抬头看看天空吗？

人，终究是一天天长大，又一天天变老。将来，也许我会如那老人，真成了"阿海"，可我希望一切都还好，平时不让家人孩子操很多心，偶尔还能帮帮别人，指指路。

下雪天

　　立冬，星期天遇到下雪天。入冬的第一场雪，下不大，只是宣示一下，这是我的季节。可是，我还是有点兴奋，盼着打开这初冬的一份礼物。

　　我是喜欢雪的。翻捡着过往，记忆中，雪下得都很安静，静悄悄的，无声无息，远山、近树、街巷、院落，不知不觉就被盖严，白茫茫的，分不出远近高低来了。我不曾真正经历暴风雪、风雪交加，对我来说，那就如月黑风高的场景，只是在文学作品里的，常常预示着事情要起坏。感谢这岁月静好。

　　儿时的记忆里，雪下得很勤。家家都要扫雪，门前雪、街上雪、房上雪都扫。雪还在下着，院子里就扫出了细细的一条路，通向南房北屋。茅厕是在院外的，院门到茅厕那段也被扫通。雪停了，拿着扫帚、木锨上房。住的都是平房，房顶比较原始。在梁、檩、椽上，铺层席草，再"打"一层麦秸泥，最后用白灰、碎石、炭渣"打"成一层薄板，就是房顶了。房上雪，一化一冻，房顶能被冻坏。雪下得小，薄薄一层，直接扫。下得厚了，扫不动，就先用木锨清，再打扫干净。初冬，雪要扔到院外的猪圈和院内的树坑，再后来雪下得多了，就用排子车拉到街中空地，或者干脆运到邻近的自留地里。务实节俭，经年累月。

　　下雪了，大人孩子都在家里。稍大点的孩子，在院子里扫出一小片空地，用细线绳绑上一截短木棍，斜支住筛子或筐箩，下面撒些谷糠之类的，麻雀来吃时，远远地一扯线绳，常能扣住几只。少年闰土，"他是能装弶捉小鸟雀的"，就是这个。不过，我们那里只有麻雀，老家雀。有时围着火炉烤火，炉上坐着水壶，咝咝地响着。水开了，大人们提起壶，常重复那句"响水不开、开水不响"的常识。这说的不只是水。辨别水有没有烧开，还有一个经验，提起壶直接把水往屋内的黄土地上浇，听水落地时那噗噗响的音儿。现在人们连院子的地面都硬化了。偶尔，晚上有人来串门，一定是很亲近的人，大人们有一搭没一搭地拉着家常，孩子们在煤油灯前、火炉周边玩火，不时被警告，"玩火尿炕啊！"并不听，或者被哄着早早地钻进热炕头的被窝里，并不睡。几十年间，都成了故事里的事，不再有了。

那时候，整个冬天都有雪。不是说雪一直下。我记忆中，麦田里的残雪，街上的雪堆，一冬天都有，到过年时还化不完。甚至，我是把下雪和过年连在一起的。"北风那个吹，雪花那个飘，年来到！"我大概只听懂了"雪花飘，年来到"，还不能理会生活的不易，也不知道下雪天带来的诸多不便。我直到现在还觉得，过年时该下点雪才好，否则就少了些年味儿。所以，我眼里的下雪天才显得那么美好吧。我知道，这是我的错觉，选择性记忆。

我读初中就离开家，开始住校。说来奇怪，中学六年的下雪天，我只记得一次。学校组织了作文比赛，我还得了个什么奖。也许是学习紧张吧，把许多的下雪天都略过去了。在太原读大学，下雪天的故事就又多了。那时，会去雪地上撒点野。我有好多张照片，是在雪中的太原站、五一广场、迎泽公园。四年间，经常穿着的是一件军大衣。说起来，那是一件真正的警服，入学前姐姐给我装进包裹。到冬天，我白天穿，晚上盖，也有同学喜欢穿出去。大衣，当时还算时髦，现在说算很酷。伴了四年寒冬，经历每一场雪，功劳不小。

上大学，是我第一次出远门，也才真正开了眼界。英语角、摇滚乐、霹雳舞，很新鲜！入学不久，知道周五晚上五一广场的英语角，后来就常去。下雪天也去，我们缩着脖子，哈着气，热情地找人打着招呼。英语角不光是练口语，分享之中，也引着我或者说逼着我扩大了阅读量。前些年出差，飞机上还翻翻英文报纸杂志，竟被同事认真夸了一通。

一年土、二年洋，变化了的不光是学习。什么都想试试。文明其精神，野蛮其体魄。学生从农村来的多，男生多，这可能决定了我们的风格。记得一个星期天，窗外下着大雪，我在宿舍里，接了一脸盆冷水，穿着短裤，正在全身擦洗，一同学推门进来，惊呼"哎呀哎呀，干啥啊！"我急喊"关门关门，赶紧！"他笑我，"也怕冷啊？"毕业后见面聊起，他不记得了。那真是个万事皆好的好年纪啊！

工作了，在煤矿。煤矿，往往离城市远，离农村近。我总说，煤矿生活是城市和农村的结合。城市的作息，农村的关系。下雪天的记忆，都是关于孩子的。孩子在矿医院出生，也没提前起好名字，要填出生证明时，看着天上飘雪，就临时写上了马冬。后来小名大名都没这么叫过，有点随意了。

矿上的孩子是幸福的，享受着城市的便利，也享受着农村的自由。楼下，一年四季都有孩子们疯玩儿。下雪天，空地上打雪仗，斜坡处溜冰，常常忘记了回家。我孩子常玩得很投入，回到家里，往往先是爱人一通训，"这谁家孩子啊？我都认不出你啦！"一身的雪水黑泥，脸上也抹得一道道的。一边训，一边找干净衣服换。我会看着他，憋着乐，可能还有点鼓励和赞许。小孩子很会看大人脸色，他大概也就知道，没闯什么大祸。不过，他那几年常会因此感冒一下，这是个小教训吧。

"煤矿工人特别能战斗"，这口号煤矿人都熟悉。在煤矿，许多事都能用这句话，有的是认真，有的是玩笑。煤矿人都能喝酒，大概与此也有点儿关系。其实，是因为这个行业苦。后来，我离开了煤矿，但是，却给我打下很深的烙印。下雪天，常有"能饮一杯无"的邀约。有客人，陪，"这下雪天，该好好喝一杯"。有空闲，聚，"下雪了，晚上涮羊肉啊！"无酒不成席哎。那时候，"特别能战斗"的对象是酒，无论高、中、低度，还是白酒、啤酒、红酒，不要说涮羊肉了，就是吃碗杂面，也得有酒才对啊。慢慢地，下雪天喝酒，成了标配。只是，没有"红泥小火炉"那般文艺和斯文。

这几年，我似乎很敏感，在雪落下来之前，能感觉到雪的气息，心里就很期待。终于，雪花飘飘洒洒，白了一地，我会走进雪里，走进雪地。脸上迎着雪，凉凉的，脚下踩着雪，吱吱响。那感觉很诗意。下雪天，我是不打伞的，就那样让雪落在头上肩上。回家前，拍一拍头上肩上的雪，跺一跺脚，很农民。

俗话说，岁月不饶人。下雪天，心里依然有一些兴奋，只是掂量掂量战斗力，自觉添了一层防备。还好没上当，大胆地看雪，小心地保护，做得很好。立冬这场雪，动静不小。大风、降温、先雨、后雪，多合一，隆重宣示冬天的到来。头天晚上，听着呼啸的风，爱人先是给老父亲电话，嘘寒问暖，"家里冷不冷？"临睡，看看窗外已经飘雪，又给儿子微信，"暖气热不热？"老父亲说，"不冷，放心吧。"儿子回，"热。这心操得！"转眼间，上有老、下有小，老的已望九，小的刚成家。中间还要照顾好自己，也已过了生冷不忌的年纪。

清晨早早醒了，风还在刮。再无睡意，好吧，起床。窗帘拉开一条缝，凉气扑面，雪还在下。城市的灯光昏黄，几棵树还未及落叶，顶着大脑袋摇晃。这一夜，风雪交加，我却睡得安稳。我知道，有许多人一夜无眠。空中的雪，有是天上落下的，也有被风吹起的。有时候看看，雪不是在飘飘地落，而是在平行着飞。风太大了。我老老实实地，待在家里，看看窗外的雪，想想往年的雪。

下雪天，也只是一个寻常的日子。某一个瞬间，有许多日子会被记起。这就是我们的生活吧。因为牵挂，就有了故事，把一个个片段串起，讲述着记忆中的生活。因为故事，让牵挂延续，把一个个亲友想起，添加着生活中的温馨。

别样的问候

你测了吗

"你测了吗?"怎么也想不到,短短几天时间,这会成为一句问候语。

我去遛弯儿,街坊邻居路上见面打招呼,说完了天气还算舒服,他说,"你测了吗?"

我去理发店,店里的技师征询我"留长点还是短点",有一搭没一搭地聊着,他说,"你测了吗?"

我接个电话,同事讲着工作上的一些事情,所有的都日常又平常,他说,"你测了吗?"

我测了。

这说的是核酸检测。"应检尽检,愿检尽检",仔细咂摸,一应一愿,有宽有严,完全彻底。

看到一位老外说,这是北京快速应对疫情的秘密。如今,这秘密已经公开。估摸着,全国检测人数是以亿计。

我的理解,应检尽检针对高危人群,愿检尽检面向一般大众,双管齐下,可以很好地"早发现、早报告、早隔离、早治疗"。所以,对疫情防控,我的态度是高度重视,不必恐慌。

"上医治未病""未病先防、既病防变",无不强调一个早字。强调早，是说我们对付疾病是有办法的，做到早，是说我们防病治病要主动积极。

每个人身边都有一些这样的朋友，生冷不忌，百病不侵，多年不看医生，几年不吃一粒药。身体倍儿棒，啥毛病没有，这当然是极好的了。

更多的人还是会经常看医生。我们最愿听到的是"没啥事，都很好"，最常听到的是"开点药吧，注意休息"，最不愿听到的是"情况不太好，进一步检查"。

实际上，进一步检查，并不完全是，或者说，并不一定是坏事情。检查身体的结果，没发现问题是幸福的，早发现问题是幸运的。

最不好的情况也有。其实，无论什么病，确诊了，医生还说，"恭喜你！发现得很早，很幸运。"应该相信，那也是很好的。

一句话，防病治病，要趁早，别耽误。防控疫情，测一测，也是积极参与。保重身体，查一查，也是主动负责。不过，测或查，都要"如果允许"，都不要吓唬自己，给人添乱。

检测检查，测的是阴或阳，查的是好或坏，无论如何，当然要看结果，更重要的是用好结果。看开，但不糊弄自己，要警示高悬；看重，但不吓唬自己，要积极乐观。

问候语来源于生活。"您吃了吗？"老祖宗用岁月酿制的经典，关注温饱。"今天天真蓝！"这几年雾霾天频繁，关注环境。"你测了吗？"在疫情防控中，关注健康。

想想问候语的变化或流行，是实际生活，也是美好期许。问候语，是礼貌，是祝福，也是关心，还会是担心。所以，见面问候，只要适合当时的环境，无所谓土与洋、高与低。

"你测了吗"，这问候很快会过时。因为，疫情终会过去。不过，"你测了吗"，这句话提示得很好。因为，身体需要保重。

蹲下身子

这几天,核酸做得很勤。早发现病情,早阻断传播,这是个办法。主动去做核酸,好多人已经养成习惯。把风险降到最低,把隐患早早排除,这对动态清零是个支持。

我为了减少排队时间,选择在下午人少的时候去做。工作了一天的"大白",明显的是已经很累了。排队的人少了,他们依然在有条不紊地忙碌着,招呼着维持秩序,认真地登记信息,小心地采集试样。

入口处,也是测温点,值守的女士负责分流引导。她戴着面罩的脸上,有一层汗水。我听到她沙哑的声音,有点被触动。"嗓子都哑了啊。"我不由得感慨说。她说:"人多,没办法啊!"我说:"少说点话吧!"她还是那句:"没办法啊!"

说着话,我脚下没有停,继续往前面走。我就有点自责,关心是表达了,这不是让人家说更多的话吗?

我边走边向采样处张望。采样的"大白"也很辛苦。他有时坐着,有时站着,有时要探起身子凑近我们,有时要引导我们加以配合。他说:"抬头。"他说:"放松。"他说:"张大嘴。"他说:"别紧张。"他说:"啊啊。"他们重复着这些简短的话,也重复着那些简单的动作。

说不清是出于怎样的心情,我每次做完核酸,都会对采样的"大白"说一声:"谢谢!"他们的反应各不相同,有的继续他的忙碌,有的回馈我一个眼神,有的同样也说一句"谢谢!"

这天,我走向采样处时,"大白"正坐着工作。他消过毒,撕开棉签儿包装。我走近了,主动蹲下身去,后仰起头,大张开嘴,主动地配合着。他没说话,伸手,很熟练地采了样。

我起身说:"谢谢!"他微抬头,看向我。我感觉,那眼神像是看一个朋友。我想,这不是我的错觉。

人与人之间的问候,有时候不需要语言。

无事闲翻书

赶潮流,标记购物日,网上选购了几本书,第二天就到了。这是今年第四次买书了吧。

我现在的读书,不求甚解,可以说是当作一种生活方式,如同散步打拳一样。既然是一种生活方式,必然很个人化。现在的喜好,越来越清淡,健康有营养。

我们这些单位人,会有一些必读书目。但是实际上,必读书目,束之高阁,可读可不读,似乎是大多数人的实际。急用现学,为用而学,这样的书我也读。那其实是工作的一部分,我不称之为读书。所以,我的读书不是因为外部的压力或要求。

自身的状态,也不属于发奋读书。就像所有的晨晚练,不是为了一较高下,一展身手,所以也就不会那么拼。我现在的读书,有点像保持运动,微微出汗,不至大汗淋漓,不会肌肉酸痛。可以说是浅阅读,没追求,不怎么碰鸿篇巨制,不怎么去深山大川。

读万卷书,行万里路。这都需要一些条件。如果不能行很多路,读一些书就是好选择。无事闲翻书,自得其乐。我现在的读书,有点这个意思。

当然,生活方式也可以调整,有时候还不得不调整。追求好的,改变不好的,应该是调整的方向。调整,意味着改变,并不都是轻松乐事。最好的例子莫过于戒烟限酒,不是所有人都可以成功,而成功的人总会说感觉舒服多了。这样说来，读不读书，也不可强求。

　　印象深刻的，我曾有两三个月没有读书，无心打开，打开也看不进去。当时感慨，读书也需要气力心情。当有一天，又一次打开书，慢慢地一页一页地读完，很是高兴。看闲书，想闲事，原来也是值得祝贺的啊！

　　无事闲翻书，读的也是闲书。如同作为爱好的下棋吧，本身就是闲事，有时候还不得不走一步闲棋。我想，下棋这件闲事，总还有点儿用处，闲棋也是一步棋，有时候还是一步好棋。下棋的人，多爱打嘴仗，但很少真生气。

　　闲读书、读闲书，也要是一乐事益事才对。这算是有个方向和底线，不至于无所事事，更不会无事生非。所以，闲书也有选择，要健康清淡有营养。

爆竹声渐远

爆竹声中一岁除,春风送暖入屠苏。这两年,却没有听到窗外一声炮响。禁止燃放烟花爆竹,随着越来越多的地方加入,放炮的年俗也渐要成为记忆了。

"糖瓜祭灶,年底来到,姑娘要花,小子要炮。"小时候一进腊月,零星的炮声就在大街小巷响起,那是淘气的男孩子在撒欢儿。好多人把婚期也选在腊月,迎亲时有专门安排的炮手,一路上让鞭炮、二踢脚交响。远村近邻的炮声,好像是在为过年预热,在越来越密的炮声中,也有了越来越浓的年味儿。

那时候,许多重要时刻都要放炮,是很虔诚的仪式。起房盖屋,婚丧嫁娶,亲友远行,开张迎宾,响起的炮声是美好的祝福,也是及时的报告。过年时的炮,更不是随便放着玩儿的,那是个很庄重的环节。诸事收拾停当,饭菜可以上桌,听到一句嘱咐,"准备吃饭,去点炮吧!"炮声响过,敬天地、祭祖先,家人吃饭,有时有点有讲究。大年初一要起五更,天不亮就吃过饺子去拜年,"听您这边炮响,起得真早啊!"这话,只属于那天的五更。

有几年,家里放炮这差事是交给了我。二踢脚,除夕中午、晚上,大年初一早、中、晚,破五,十五,要计算着放;鞭炮,500响、1000响也要分清轻重,妥当安排。大年初一最重要,炮声最隆重。炮要注意防潮,保证响亮干脆。我记得,每次炮响过后,爷爷总是说,"这挂鞭响得不赖！"同样的话，年年重复，这是过年的吉祥话。

"禁放"，有过严密的论证，也有过反复的争论。放炮的坏处，比如增加火灾隐患，炸伤手崩破脸，造成环境污染，这是不争的事实。另一个事实是，生活富了，人心活了，炮在花样翻新，人在相互攀比，放炮的动静越来越大，惹出的祸事越来越多，"禁放"的呼声也就越来越高。终于，我们先是适应了"限放"，然后又接受了"禁放"。

爆竹声中除旧岁，早已进入我们的内心深处，并非一声令下，就可全体"禁放"。在"禁放"这件事上，有人觉得少了年味儿，难以理解，"过年放个炮，响两声，怕啥嘞！"有人无可无不可，怎么样都行，"放不放有啥用，不妨吃又不碍穿"。有人把放炮当作一件趣事，一个游戏，闹着玩的，和年俗没关系，"长大了就不玩了"。

放炮的年俗，是要在我们这一辈"易"掉了。我成家以后，过年也只放几挂鞭炮，每次还要跑到楼下去，有时在外面享受一小会儿，有时点着了炮就往家跑。邻居们也有不讲究的，半夜里在楼道里放炮，睡梦中的孩子会受到惊吓。那时候，爱人就小心护着孩子，我则切齿以骂，"谁家啊？这么不着调！"原来，放炮还会招人烦。城市里、住楼房，的确不适宜放炮。

一代人有一代人的生活，每代人都有属于自己的记忆。我在煤矿参加工作。煤矿，有城市的便利，也有农村的传统。对孩子们来说，矿区生活的幸福指数很高。儿子小时候，放了寒假就炮不离手。家属区的每个小卖部都有炮卖。那些炮，为孩子们量身定制。划炮，没有药捻，如火柴一样，在划片上擦着了扔出去，在空中炸响。摔炮，更加简单，只需要用力地摔在墙上或地上，就啪的一声炸碎。孩子疯玩一天，兜里常有剩下的炮，他妈妈晚上会给清出来，他第二天照旧。

"禁放"的措施是釜底抽薪，从卖炮管起。在老一辈心里，年味儿少不了"岁岁平安"的炮响，有的手里有存货，也不"大鸣大放"，就把整挂鞭炮拆散了，拿几个哄孩子玩，"臭蛋儿，咱去院里放炮"。几声爆竹脆响，传递着他们的欢乐。刚提倡"禁放"那几年，有人录了烟花爆竹的盒带，想要代替燃放。这商机抓的，有点肤浅了。他们不明白，放炮需要现场感，噼里啪啦之中，伴着一片火光、一缕青烟、一丝硝烟味儿、一地碎炮皮，那是综合的感受。

　　儿子尽管小时候耍得起劲，终究没有把放炮作为年俗。他们对"禁放"没什么反应。只是去年提倡就地过年，几个小伙伴难得凑齐，他们就合计着除夕夜一起去放炮。北京只有10个售炮点，买炮就很费周折，还很贵。五环内"禁放"，五环外限放，放炮地点也得提前选好。那个除夕夜，他们抓住了过年放炮的宝贵机会，放了个高兴，但是，一通折腾，体验并不美好。今年彻底"禁放"了，对他们来说正当其时，打心底里赞成。

　　"总把新桃换旧符"，恰是寄意除旧布新。电视剧《人世间》热播，每当看到燃放烟花爆竹，我就想，这是又一年过去了。今后，我们再看到影视剧里有那样的画面，就知道那是那时候的事了。年味儿如同口味儿吧，总在或多或少地变化，也总希望更加绿色健康有营养。变的是年俗，不变的是至亲真情、美好向往。家人闲坐，灯火可亲。过年的炮声渐远，我们换个方式，寄托新年的祝福。

过了腊八就是年

老话说，一进腊月，人心就毛了。过年的话题越说越密，慢慢地，我们都换成了一个频道一种模式：过年。

人们平日里也忙，进了腊月，年根儿底下就更忙了。单位里忙着考核总结、走访慰问、游艺座谈；商场里布置得红红火火，货品更齐了，人气更旺了；家家户户都在为过年忙碌着，有的思谋着为家里添置点物件，有的安排着给老人孩子选购点什么，有的盘算着哪天可以回家，有的商量着在哪里过年，有的计划着一次旅游。

忙忙叨叨的，就容易心不在焉。岁末年初，也是多事之秋。所以，生产、交通、消防、商贸这些行当，另有一拨"守夜人""把关人"，把过年作为一个关口，下大力气严防死守，忙着防患于未然，小心事故给过年添堵。今年这个年，又新添了新冠疫情防控。说起过年，就多了另一层担忧。

年关将近，多地通报新增病例。人的心也就揪着，这年怎么过？中高风险地区，老家也被画在那个大圈里。哥哥打来电话，说是又开始在路口站岗，街上见不到人，放了寒假的孩子们都在自家院里玩，闲在家里的大人们也不串门了。"管得很严，"他说，"原先还想着把那个屋子收拾收拾，等你们回来过年。看这架势，就别回来了。"

往年进了腊月，家乡亲友若相问，必是"啥时候放假啊""能回来就回来过年吧"。有钱没钱回家过年，过年总是要回家的。我在煤矿工作时，有几次大年初一要下井，年前年后也会回到老家，看一看，坐一坐，聊一聊。

和我同岁的表弟，年年招呼我。去年，他问我，"哥，再有两天就过年了，啥时候动身啊？"我说，"看这阵势，是不能回去了。"在北京，已感到疫情紧急。表弟不这么看，"哪有那么严重？家里啥事儿也没有。一年不见面了，可别偷懒躲清净啊！"过年不回家，说不过去。年初一，他又来电话，我想是催我回去。结果他说，"哥，你不回来对了，村里大喇叭里说了，不教各处转着拜年。"

这一年，变化好大。"过年别回来了"，别样的关心，特别的亲情。谁能想到呢？

这几天，"就地过年"正在成为新的流行语。电梯里，我问快递小哥，"过年回家不？""回家就得隔离，"他说，"不回了。再说，也怕过完年，万一不让回来，那就瞎了。"看得开，想得远。也是，回家了，是外来的；再回来，又是外来的。干脆，就原地了，不耽误过年，不耽误挣钱。这些人不易。

那天，我因多嘴问话，知道另一种过年，心生感慨。楼里保洁大姐，没什么话，什么时候看见她，都在这儿那儿地打扫。有一天，她像是鼓足勇气，下了很大决心："能问你个事儿呗？"一说，真不是事儿。孩子读大学，"俺不知道，该不该让他考研究生。"这个我乐意聊聊。聊放松了，我问，"过年回家吗？"她说，"不回，我们没有家。"我一下子怔住了，怎么会呢？原来，两口子常年在外打工，一直在外面漂着。她说："老家里啥也没有，孩子放假来这边。"他们早就是"就地过年"了。

今年的年，不同往年。一年又一年，生活在变化，年年会更好。"小孩儿，小孩儿，你别馋，过了腊八就是年。"解馋，早已经不是过年的期盼。"姑娘要花，小子要炮。"鞭炮，也不再是过年的标配。没有过不去的年，这是很中国的表达，是乐观，也是坚持，是不惧困苦，也是心有希望。

252

爆竹声中一岁除，公园的庙会不办了，红灯笼还是要挂起来，红红火火的；总把新桃换旧符，家里的人可能聚不齐了，红春联还是要贴起来，热热闹闹的。在人们的念叨中，忙碌中，年味儿飘过大街小巷，充盈家家户户。新的一年就要来了。

闲坐闲聊小幸福

家里电视坏了，换了个新的，数字的那种。看节目方便了，看新剧，最火的那些，也看老剧，十年二十年以前的那些，甚至更早前的那些；耗时间也多了，特别是追剧，很考验自制力。

我是在浪费时间吗？偶尔会有这样的问题，一闪而过。尽管，看剧不耽误干点家务，翻看闲书，甚至写点文字；毕竟，看剧会占许多时间，分一些心神，甚至耽误事情。

从前，村里有两个人，从小到大，到上有老下有小，一直都很好。各自忙着讨生活，得空了晚上串个门。常常就那样坐着，烤烤火，喝喝水，抽抽烟，最后，一个起身说声"回了"，另一个起身相送，"歇了吧"。没话说，也没事做，就那样干坐着。这两个人好怪，我这样想过。可是，那是他们生活的一部分，很重要。

"咱们找时间坐坐！"今天说这话，一般是个饭局，常常有事要谈。朋友间纯粹的坐坐，稀缺得难见了，显得很珍贵。谁会那样浪费时间？可是，我印象中依稀有个说法，"有些时间是用来浪费的"，很惬意的感觉。不知是不是我的杜撰。

也许，我们真的需要一些时间，"什么都可以想，什么都可以不想"。这多美好，多少人的心声和向往啊。那境界，算是一个人发呆吗？若是，我就想，今天忙碌的人们，大多没有了发呆的时间，已渐渐丢掉了这种体验。

那天说到带孩子，感慨"每天要说多少废话"。咿咿呀呀，嗯哼啊噢，天书一样的废话，却都好像很有营养，孩子就这样一天天长大了。又说到陪老人，感慨"老话说了一遍又一遍"。家长里短，陈年旧事，单曲循环似的絮叨，也好像很是治愈，老人们说一说就很满足。带孩子、陪老人，那些所谓的"废话"都不是在浪费时间，而是在享受生活。

据说，我们每天说的话，会有几千字。这里面有不少"废话"，我们很享受，以至离不了放不下。某古装剧里对一个罪臣的惩罚，就是把他关进大牢，任何人不准与他说话，搞得他见人就央求，"和我说句话吧！"这惩罚也真够"别致"的。一般来说，人需要说话，包括"废话"，可以疗愈。

想到老年人，高龄的老年人。他们聚在一起时，有的一句话也没有，看看这个又看看那个，就那样笑模呵呵听半天；有的不停地大声说话，其实因为耳背，谁都听不准对方在说什么，就那样你一言我一语聊半天。他们喜欢一起坐坐，说什么、听什么都不重要，没话、打岔都不会感觉冷场，也不会感觉尴尬。这样打发时光，会被人羡慕，"好幸福！"

我最近没少看剧，许多看过也就忘了，没留下什么印象。这样说来是白费了。做这事有啥用？这样的问题，像是啪啪挥舞的鞭子，常常让人心头发紧。身边一些"无所事事"的"好人好事"，又让我有点自我宽慰，看起来没啥用的事，不那么重要的事，调剂一下也挺好。我就想，留些时间，坐一坐，聊一聊，发一会儿呆，或者说些废话，也可以。当然，凡事有度，松大了就真废了。

就地过年

就地过年，已成定局。人们说起过年，都是"不让回就不回了""能不回就不回了"。这个牛年，真是够牛！

都到腊月二十几了，街上有几家小店却在搞开业大吉。往年这时候，都是贴出停业告示，某日回家过年，正月开门再见。这几天，我看韩式烤肉、陕味面食，新开了张，生意还不错。响应了号召，提供了就业，你有处吃饭，我可以赚钱，讲求实际，皆大欢喜，这生意经念对了。

上班族还是平常那个节奏。"哎，哪天过年啊？""下周四啊！""下周四就过年了？""准确地说，周四是除夕。"在高校听到的对话，有意思的是，年要用周记，更要紧的是，竟忙到不知哪天春节。他们不是放寒假了吗？是。放假了，也有还在忙的。要过年了，也有还在忙的。各行各业都是这样吧，总有坚守的。用句"牛"语，总有勤奋者，"不待扬鞭自奋蹄"。

我曾经享受过几年寒暑假，朋友都很羡慕。许多人压根儿没有假日，更有的是，年节假日反倒忙上加忙。"别人过年，我们过关。"这话，听着都邪乎。倡导全民就地过年，这事儿该是从未有过。今年这关口，换了新套路，他们就更忙，好让大家过个好年。要说无私奉献，得佩服这些人。

照常上班也好，就地过年也好，无论怎么过，在哪儿过，总归是人人要过年。老话说,"谁过年还不吃顿饺子。"老话老理儿老年俗,念叨着,就有了年味儿。"腊月二十三,糖瓜把嘴粘。"吃过糖瓜,多了禁忌,灶王爷要"上天言好事",老百姓也要好言好语,不能说"砸锅的话"。人们呵护着好心情,营造着好气氛,年味儿就扑面而来,越来越浓。

过年,讲的是团团圆圆,图的是热热闹闹。往年,说的是"能回就回吧"。今年,我们说"就在这儿了"。我往老家打了一通电话。姑姑问,"回不来哎?"她知道都不让回了。我问,"还打麻将不?""不敢打了,"姑姑说,"怕肺炎。"不回家,不打牌,都是因为疫情。不过,打牌一坐半天,许多人烟不离手,不是好项目。趁这机会,做些改变也好。

他们给我看了几个视频,村里核酸检测的。那队排得真整齐,间隔两米,真两米。细看,大街中心,红色油漆画了圈,写了"安全岛",人站在"岛"上,很有秩序。像重要场合的合影,脚下贴了数目字。世间事,多相通。我的乡亲们,真得刮目相看了。过年,也是这样吧,有约定俗成的旧习俗,也有与时俱进的新内容。

就地过年,说来说去还是过年。"就地",就要沾上当地的年味儿,"过年",也要留些老家的滋味儿。我看到,公园树上又结了红灯笼。这喜庆,人人可享。过年了,按老家的节奏过个除夕初一,学着父母的手法做两个下酒菜,也许,瞬间就有了过年的感觉,那种所谓的年味儿。就地,也可以过个好年。

年味儿,是一种乡愁。乡愁,是一种记忆。共同的习俗,集体的记忆,是我们共享的年味儿。每个人心中独有的曾经的小片段,那是自己专属的年。上班路上城市街道逐渐减少的车辆,祭祖归来田野暮霭中慵懒的落日,家里爸妈洒扫洗涮忙碌的身影,巷口孩子把摔炮砸在墙上地上的脆响,"别磕着碰着"的谨慎唠叨,穿新衣新鞋的亲切叮咛,门上的春联福字,祭神的果盘贡品,饭桌上的枣花、枣枕头、年糕、黏豆包……就这样,年来到。

因为疫情防控，许多事有了新规则，是这一年最大的改变。我恨透这疫情，也喜欢一些改变。记得疫情稍缓，有"报复性××"一说，比如消费、聚会、旅游等，我一直不大认同。报复谁？用什么报复？我觉得，疫情过去，有时也还可以戴口罩，比如寒冬中、雾霾天，甚至寻常日子走在路上。需要保持的，还有许多。变与不变，如同就地过年与回家过年，都是为了一个好字。

新的一年里，我也有一些新计划。天气清明，春暖花开，如果可以，想去爬爬山，验验体力，还想回趟老家，唠唠闲话。我是说，体健心轻，才有生活的其乐融融。我想，这期望很普通，应该可以。

送春联

在院里遛弯儿时，常遇到一位老人，不知从什么时候开始的，每次见面都互相打个招呼。我们住一个楼，都感觉很亲，像个老邻居似的，其实并不熟悉，打招呼时，连个称呼也没有。

老人很健谈。我觉得，她该是个退休教师，或者曾是单位领导，总之以前是管点儿事的。爱人很能和老人们聊天。有时打过招呼，我继续遛，她原地停留，一块儿聊。

冬天的阳光，很是珍贵。这免费的福利，我不会错过，一定去"沾光"领取。院里西头的一小块空地，中午前后，有一些阳光。这天又遇到老人，她在那儿晾晒洗好的床单被套，正收取搭在西墙根的床单。她说："看着天挺好，刚晾上，就给冻住了。"太阳偏西，她要把床单挪到北墙根去，"家里暖气挺热哩，干起来也挺快，就是为了给阳光照照。"老人站在高台上，有一大步高吧，想来上下比较吃力。爱人就过去帮忙，又家长里短聊起来。我就在阳光里，来来回回，慢慢溜达。

回到家，爱人说："老太太要给送副春联。你们过年贴不贴春联啊？老太太问这话，我还以为她想向咱要春联。"她们在聊时，我断断续续听到了。老人说，她家老头写得好，在老家时，每年都有好多人要他写，"七八十岁了，为讨个好福气。"儿子姑娘都在北京工作，老两口卖了老家的房子，奔孩子来了，她说："到这儿谁也不认识，老头就不写了。"可是孩子们一到腊月，就准备好了笔墨纸砚。"我清楚孩子的心思，怕我们想家。"她笑着，"老头不写，我就写吧。"那笑中，内容很多。

我知道那位老先生，笑模呵呵，很慈祥的样子。他不像老太太爱动，话也不多。夏天，常见他在树下乘凉，有时手里还拿张报纸在看，好像有《参考消息》什么的。这两位老人，真是幸福得让我羡慕。

可是，老太太有一次说，"老了老了，却没有家了。"听起来有些难以理解，孩子们有出息，一家人都在北京，多好。"哪好也不如自己家里好。"老人说，"说出来不怕笑话，和你们说话都觉着拘束嘞。"80多岁了，离开生活了几十年的小城，来到这陌生的大都市，哪都不熟悉，他们心里没着落。

说到送春联，老人也很客气，"字写得不忒好，主要是个好意头。"这意思我懂，高龄老人，身体健康，儿女双全还都事业有成，生活美满平顺，这春联有福气呢。记得有一年在老家，哥哥说找个人写春联，我一听名字，有点舍近求远，哥哥说："他这一年过得很顺，找他写吧。"后来也有人找我写，我的字拿不出手，不敢写，人家就说，字不打紧，图个好意。呵呵，大过年的，我可不愿献丑。以前写春联，都是义务的，"功夫不值钱"。有人写得好，过得也好，家里来请字的人不断，忙到自家啥活儿也顾不上，辛苦得很幸福。

老人很主动，"你们不用管，我给拿下来，就放门口。"为这心意，也得爽快答应。春联悄悄挂门把手上了。刚看了那个"福"字，爱人就说，"老太太写得真好，想不到哎。"展开来，写的是"梅花一枝报三春，爆竹四起接五福"，很传统的内容。我们本来是意在老人而不在春联，好好端详老人的字，又多一分敬意。真是个温暖细心的老人。

我每年都要在除夕贴春联。小时候，是和"神灵码"一起贴，俗称请神，那气氛，搞得很虔诚，用面粉打好糨糊，用笤帚把门框、条案扫干净，要贴得端正、平整、干净。有的神请来了，年后还得送，就不要粘太紧，到时揭不下来，"请神容易送神难"。然而，春联就要贴得很牢靠，重点是边和角，粘不好，就卷着翘起来，好奇又淘气的小孩子会撕着玩，有时能听到大人训斥，"没破五就给撕掉了？"

现在许多人不贴春联了。我的新邻居，这几年也贴，不知是不是受了我的影响，或者是为了门挨门看起来更好看。春联都改用胶带来粘，楼里又不经风淋雨，小孩子也不再疯着感兴趣，一年过去了，看起来还是新的一样。又见老人时，我道谢，"您写得真好。"她谦虚，"看着你家门上贴的，我都不想送了，那是真的好。"我说："您这是私人定制，更有年味儿。"

俗话说，过了腊八就是年。一转眼，就是"糖瓜把嘴粘"的小年。看着桌上红红的春联，感到室内淡淡的墨香，心里就泛起涟漪来，年味儿就这样开始弥漫。爱人总数落我，"年年都扳着指头盼过年，你可真新鲜！"其实她也一样啊，大家都这样啊，单位总结考核、走访慰问、团拜游艺，家里洗洗涮涮、洒扫庭除、置办年货，保民平安的严密设防，回家团圆的安排行程，都是过年的节奏。

是的，每到这个时节，我们好像是听到了暗语，心领神会似的，慢慢地，就都调成了一个模式，张罗着去喜迎新春，准备过年。

我的新年愿望

　　元旦假期中，日子就进入了腊月。正是岁末年初，总会对新的一年有点盼望，或正式或随意的，想想祝福和愿望。

　　我开玩笑说，这个假期净在家里找自己的毛病了。前思后想，发现一条就做个记录，搜罗了一堆差距和不足。节后照例要开展自我批评，我提前打个底稿。批评当中也有愿望，主要是工作上的。纯个人的新年愿望，就没抽出空来想。

　　真正的自我批评，还是很有效的。所谓真正，应该是存在问题找得准，努力方向选得准，改进措施定得准。我曾写了篇看下棋的短文，实事求是对自己进行了批评。那以后，我下棋竟然有些长进，简直连升三级。那是认真写了，也当真改了。这就有点小用。

　　自我批评，从旧年的不足下手，当然也是为了更好的新年，真给自己找碴儿，也难免脸红耳热。新年愿望，拜年话，当然都是好的，所以直截了当，就说当下的和新年的美好。不好的说拜拜，美好的都过来。因此，新年愿望说出来，心情也会舒畅愉悦。

　　谁都会希望好事多多的。可是，说到新年愿望，实在地讲，又不能太贪心了。万事如意这样的，说说可以，千万别当真。哪有这回事？工作顺利，倒还行，只是也靠"人努力，人帮忙"，不是用嘴一说那么简单。俗话说，踮起脚，能够着。实现愿望，这里面有自己的努力。如果许一大堆愿，不管不顾，爱咋咋地，"望天收"，愿望也只能是愿望了吧。

不同的人，不同的年纪，不同的境遇，会有不同的诉求。提职加薪、减肥成功，有人"当然很重要"，有人"那就不叫事儿"。那么多祝福和愿望，我选择健康和快乐。健康，如果说包括了身体和心理，也就带着快乐。快快乐乐、健健康康，心情美、身体好。这个适合我。那天，儿子陪我聊天，"爸，人不是说，主要矛盾决定主要任务嘛，您现在的任务就是坚持锻炼，健健康康。"这是玩笑，又很认真。

身体的报警，是一种自我保护。新年的愿望，是一种自我激励。儿子说起这话，是因为我这次体检。本来，医生给我极大鼓励，"非常好！"平时爱鼓捣文字，深知非常两字不易。CT提示某个部位的结节，"不要紧，可在就近医院超声随访"。咱不敢怠慢，赶紧预约B超。立等可取，结果却不理想，"我看到的不是那样"，B超医生明显是不看好。

她一严肃，我就觉得有点严重。咋整啊？哪来的回哪去呗，到原来的医院再看看。"他们更专业"，她也这么说。即刻照办，到那边找人。看了B超、CT报告，这位超淡定，"不应该啊"，他见得多了吧，"搞准一点，做个磁共振。"开了单子，最快排到五天后，12月31日晚上。

检查室外等候叫号，儿子和我谈到那个主要矛盾，笑模呵呵的，是鼓励，是加油，也是将老子的军嘞！他是给我这老党员上套，知行合一，学以致用，关照自身。小子用心了。我竟不好反驳，只好称是。

这个新年，我想着可能的结果，是在不确定中跨过的，给自己作了不少心理建设。若情况好，要再接再厉，不可掉以轻心；不好，也要积极乐观，泰然处之。偶尔，也骂骂人，不是冲谁，没有对象，一种情绪宣泄而已。新年，还不能添堵，所以就骂中带笑，亦真亦假。总之，做最坏的打算，盼最好的结果。

节后上班，报告来了，"考虑囊肿"。这就对了嘛，吓我一跳。十来天，三次检查，都要空腹，倒是帮助减肥，可是，我不需要啊。不用说，心头有一块云彩飘来飘去，时聚时散。"跟没事儿人似的"，那是"看起来像"而已。健康不能决定心情，但会影响快乐的质量。

回头一想，我这几天起早贪黑准备着自我批评，找自己的毛病，其实一个大毛病一直明明白白摆在那儿。健康才是大问题啊！不能忽视，也不能逃避。如果不是有这样的体检，假期应该有更好的内容，心头的云彩只会是彩云。

我的新年愿望，健康快乐！这样的愿望，人人都可以有。这四个字，内外兼修，身心安康，不简单啊。愿望，不能一说了之。我以前说，有个好身体，再有个好脾气，自己需要做些努力。健康快乐，到什么程度呢？也别说虎年到了，虎虎生威。我想到了稳字当头，这个稳，就很好。稳住，就是成绩，能再进一些，当然更好。

儿子知道了结果，口风没变，延续他的叮咛，"加油啊老爸！"这话，成熟，我愿意听。无论是巩固成绩，还是改进不足，都需要耐心耐力地做些什么。这就是加油吧。

健康快乐中，总是要做些什么，不能"过一天少两晌"，过着傻乐傻乐的日子。我还有好多事情做，工作自是要尽心尽责，生活也会有新的进步新的内容，分享点点滴滴的文字也渐渐当作一件事做了。日子就是这样，从春到夏，又从秋到冬，然后接着新的开始。这其中，都需要健康快乐的滋养，都要有健康快乐的节奏，才好继续着，前进着。

我写下这些，是当真的。这当真，不是说心诚，而是要行动。糊弄自己算怎么回事，可不能说空话。那好，新年，带着愿望，出发！

感恩每一次相遇（后记）

我在用心地写着，为这些文字，为读到这些文字的每一位朋友。

散文要求非虚构性，要求真实。所以，散文最能折射出作者的心灵轨迹来。小故事、小人物、小物件、小片段，过去的或是当下的，自然的或是生活的，都有我的人生体验、价值判断、情感表达。读者能看出我的作文和做人——有生活的投入，用情感来滋养，但愿这是有益的。

散文的真实，并不是生活记录。人生不易，美好呈现。在一些瞬间，我会想起一些往事，其中自然有一些人。我得到许多人的帮助，尽管他们大多并不知道。我也给过别人帮助，尽管他们大多也不知道。相伴的、路过的、仰慕的、听闻的，在我生命中留下了印迹，都是我人生的一部分了。对现在的一切，我都心怀感恩。人生走过四季，内心总有阳光。这阳光，不一定耀眼，但会给人温暖。我写的是这样的文字。

最初，我的写作有点个人化。慢慢地，有朋友鼓励说，挺好的内容，可以往外走一走；又有朋友建议说，何不正式出版一本书，让更多的人读到。因此，我的写作有了新的追求新的方向。

爱人是第一位读者。她讲感受，提意见，我会认真思考并加以完善。几位朋友以他们的学识、阅历、经验，给我真切的帮助。我说受益受教，就不仅仅是在写作上了。

感恩每一次相遇。感谢我文中写到的每一位,本书编辑出版过程中给我指点的每一位。你们都已住进我的心里。

感谢打开这本书的朋友。相见是一种缘分,打开这本书,我们已经相见了。每个人都是一条顺着生命轨迹奔向大海的河。